W0350798

Und sonntags auch mal zwei

Von Pippa Johnson

Die 32-jährige Antonia Taum führt ihr Traumleben: Stadtwohnung, neuer Job in einem erfolgreichen Unternehmen (MaBuGo = Make Business Good berät Firmen auf dem Weg zur Nachhaltigkeit), After Work-Drinks in angesagten Läden. Kurz: Sie gehört dazu und ist endlich nicht mehr die komische Außenseiterin. Dann kommt sie auch noch ihrem Chef Piet näher, in den sie seit Monaten völlig verschossen ist.

Doch nach der ersten gemeinsamen Nacht fängt statt einer Beziehung das große Chaos an. Antonia rammt mit Piets Porsche einen Laster. Dessen Fracht: Aus einem Mastbetrieb gerettete Hühner, die - ausgerechnet - auf dem Weg in die Freiheit waren. Um den Imageschaden für MaBuGo zu minimieren (der desaströse Unfall ging sofort viral), schickt Piet sie nach Osterlinteln. Auf einen Gnadenhof. Antonia soll dort Sozialstunden ableisten und ein paar Mal vor der Regionalpresse vortanzen, bis Gras über die Sache gewachsen ist.

Widerwillig begibt sie sich in ihr „Straflager“ bei ihrer verhassten Halbschwester. Doch nicht nur die abgehalfterten Tiere wachsen Antonias mehr ans Herz, sondern auch Rikes Ex-Freund Tom. Sind seine Gefühle echt, oder ist alles ein abgekarrtes Spiel?

1. Auflage, 2023
© Alle Rechte vorbehalten.
Hyman Books
Neugartenstraße 18
28309 Prien

Und sonntags auch mal zwei

Pippa Johnson

»What the world needs
is masses of women
who are entirely out of control.«

Glennon Doyle

1

Ich schlage die Augen auf und bin kurz verwirrt. Ach ja, Hotelzimmer. Vorsichtig drehe ich den Kopf nach rechts und gleich wieder zurück. Habe ich Mundgeruch? Verdammte Pasta Aglio e Olio. Hätte ich gewusst, was folgt, hätte ich Pizza Margherita bestellt.

Aber wie bitte soll man erahnen, dass die nächtlichen Stoßgebete endlich erhört werden? In meiner Fantasie war der große Tag eine Weihnachtsfeier, eine unerwartete Begegnung bei Mike's oder eine wild verlaufende Kohl- und Pinkeltour. Eine Besprechung kam in dieser Vorstellung auf jeden Fall nicht vor.

Fing ja auch ganz harmlos an: Chef und Assistentin treffen sich im Restaurant, um die morgige Sitzung vorzubereiten. Unterlagen wühlen. Ein Gläschen Prosecco. Die Unterlagen werden besprochen. Prosecco wird gegen Aperol Spritz getauscht (ich) und Weißwein (er). Daten werden verglichen. Die Getränke mutieren zu Gin Tonic (ich) und Whiskey (er). Männer, die Whiskey trinken, sind so ... Ich forme mit den Händen einen Trichter über Mund und Nase, hauche hinein, schnuppere. Okay, könnte schlimmer sein. ... so sophisticated. Maskulin. Hollywood. Irgendwie.

Ich wage wieder einen Blick nach rechts auf Peter, den ich heimlich Piet nenne. Ist ein Tick von mir, ich benenne alle Leute um. Na ja, fast. Nur die, die ich gut finde und wo der richtige Name nicht passt. So wie bei mir. Nicht dass ich mich gut finde, also auf eine ungesunde Weise gut. Normal gut halt. Gut genug, um mit mir leben zu können. Ein bisschen kompliziert bin ich vielleicht. Aber nur ein bisschen. Das habe ich von meiner Mutter.

Ich heiße Autri. Zum Glück wissen das nur Menschen aus meiner Vergangenheit. Meine Eltern dachten, es sei cool, mich mit einem Namen zu strafen, der einen Hinweis darauf gibt, wo ich gezeugt wurde: In Algerien, in einem Wohnwagen. Ratet, welche Ehe in die Brüche ging? Zurück blieb ein Kind mit einer Hippiemutter, deren wechselnden Partnern und einem bekloppten Namen.

Seit ich auf eigenen Beinen stehe, stelle ich mich als Antonia vor. Das ist nett, klassisch und eckt nicht an.

Neben mir schnauft Piet. Ein leises, elegantes Schnaufen. Nicht so ein schweres Männergrunzen. So wie Piet in allem eine natürliche Eleganz hat. Ist ein merkwürdiger Begriff für Männer, zugegeben, aber mein Chef sieht aus, als sei er einem Filmklassiker entsprungen, so eine Mischung aus Clark Kent und James Bond, mit feinen Gesichtszügen und entschlossenem Blick. Seit Tag eins stehe ich auf diesen Mann, und Tag eins ist der Tag, als ich ihn auf einem Foto im Internet sah. Der Tag, an dem ich über die Firma MaBuGo, kurz für ›Make Business Good‹, recherchierte. MaBuGo strukturiert Konzerne zu mehr Nachhaltigkeit um und hatte eine Stellenausschreibung für die Assistenz des Managements. Und hier kommt Piet ins Spiel. Ab dem Moment, wo ich sein Foto sah, war mir der Job schnurzpiepegal. Ich war ›in Love‹, wie Gretchen, meine beste Freundin, zu sagen pflegt. Na ja, so weit man in Love mit einem Foto sein kann, aber hey, es gibt Menschen, die verlieben sich in Gegenstände. Zum Beispiel Waschmaschinen. Traktoren. Kaffeemühlen. Da finde ich ein Foto noch ganz moderat.

Heute, drei Monate später, liege ich also neben dem Mann meiner Internetträume. Nackt. Eigentlich perfekt, könnte man meinen, aber hier kommen wir zu Tick Numero due von mir: Unbekleidet komme ich mir – nun ja – nackt vor. Nicht nur äußerlich, auch innerlich. So als könne man durch meine Haut in meine Gefühlswelt blicken. Und die behalte ich lieber bei mir, zumindest so lange, bis ich sicher sein kann, dass niemand mit einer Axt darauf herumschlägt. Außerdem weiß ich nicht, ob dies nur ein One-Night-Stand oder der Beginn von etwas Großem ist.

Ich hebe den Kopf an und spähe im Hotelzimmer herum. Meinen Schlüpper entdecke ich vor der Badezimmertür, die auf Piets Seite liegt. Der BH hängt an der Gardinenstange. Vage Erinnerungen eines fliegenden Kleidungsstücks keimen auf. Irgendwie dachte ich, das

sei die Strumpfhose gewesen. Aber die fliegt ja auch nicht so gut.
Besagte entdecke ich auf meiner Bettseite zu meiner Linken. Ich könnte auf die Unterhose verzichten und mit der Strumpfhose beginnen. Unkonventionell, aber solange ich den Schlüpfer dann nicht drüber ziehe, vertretbar, wie ich finde. Ich strecke meine Hand zur Strumpfhose aus, erwische sie mit den Fingerspitzen und ziehe an ihr, was sie nicht widerstandslos mit sich machen lässt. Ein kräftiger Ruck und ein Ritsch-Geräusch beenden den Kampf. Unter der Bettdecke schlüpfe ich in die Strumpfhose und halte Ausschau nach meinem Kleid. Aha, im Badezimmer über dem Waschbecken. Wann waren wir denn da?

Ein prüfender Blick zu Piet, der mit einem ›Prrr‹ ausatmet. Dabei flattern seine Lippen, als spiele er Trompete. Ich schiebe vorsichtig erst ein Bein, dann das zweite über die Bettkante und gleite mit dem Oberkörper hinterher. Nicht graziös, dafür aber in absoluter Stille. Auf dem Teppich unseres Hotelzimmers angekommen, stehe ich in Zeitlupe auf, fische meinen BH von der Gardinenstange und husche gebückt um das Bett Richtung Badezimmer. Piet liegt schlummernd da und sieht aus wie ein griechischer Gott.

Ich umrunde das Bett und haue unsanft mit dem Fuß gegen den Bettpfosten. Mit den Armen rudernd lande ich mit einem dumpfen ›Umpf‹ neben meinem Chef auf dem Boden. Gesicht voraus.

Eine Sekunde vergeht, zwei. Piets Atmung verändert sich von ›Prrr‹ zu einem Japsen. Weiterkriechen oder liegen bleiben?

»Antonia?«

»Anwesend«, gebe ich unsinnigerweise von mir.

Piet stützt sich auf die Ellenbogen und blinzelt in meine Richtung. »Was machst du da?«

»Äh …« Ich starre auf den Teppich unter mir. Müsste mal wieder gesaugt werden.

»Geht's dir gut?«

Nein, meine Nase fühlt sich an, als sei sie nach innen gestülpt, und ich liege halbnackt neben meinem Arbeitgeber, äh, Schrägstrich One-Night-Stand, am Boden. Wenn ich jetzt hochsehe, sterbe ich. Liegenbleiben ist aber auch keine Option, und das einzig Sinnvolle, das mir einfällt, ist, die Hände unter den Schultern aufzustellen und mich in den herabschauenden Hund zu stemmen. Der Schmerz schießt von der Nase bis in mein Seelenchakra, zehn Zentimeter über meinem Kopf.

»Yoga«, ächze ich.

Piet schweigt. Mir läuft das Blut aus dem Rumpf in den Kopf.

»Nur in Strumpfhose?«, fragt er schließlich. Ich nicke und versuche auszusehen, als sei ich ganz in meiner Mitte.

»Die hat'n Loch«, konstatiert Piet.
Ich verrenke mir den Hals, um zu sehen, wo sich das Loch befindet, und bemerke, dass es an meinem Po verdächtig zieht.
Mittlerweile hat sich das Blut aus den Beinen ebenfalls im Kopf angesammelt, was meiner Nase nicht guttut, und meinem Aussehen sicher auch nicht. Ich muss dringend etwas ändern und schaffe es wackelig vom herabschauenden Hund in den heraufschauenden. Eindeutig eine Verbesserung: Der Bauch ist gestreckt, die Brust da, wo sie sein soll, und die Nase schmerzt auch weniger.

»Routine ist beim Yoga alles. Einmal ausfallen lassen und Schwupps, ist man raus aus der Elastizität«, behaupte ich.

»Hm«, macht Piet.

»Wusstest du, dass sogar Achtzigjährige ihre Flexibilität wiedererlangen, wenn sie täglich den Krieger machen? Wer sagt, dass jeder 'ne neue Hüfte braucht? Versucht es mit Yoga, ist auch billiger!«
Ja, ich weiß, ich rede nur Stuss, aber leider gibt es keinen Knopf zum Abstellen.

Ich wage einen Blick zu meinem Chef. Und Liebhaber. Und Chef. Ich weiß nicht, was ich gerade peinlicher finde.

Er mustert mich mit hochgezogenen Brauen und einem sehr irritierten Gesichtsausdruck.

»Und was machst du so für Sport?«, frage ich.

»Fußball«, antwortet er lahm und starrt mir auf den Busen.

»Ich mach schon Yoga, seit ich fünf bin.« Langsam wird's anstrengend und die Atmung könnte etwas entspannter sein.

»Wow.« Piet hört sich gänzlich unbeeindruckt an.

»Ja, meine Mutter war so ein richtiger Hippie. Sie hat mich immer zu allem mitgenommen.« Was stimmt. Nur dass ich als Kind nicht erst beim Shavasana eingepennt bin, sondern schon bei den schneckentempomäßigen Hatha-Yoga-Übungen, die Mama und ihre Freunde bevorzugten. Erst als Erwachsene habe ich erfahren, dass es durchaus dynamischeres Yoga gibt, was mir mehr liegt.

»Und jetzt ist sie ... normal?«

Ich würde sehr gerne ›ja‹, sagen doch das stimmt leider nicht. Zu meinem Leidwesen verehrt Mama bis heute Osho und lässt sich nicht beirren, wenn man ihr mitteilt, dass der nur ein geld- und frauengeiler Heuchler war. ›Weisheit kommt in vielen Formen‹, sagt sie dann immer. Und dass er eben auch nur ein Mensch war, dem die Macht des Ruhms übel mitgespielt hat. Dank meiner Mutter dachte ich jahrelang, dass man alles mit jedem teilen müsste, selbst seine Zahnbürste. Dass Osho beim ›Teilen‹ von Liebe und Energie sprach, hatte ich nicht kapiert.

»Sie ist ... konsequent in ihrer Lebensweise«, weiche ich aus. Ich kann mir nicht vorstellen, dass Mama in Piets Weltbild passt.

Seine Augen fahren über meinen Körper. Ich versuche, den Bauch so einzuziehen, dass es nicht auffällt.

»Ich konnte da nie was mit anfangen. Im Bauwagen wohnen, kein fließendes Wasser, Thunfisch aus der Dose essen ...«, sagt er.

Yep, meine Mutter passt definitiv nicht in sein Weltbild. Nicht, dass sie sich nicht wäscht. Aber der Rest beschreibt sie ziemlich treffend.

»Nee!«, pflichte ich ihm bei. »Und überhaupt, freie Liebe und so, wer will denn das?« Ich schnaube verächtlich und hoffentlich überzeugend. Piet grinst und legt die Hand auf meinen Po. Dahin, wo die Strumpfhose kaputt ist.

»Och, den Aspekt finde ich jetzt nicht soooo übel.«

Ich schon. Den Part fand ich seit klein auf übel. Besonders dann, wenn meine Mutter sich deswegen die Augen ausheulte, weil es ihr eigentlich das Herz brach.

»Wie sieht's aus, kleines Hippiemädchen, magst du nicht nochmal zurück ins Bett kommen?«, flüstert Piet und nähert den Mund meinen.

Dies ist der Moment, den ich mir herbeigesehnt habe. Nicht der betrunken übereinander herfallende Part. Sondern der prickelnde, wache, erotische Anfang einer Liebesgeschichte. Piet will mich. Sogar bei Tageslicht. Obwohl ich in zerrissener Strumpfhose im heraufschauenden Hund posiere. Doch statt erfreut zu sein, denk ich an Mama. Vielen Dank auch.

Piets Lippen streifen meine. Seine Finger fahren verführerisch über die Stelle, an der die Strumpfhose kaputt ist.

»Zähneputzen«, hauche ich.

Piet hält inne und sieht mir irritiert in die Augen.

»Was?«

»Aglio e Olio ...?!«

Er nimmt die Hand von meinem Hintern. »Okayyy«, sagt er langgezogen. Verlegen beiße ich mir auf die Unterlippe.

»Gut ... dann geh ich mal duschen, solange du hier noch beschäftigt bist.«

»Mhm«, murmle ich.

Mit einem großen Schritt steigt Piet über mich rüber und verschwindet im Bad. Zu meinem Kleid.

Langsam lasse ich mich mit zittrigen Oberarmen zu Boden sinken und lausche dem Wasserplätschern.

Was zum Teufel ist mein Problem?

2

Was ich mir merken muss:

- Schlafe niemals vor deinem neuen Lover ein.
- Habe stets Kleidung parat (Handtasche? Vakuumbeutel an Bauch kleben? - recherchieren!),
- mindestens Slip und BH, am besten Yoga-Klamotten mit super festsitzendem Sportoberteil.
- Iss keinen Knoblauch.
- Scheiß auf Zähneputzen, wenn Piet seine Hand auf deinen Po legt und halt die Luft an.
- Erwähne nie wieder deine Mutter.

Ich schlage meinem Ei etwas härter den Kopf ab als geplant und werde mit einer Ladung Eigelb auf dem Teller belohnt. Piets Brauen ziehen sich zusammen. »Das ist ja weich.«

»Lecker«, sage ich.

»Nee, nee, nee, nee, das geht gar nicht. Kellner!« Er schnipst mit dem Finger.

»Wirklich, ich mag das gerne so«, beteure ich.

»Das ist unhygienisch.«

»Weiche Eier zu mögen?«

»Salmonellen-Gefahr.«

»Ich dachte, das gilt nicht mehr«, murmle ich. Der Kellner hat unseren Tisch erreicht.

»Tauschen Sie das bitte gegen ein Hartgekochtes aus.« Piet zeigt auf mein Frühstücksei.

»Jawohl«, antwortet der Kellner, zieht mir das Ei samt Teller vor der Nase weg und rauscht davon. Ich sehe auf den leeren Platz vor mir.

»Also, ich mag wirklich gerne weich gekochte Eier«, sage ich nochmal.

»Kriegst ja gleich ein neues.«

Ich verkneife mir Piet darauf hinzuweisen, dass dieses aber hart gekocht sein wird, was ich wiederum gar nicht mag. Er beißt in eine mit Lachs belegte Brötchenhälfte und kaut gedankenverloren. Mein Blick wandert vom Brotkorb über die Marmelade zu den Deko-Trauben auf Piets Lachsteller. Wenn ich doch wenigstens ein paar von denen ...

Piet zieht den Teller zu sich heran und lädt alles auf seinen um. Ich seufze leise. Das ist der Nachteil einer neuen Liebschaft, man weiß noch nicht, ob das gegenüber einer mit Futterneid ist oder der Lass-uns-mein-Steak-teilen-Typ. Mich beschleicht das Gefühl, das es sich bei Piet um Ersteres handelt.

»So, heute ist der große Tag«, versuche ich die Stille zu überbrücken.

»Hm?«

»Die Sitzung mit Heralds Inc.?«, erinnere ich ihn und schaue auf die Uhr. »Oh verdammt, ich muss mich noch umziehen.«

»Siehst doch hübsch aus«, antwortet Piet, ohne von seinem Versuch eine Weintraube in Scheiben zu schneiden aufzuschauen.

Ja, erwidere ich in Gedanken, für ein Business-Essen mit meinem Chef, auf den ich stehe, ist so ein superenges, kurzes Etuikleid eine feine Sache, aber nicht für ein Meeting mit einer rein männlichen Führungsriege. Da kann ich mir gleich ein Schild umhängen mit den Worten ›Bin nur zur Staffage da.‹

Abgesehen davon trage ich noch immer keine Unterhose und das Loch in der Strumpfhose kündigt sich schon am Knöchel mit einer gut sichtbaren Laufmasche an.

»Danke, aber ich bin lieber frisch angezogen, bei einem so wichtigen Termin.«

Piet tippt auf sein Handy, auf dem die Zeit erscheint. »Verstehe. Dann sehen wir uns in der Firma. Ich fahr direkt hin. Jessi bringt mir einen Anzug mit.«

Jessi. Die andere Assistentin. Die, die schon vor mir da war, die wie ein Glockenspiel lacht und Lippen so rot wie die Sünde hat. Jessi ist verheiratet. Nicht, dass man das merken würde. Und sie ist hundertprozentig ebenfalls in Piet verknallt.

»Ah«, gebe ich von mir.

»Ah?«

Der Kellner kehrt mit meinem Ei und einem frischen Teller zurück.

»Guten Appetit.« Piet lächelt mich freundlich an.

»Danke.« Ich köpfe das Ei, dessen Eigelb so hart ist, dass ich es als Mehl verkaufen könnte.

»Also, was bedeutet dieses kleine ›Ah‹?«, fragt Piet und schmunzelt.

›Ah‹ bedeutet: Jessi hat offenbar einen Schlüssel zu Piets Haus. Sie weiß, wo seine Anzüge hängen (vermutlich im Schlafzimmer?), und sie haben bereits miteinander kommuniziert, ohne, dass ich davon etwas mitbekommen habe. Wann? Wo? Unter der Dusche?

»Ah, wie in ›Ah, wie praktisch‹«, sage ich und sehe in seine schönen Augen. Für die bin ich sogar bereit hart gekochte Eier zu essen. Offenbar muss ich das auch, denn Piet nimmt sich das letzte Brötchen aus dem Korb. Übrig bleiben Butter und Marmelade.

Er nickt zu meinem Teller, auf dem das Ei wie ein einsamer Kaktus in der Wüste steht. »Schmeckt's nicht?«

»Doch!« Demonstrativ schiebe ich mir einen Löffel voll in den Mund und zermalme mühsam den bröseligen Eidotter. Piet betrachtet mich etwas genauer. Unwillkürlich fasse ich mir in die Mundwinkel, ob da was klebt. Eigentlich Blödsinn bei einer eintönigen, vertrockneten Speise.

»Was ist denn mit deiner Nase passiert?«, fragt er.

»Mit meiner Nase?« Ich taste vom Mundwinkel weiter nach oben. Ein stechender Schmerz durchzieht mein Gesicht bis zu Stirn. Piets Augen verengen sich, als

versuche er, genauer zu fokussieren. »Die ist ganz rot. Und dick. Hast du dich verletzt?«
Ich schiele zu meiner Nase.

»Oder vielleicht zu viel Gin?«, scherzt er und winkt schnell ab. »Entschuldige, das sollte witzig sein. Brauchst du was? Eiswürfel, oder so? Kellner?« Er hebt die Hand.

Ich schüttele den Kopf und schiebe den Stuhl zurück. »Komme gleich wieder.«

Piet hat recht. Meine Nase ist nicht nur rot, sie hat die Farbe von zerplatzten Granatapfelkernen. Das muss von der unsanften Begrüßung mit dem Hotelteppich herrühren. Außerdem wummert der Schmerz jetzt wieder kräftig vor sich hin, nachdem ich die Nase ausführlich befühlt und untersucht habe.

»Mist, Mist, Mist«, fluche ich und wühle in meiner Handtasche nach Make-up.

Normalerweise schminke ich mich nicht, außer wenn ich mit Gretchen feiern gehe. Das hält mich jedoch nicht davon ab immer wieder Make-up zu kaufen. Die hübschen kleinen Döschen und Tuben, der Duft von Puder und die strahlenden Schönheiten auf den Fotos über der Auslage lassen mich immer wieder Geld für etwas ausgeben, das ich gar nicht brauche. So besitze ich unter anderem einen Chanel-Lidschatten mit echtem Gold-Anteil, den ich exakt zweimal getragen habe. Zur Hochzeit meiner Cousine Melly und zu deren Scheidung.

Kein Witz, Melly und ihr Ex-Mann feierten beides gleichermaßen groß.

Aus den Tiefen meiner Handtasche befördere ich eine kleine Contouring-Palette. Ein weiterer Spontankauf und bisher unbenutzt. Perfekt – ein ›Nase-weg-Werkzeug‹ ist genau das, was ich jetzt brauche. Schade nur, dass es den Schmerz nicht nimmt. Wobei, wenn ich ein bisschen in der Handtasche weiter grab, findet sich vielleicht noch ein Ibuprofen.

Auf dem Handy scrolle ich durch How-To-Use Contouring Make-up Anweisungen von Kim Kardeshian und beginne: Hellbeigen Streifen auf den Nasenrücken. Dann vom inneren Auge, entlang den Nasenflügeln braun. Den Schmerz ignorierend folge ich den Anweisungen und betrachte mich im Spiegel. So richtig kann ich keinen Unterschied feststellen. Ist aber auch ein schlechtes Licht hier.

Ich suche im Netz nach den Stichwörtern Contouring und Nase und finde ›Wie du deine Nase schmaler schminkst‹. Geht doch.

Ich zoome die Bilder von gezeichneten Gesichtern größer und stelle fest, dass auch die Wangenknochen betont werden, um von der Nase abzulenken. Ich entscheide mich für ein leicht glänzendes Cremeweiß, das ich vorsichtshalber zusätzlich auf mein Kinn tupfe. Je mehr Ablenkung, desto besser. Vollendet wird das Ganze mit einem *Master Contouring V-Shape Stick* in mittelbraun, der unterhalb der Wangenknochen aufgetragen wird. Endlich ein Spontankauf, der sich gelohnt hat. Ich sollte das Set aufbewahren, dann können wir es in zehn Jahren herausholen und unseren Kindern lachend erzählen, wie ich damals meine verstauchte Nase überschminkte, um Papas und meine zarte Liebe zu retten. Das wird schön!

So, Übergänge verreiben und fertig.

Prüfend begutachte ich mich im Spiegel. Das Licht könnte wirklich besser sein, aber alles im Allem ist das Ergebnis passabel. Schnittiger, irgendwie. Ein bisschen erinnere ich mich jetzt selber an einen Windhund, was vielleicht an meiner Haarfarbe liegt.

Zufrieden stopfe ich alles in die Tasche und stöckele auf meinen zehn Zentimeter Highheels zurück zum Hotelrestaurant. Die darf man auch nur fünf Minuten im Jahr tragen.

Piet wartet vor der Tür. »Du sorry, ich musste schon abräumen la... « Er stockt und betrachtet mich einen Moment mit offenem Mund. »Wow.«

Geschmeichelt senke ich den Kopf.

»Äh. Ja. Ähm. Pass auf, das mit der Bahn und so dauert zu lange. Wie wär's, wenn du schnell mein Auto nimmst? Wegen umziehen und ... äh ...«

Wieder sieht er mich an, als könne er gar nicht genug von mir bekommen. »Genau, machst dich fertig und wir treffen uns in einer Stunde im Büro, okay?«

»Dein Auto?«

»Ja?«

»Den Porsche?«

»Passt gut drauf auf, hm?«

Ich hebe spaßeshalber die Hand zur Schläfe und salutiere. »Ay, ay, Sir.«

Piet gibt ein undefinierbares Schnauben von sich. »Die Schlüssel.« Er hält sie mir vors Gesicht.

»Danke.« Mit einem galanten Lächeln nehme ich sie ihm ab. Piet tätschelt mir flüchtig über die Wange. »Gut, dann bis um neun.«

»Peter?«

Er bleibt stehen und sieht mich fragend an.

»Ich fand's schön heute Nacht.«

Piet lächelt und zeigt seine Grübchen. »Danke.«

Danke?!? Danke, was? Danke, finde ich auch? Danke für den Sex? Danke für den Lachs?

Aufgewühlt stecke ich den Autoschlüssel mit dem Pferdelogo ins Zündschloss und greife zum Schaltknüppel. Der lässt sich weder nach links noch rechts bewegen. Irritiert sehe ich hin. ›P, R, L, D, D3, D4‹ steht da. Hä? Und wo bitte ist das Kupplungspedal?

Na super, muss wohl so was wie Automatik sein. Ich dachte, das gibt's erst seit den Neunzigern.

Okay, P wie Parken, R wie rückwärts ... return? L ... keine Ahnung. D wie Drive, nehme ich an, aber warum 3 und 4?

Ich ziehe und zerre am Schalthebel herum. Schließlich drücke ich – aha – und das Ding lässt sich verschieben. Schlüssel gedreht, der Motor summt, voilà alte Lady, los geht's. Wobei, wenn ich den Wagen ›alte Lady‹ nenne, müsste ich dasselbe mit mir tun, da wir gleichen Baujahres sind.

Vorsichtig bugsiere ich uns aus der Parkbucht und fädele den Wagen auf die Ansgaritorstraße ein, die sich bereits mit Shopping-Queens im Teenageralter füllt. Seit Montag sind Sommerferien und offenbar brauchen alle neue Bikinis.

»Danke. Danke! Danke? Danke«, murmele ich vor mich hin. Weniger kryptisch fände ich es geiler. So eine erste Nacht ist immer verunsichernd und es sind weiß Gott genug Dinge schief gegangen. Da kann man doch auf ein freundliches ›ich fand es schön gestern Nacht‹ ein wenig konkreter antworten. Aber du willst es in Rätseln, mein Lieber, also gut. Gehen wir die Sache strategisch an. Fakt ist: Wir hatten Sex, Piet hat sich nicht im Morgengrauen davongeschlichen und ein gemeinsames Frühstück gab es auch. Na ja, fast. Für ihn. Zumindest waren wir beide anwesend.

Die Ampel vor mir schaltet auf Rot. Muss die Kupplung jetzt auf P geschaltet werden? Ich lasse es und sehe zu dem Mercedes, der neben mir hält. Sein Fahrer starrt mich mit großen Augen an. Ich lächle und versuche, so auszusehen als sei ich die Besitzerin dieses Porsches. Wie gut, dass ich noch das Kleid von gestern Abend anhabe, so sieht es authentischer aus. Die Ampel schaltet auf Grün und der Mercedesfahrer hält selbst beim Anfahren den Blick weiter auf mich. Manometer, so ein Auto hat wirklich eine Wirkung. Und ist nicht genau das der eigentliche Beweis dafür, dass Piet ebenso auf eine Fortsetzung des gestrigen Abends hofft wie ich? Der Mann hat mir sein sündhaft teures Auto geliehen. Einen Retro-911er Cabriolet aus dem Jahr 1989. Wenn das keine Vertrauensmaßnahme ist. Und deutlich mehr wert als ›war schön gestern Nacht‹. ›Danke‹ kann ja alles Mögliche beinhalten. Was ziemlich smart ist – ein Wort mit tausend Aussagen. Zum Beispiel: Danke, Antonia, ich finde dich fantastisch. Toll, dass du die Nacht mit mir verbracht hast! Danke auch für den grandiosen Orgasmus, den ich trotz Prosecco, Weißwein und drei Gläsern Whiskey noch zustande brachte. Danke, dass du scharfsinnigerweise Kondome zu unserem Geschäftsessen mitgebracht hast. Du bist wirklich mega-organisiert. Also danke, Antonia!

Ich grinse mich im Rückspiegel an und kriege fast einen Herzinfarkt. Das, was da zurück grinst, sieht aus wie Frankensteins Monster.

»What the ...«

Jetzt erklärt sich Piets Blick. Wenn ich meine Hände nicht am Lenkrad bräuchte, würde ich sie schamerfüllt vors Gesicht schlagen. Oh, lieber Gott, bitte, wenn es dich gibt, bitte, lass mich jetzt sterben, auf der Stelle. Oder Piet vorübergehend blind gewesen sein. Oder mich sterben lassen, such es dir aus.

Gott hat offenbar gerade wenig zu tun, denn er reagiert prompt und mit einem lauten Hupen.

Ich löse den Blick vom Rückspiegel und bemerke, dass ich auf der Gegenfahrbahn unterwegs bin. Direkt vor mir ein Laster, dessen Fahrer sein Gesicht zu einer grotesken Grimasse verzogen hat und fast so schlimm aussieht wie ich.

Schnell kneife ich die Augen zu, was nicht mehr nötig gewesen wäre, denn mit einem Knall wird es schwarz um mich herum.

Geräusche dringen in die Dunkelheit. Autohupen. Rufe. Etwas sticht mich am Brustbein. Ich reiße die Augen auf und sehe in das spitze Gesicht eines Huhns.

»Hä?«

Sein Schnabel schnellt vor und hackt mir in den Ausschnitt.

»Ah, weg!«, kusche ich es von meinem Schoß und entdecke ein weiteres Huhn auf dem Türrahmen. Es pikt nach meinem schmalen Armreif, den ich mit Gretchen letztes Jahr in Frankreich gekauft habe. Sie einen, ich einen, je mit der Gravur: ›Les Amies‹. Mit spitzen Fingern stupse ich zurück gegen seine Brust. Einen kurzen Moment sieht es mich verdutzt an, kippt flatternd nach hinten und sucht das Weite – gemeinsam mit geschätzten 300 weiteren Hühnern, die sich auf der Straße verteilt haben und den Verkehr zum Erliegen.

Langsam fügt sich das Desaster zu einem Bild zusammen. Vor mir der Lastwagen, mittlerweile ohne Fahrer, der stattdessen schreiend zwischen dem Federvieh umherrennt. Das Logo des Lasters ›Tiertransporte – sicher, schnell und zuverlässig‹. Teenager-Shopping-Queens, die am Straßenrand ihre Handys auf mich halten. Der Rauch, der vor mir aus der Kühlerhaube aufsteigt.

»Sind Sie besoffen, oder was?« Der Fahrer wechselt abrupt die Richtung und stürmt heran. »Sie ... Sie ... Sie ...«, er erreicht mich und schnaubt wie eine Dampflok. ».... Irre!«

Er stiert mich an, bevor er wieder abdreht und abermals hinter den Hühnern herrennt. Die fliehen in alle Windrichtungen, was zu einem Zickzackkurs des Fahrers führt, der mit den Händen nach unten schnellt, vermutlich um eines der Tiere zu fangen.

Schnell löse ich den Gurt und fasse zum Türgriff, um es den Hühnern gleich zu tun – zu fliehen. Die Tür bewegt sich keinen Millimeter. Verdammter Mist! Ich sehe zur Beifahrertür, entscheide mich jedoch in Anbetracht meines engen Rockes dafür, dass es leichter ist, über die Fahrertür raus zu klettern.

Leider war diese Analyse nicht korrekt. Der Rock macht es mir unmöglich, die Beine weiter als fünf Zentimeter zu grätschen, was genau genommen keine Grätsche mehr ist.

Ich stemme mich an der Seite hoch und mache das zweite Mal an diesem Tag den herabschauenden Hund, diesmal nur über die Tür eines Cabrios. Das Klicken etlicher Foto-Apps ertönt am Straßenrand.

Ich tapse mit den Händen vorwärts und ziehe meine im Rock gefangenen Beine mühsam hinterher. Dumpf schlagen meine Knie auf dem Asphalt auf und ich brauche ein paar Sekunden um mich von dem Schmerz zu erholen. Vielleicht sollte ich einfach liegen bleiben. Mit etwas Glück überfährt mich wer und erlöst mich aus meinem Elend.

Doch das einzige, was über mich drüber stürmt, ist eine Schar Hühner, abgetrennt von dem Rest ihrer Mannschaft. Aus der Ferne nähern sich Sirenen und aus dem Augenwinkel sehe ich den Lastwagenfahrer, der noch immer alle paar Meter nach unten greift und dabei vor Wut schreit. Dies ist mit Abstand der beschissenste Beziehungsanfang, den ich jemals hatte.

3

Mit leicht verengten Augen mustert mich der Polizeibeamte, dem ich in diesem kleinen, schmucklosen Büro gegenübersitze. Unter dem schütteren Haar steht ihm ein Riesenfragezeichen auf die Stirn geschrieben.

»Und Sie haben wirklich nichts getrunken?«

Ich schüttele den Kopf. »Auf jeden Fall nicht zum Frühstück.«

»Ihr letztes alkoholisches Getränk hatten Sie wann?«

»Gegen 0 Uhr?«

»Hm.« Er senkt den Kopf wieder über das Protokoll, als wüsste er jetzt auch nicht weiter. Ich schweige eine Weile mit ihm und spähe aus dem Augenwinkel zum Fenster, durch das der sonnige Tag herein strahlt und feinste Staubkörner in der Luft sichtbar macht. Früher dachte ich immer, das seien die Seelen der Verstorbenen, genauso wie die Schlieren auf Glasscheiben, wenn man lange die Augen auflässt und nur an einen Fleck starrt.

Schließlich hebt der Polizist wieder den Kopf. »Sonst irgendwelche Drogen? Marihuana, Koks, Amphetamine, Special K?«

Ich presse bedauernd die Lippen zusammen und bewege den Kopf langsam von links nach rechts.

»Nada?«

»Nada«, bestätige ich.

»Ich werde trotzdem ein Drogenscreening veranlassen. Sie verstehen, dass das ...«, der Beamte zeigt flüchtig auf mein Gesicht und kreist den Finger, »... schwer nachvollziehbar ist. In Kombination mit ... allem.« Er starrt wieder ratlos auf das Protokoll.

»Ich kann es Ihnen gerne noch mal erzählen«, biete ich an. Der Beamte winkt ab. »Danke, nein. Ich habe alles aufgeschrieben.« Er hebt das Protokoll an und liest. »Sturz beim Nackt-Yoga ...«

»Ich hatte eine Strumpfhose an.«

»Sturz beim Strumpfhosen-Yoga«, berichtigt er sich und sieht kurz auf. Ich nicke zustimmend. »Mit Folge einer geprellten Nase.« Er späht zu meinem Gesicht.

»Genaugenommen bin ich erst gestürzt und habe dann Yoga gemacht.«

»Um den Sturz zu vertuschen.«

»Korrekt.«

»Warum?«

»Ich wollte ins Bad.«

»Ja, das habe ich verstanden, aber warum wollten Sie den Sturz vertuschen?«

Ich überlege. »Waren Sie schon mal verliebt?«

Seine Brauen gehen hoch. »Gut, lassen wir das.«

Er legt das Protokoll sorgsam vor sich auf den Schreibtisch und verschränkt die Finger. »Dennoch verstehe ich nicht, wie das eine mit dem anderen und dem Unfall zusammenhängt. Aber das wird wohl ein Richter herausfinden müssen und nicht ich.«

Ich nicke brav. Der Beamte betrachtet mich mit dem freundlichen Ausdruck, den man Verrückten zuteilwerden lässt.

»Sie bekommen dann Post von uns. Im Gang wartet übrigens schon jemand auf Sie. Halten Sie sich bitte dennoch für das Drogenscreening zur Verfügung und lassen sich vom Amtsarzt untersuchen, nicht, dass doch noch mehr kaputt gegangen ist.«

»Wer wartet denn?«

Der Polizist hebt die Schultern.

Piet. Sicher ist er es, der da draußen sitzt. Besorgt um mein Wohlergehen. Oder das seines Autos.

»Kann ich mich irgendwo abschminken?«

»Im Gang nach rechts, bis zum Ende durch, da finden Sie die Waschräume.«

»Danke.«

In meinem Bauch macht sich ein nervöser Brummer auf, weil ich nicht weiß, ob Piet eher besorgt oder wütend sein wird.

An der Tür bleibe ich stehen und drehe mich zu dem Beamten um. »Ich nehme an, dieses ist der einzige Weg nach draußen?«

»Sie meinen, ob es eine Geheimtür gibt?«

Ich nicke hoffnungsvoll.

»Das darf ich Ihnen leider nicht verraten. Sonst wäre es ja nicht mehr geheim.« Er zwinkert mir zu.

Ergeben ziehe ich die Bürotür auf und erwarte das Schlimmste.

»Mama?«

»Autri!« Meine Mutter flattert in einem Kaftan auf mich zu und breitet die Arme aus. Ich verschränke meine vor der Brust.

»Antonia! Entschuldigung, Antonia! Ich hab's kurz vergessen. Die Aufregung. Puh!« Meine Mutter legt melodramatisch den Handrücken an ihre Stirn. Sie ist der Typ alternde Brigitte Bardot gemischt mit ›Mutter Beimer‹.

»Was machst du denn für Sachen? Und seit wann hast du einen Porsche? Kannst du dir das überhaupt leisten? Abgesehen von der Umweltverschmutzung.«

Mit einem leisen Quietschen ihrer Flipflops kommt sie vor mir zum Stehen.

»Ich erinnere dich an die 24 Rolls Royce deines Gurus.«

»Ach, du wieder«, sagt Mama. Ich lasse mich mit weiterhin verschränkten Armen von ihr drücken.

»Woher weißt du, dass ich hier bin?«

»Ich bin doch dein Notfallkontakt.«

»Das war in der Grundschule.«

»Ein Notfallkontakt hat kein Verfallsdatum, sei denn er ist tot. Offenbar ist ja auch sonst niemand informiert worden, oder?«

»Offenbar nicht«, grummel ich.

»Schöne Kriegsbemalung übrigens, hat die eine Bedeutung?«

Ich seufze.

»Schon recht, du musst nicht darüber reden. Wobei reden gesund ist. Überleg es dir.«

»Danke, nein.«

»Na, dann bring ich dich nach Hause. Dein Auto ist ja jetzt in der Werkstatt. Ein Porsche.« Sie schüttelt halb streng, halb belustigt den Kopf.

»Ich muss noch zum Drogenscreening.«

Meine Mutter klappt den Mund auf. »Oha, du fängst an, mir fremd zu werden, Autri.«

Ich sehe sie böse an.

»Antonia.« Sie verdreht die Augen.

»Außerdem habe ich nichts genommen.«

»Ich verurteile dich nicht.«

»Wirklich nicht.«

Meine Mutter mustert mich kritisch.

»Mama, hör auf damit. Du weißt, dass ich die Letzte bin, die Drogen nehmen würde.«

Ihr Gesichtsausdruck wechselt von forschend zu bedauernd. »Meiner Meinung nach wird das zu sehr verteufelt. Ich habe auf LSD Unglaubliches erlebt. Unglaubliches!«

»Mama, wir sind hier bei der Polizei.«

»Na und, das ist dreißig Jahre her, wollen die mich jetzt dafür verhaften?«

»Ich mein ja nur, kannst du nicht leiser sprechen?«

»Ich stehe zu dem, was ich bin, Autri.«

»Antonia!«

»Antonia.«

»Danke.«

»Was mir zeigt, dass du nicht zu dem stehst, was du bist. Ich finde es sehr schade, dass du dich umbenannt hast.«

»Das hatten wir doch schon hundertmal.«

»Ja, mein Schatz.« Mama kneift mir liebevoll in die Wange und reibt dann die Schminke zwischen den Finger aneinander. »Die hält aber nicht gut.« Stöhnend weiche ich ihren Fingern aus. »Übrigens, liebe Grüße von deinem Chef.«

Ich werde blass.

»Ein netter Mann, wirklich. Der war richtig schockiert, als ich ihm Bescheid gegeben habe.«

»Du hast mit Piet telefoniert? Oh, Gott.«

»Nein, der hieß anders, Peter Wohlfa ...« Meine Mutter stockt und runzelt die Stirn. »Verstehe.«

Eine dickliche Polizistin marschiert strammen Schrittes den Gang heran.

»Mama, ich krieg das hier alleine hin. Du kannst ruhig fahren. Ich muss sowieso gleich ins Büro.« Ich sehe auf die Uhr. »Ach, Mann!«

»Was?«

»Es ist ja schon halb zehn.«

»Ja, und?«

»Wir haben ein Meeting!«

»Das übernimmt die Vor-Dame.«

»Welche Vor-Dame?«

»Oder wie heißen die jungen Frauen immer vor den Chefbüros?«

»Office Managerin?«

Meine Mutter schnaubt. »Ja, so heißt das heute, egal, ich habe erst mit deinem Chef gesprochen und der hat mich zur Vor-Dame durchgestellt und die hat gesagt, gar kein Problem, sie kommen auch sehr gut ohne dich zurecht.« Meine Mutter rückt den Kaftan vor ihrem ausladenden Busen zurecht.

»Als wenn die einen Plan hätte«, murmle ich verärgert, denn es ist völlig klar, mit wem Mama gesprochen hat: Mit Jessi, der Schnepfe. Klar denkt die, dass sie das Meeting ohne mich hinkriegt. Dabei bin ich diejenige, die den Deal mit Heralds Inc. seit Wochen vorbereitete und die gestern mit Piet alle Argumente für die Umstrukturierung durchgekaut hat. Bevor wir tranken. Und im Bett landeten.

Bei der Erinnerung schießt mir das Blut ins Gesicht. Mamas Adleraugen tasten mich ab und ihre linke Braue gleitet in die Höhe. »Mein Schatz, du siehst etwas durch den Wind aus. Als deine Mutter sage ich dir, dass du nach so einem Schock ins Bett gehörst und nicht ins Büro.«

Die dickliche Polizistin steuert zielstrebig auf uns zu und ruft mir schon aus acht Metern Entfernung mit einem tiefen Bariton entgegen. »Frau Taum? Folgen Sie mir bitte zum Drogen-Test?«

»Viel Glück«, wispert meine Mutter und zeigt mir verschwörerisch ihre gedrückten Daumen. »Ich warte hier auf dich.«

»Brauch ich nicht, musst du nicht«, antworte ich fast flehentlich.

»Hier entlang«, sagt die Beamtin und bugsiert mich in die Richtung, aus der sie gekommen ist.

»Soll ich im Büro Bescheid geben, dass du noch beim Drogentest bist?«

»Wehe!«, rufe ich über die Schulter zurück und wende mich der Polizistin zu. »Könnte ich noch?«, ich zeige auf die Waschräume, an denen wir vorbeilaufen.

»Im Anschluss«.

Wir gehen durch eine Glastür und ich sehe einen Moment in der Spiegelung wieder Frankensteins Monster. Vielleicht ist es das, was ich in Wahrheit bin. Ein zusammengenähtes Wesen ohne Sinn und Verstand. Halb Autri, halb Antonia. Dabei würde ich Autri gerne begraben. Dieses tollpatschige kleine Mädchen mit den zu großen Kleidern anderer Kinder und den ungekämmten Haaren. Das Mädchen ohne Vater und einer Mutter, die zwar liebenswert, aber chaotisch und nonkonform ist. Alles, was ich immer sein wollte, war ›normal‹. Aber Autri war nie normal, Autri war so etwas wie eine Zirkusattraktion, die im Dorf bestaunt wird, aber nie Teil der Gemeinschaft ist. Und dann kommt mir ein weiteres ›Monster‹ in den Sinn: Der Glöckner von Notre Dame, der sich an der Kirchenglocke festklammert und mit herz- zerreißendem Klagen ›ich bin kein Tier‹ brüllt. Ja, so ungefähr fühle ich mich gerade.

4

Nachdem ich sowohl meinen Urin als auch mein Blut abgegeben hatte und der Amtsarzt endlich überzeugt war, dass ich zwar aussehe, als habe ich Drogen genommen, aber sich keinerlei Spuren davon finden lassen, durfte ich gehen.

Mittlerweile ist es elf Uhr und das Meeting in vollem Gang. Mein Handy, das während meines Aufenthalts in der Staatsgewalt ausgeschaltet bleiben musste, zeigt eine Sprachnachricht von Piet an, nebst zig Anrufversuchen meiner Mutter, die um 9:25 Uhr endeten. Offenbar hat sie mich sogar aus dem Gang des Präsidiums angerufen, als ich bei Mr. Schütteres-Haar saß.

Ich atme einmal durch, bevor ich auf ›Nachricht abhören‹ tippe und Piets Stimme erklingt.

»Hey, äh, ich habe gerade mit Hippie-Mom telefoniert, genaugenommen zum zweiten Mal. Sie sagte, du bist bei einem Drogentest?« Piet spricht das letzte Wort schleppend aus. Dro-gen-test. Kurz denke ich, dass die Aufnahme damit abbricht, aber dann höre ich ihn leise atmen.

»Hast du ...? Ich mein, eigentlich kann ich das gar nicht glauben, auf der anderen Seite, als du aus der Toilette kamst in dieser merkwürdigen Aufmachung ...«

Mit zusammengekniffener Miene lausche ich weiter.

»Scheiße, Antonia, du hast doch nicht ernsthaft was genommen, oder? Ist das ... müssen wir darüber reden?«
Ich presse wütend die Lippen zusammen. Warte, Mama, bis ich dich zu fassen kriege.

»So, wie ich deine Mutter verstanden habe, handelt es sich um falschen Alarm, aber ich muss zugeben, dass du heute reichlich merkwürdig warst. Also, im Gegensatz zu sonst.«

Gut, vielleicht reicht eine kleine Schelte für Mama.
»Wie dem auch sei, wir haben auf jeden Fall ein Riesenproblem an den Hacken und ich erwarte von dir, dass du mich darin unterstützt, den Imageschaden so klein wie möglich zu halten. Okay?«

Ich nicke, obwohl Piet das nicht sehen kann und ich keinen blassen Schimmer habe, wovon er redet.

»Heftig, wie viele Geschwister du hast. Wirklich Antonia, du bist für einige Überraschungen gut.« Er lacht auf, leicht hysterisch, wie ich finde.
»Nun ja. Mach heute am besten frei und ruh dich aus.« Er schweigt einen Moment, aber ich höre ihn weiter angespannt atmen. »Ich ... bin froh, dass du nicht verletzt bist. Wirklich. ... Also, dass mit meinem Auto ist scheiße, aber du bist wichtiger.«

Ich lächle gerührt.

»Gut, alles weitere morgen, drück uns die Daumen mit Herald Inc. ... Oh, da sind sie schon.« Im Hintergrund sind Türen zu hören und Jessis hohe Stimme, die ›Herr

Schmidt‹ ruft und dann ihr Lachen, das mich an das Glockenspiel in der Fußgängerzone erinnert.

»Ciao-i.«

Klick.

Ich starre auf mein Handy. Was zum Teufel hat Mama ihm erzählt? Und was für ein Imageschaden? Und seit wann sagt er Ciao-i?

Im Gedanken gehe ich durch, welche von meinen Geschwistern Mama erwähnt haben könnte. Auf unserer Seite sind nur sie und ich zu verbuchen, mein Vater war deutlich umtriebiger gewesen. Da wären meine älteren Halbgeschwister Ruben und Rike, der eine in Alaska als Pferdearzt, die andere in dem Kaff meiner Kindheitsurlaube auf einem Bauernhof. Gerald (französisch Jera ausgesprochen), mein jüngerer Halbbruder in Paris (seine Mutter war Tänzerin im Moulin Rouge, man glaubt es kaum). Alle folgenden Kinder befinden sich in Afrika und haben dementsprechende Namen (Chidera, Fiefie, Yaa, Okwundu) die ich mir nur bis Kind vier habe merken können. Heute lebt mein Vater in einem abgeschiedenen Dorf in Ost-Afrika, das angeblich nach alten Traditionen seinen Alltag gestaltet. Außer Rike und Ruben habe ich keine meiner Halbgeschwister je kennengelernt, außer in Form von Fotopostkarten, deren Versand Papa vor fünfzehn Jahren einstellte. Aber vielleicht hat er auch einfach aufgehört Kinder wie Kaulquappen zu zeugen.

Ich nehme an, dass meine Mutter von meinen afrikanischen Halbgeschwistern sprach. Sie brüstet sich gerne mit ihnen, so als würde sich durch sie der Geruch der großen, weiten Welt auf sie abfärben. Oder die Schmach des Verlassenwerdens ist leichter zu ertragen, wenn die Folgefrau eine coole Stammesführerin ist, statt einer jungen Nachtclub-Tänzerin aus Pigalle (für die Mama wenig gute Worte übrig hat und sie in der Regel als ›die Strunzdumme‹ tituliert).

Bleibt die Frage nach dem Imageschaden. Soweit ich beurteilen kann, ist keines der Hühner zu Tode gekommen, lediglich geflohen. Was unter Umständen als Rettungsaktion verbucht werden könnte. So wie die von Greenpeace, die sich an Tanker ketten. Auch wenn ich mich nicht an den Laster gekettet habe, sondern ihm nur einen kleinen Rumms versetzte. In dieser Argumentationskette wäre sogar das Contouring Make-up als Tarnung auslegbar. Ich muss unbedingt herausfinden, ob die Hühner auf dem Weg zum Schlachthof waren. Wohin auch sonst? Doof, dass Piet jetzt in der Sitzung ist, da kann ich mir einen Rückruf sparen. Aber eine Nachricht, dass ich keine Drogen genommen habe, möchte ich ihm dann doch hinterlassen.

»Hey Peter, Antonia hier. Nur in Kürze: Ich nehme keine Drogen, nahm nie welche und habe es in Zukunft auch nicht vor. Ich bringe dir morgen die Negativ-Ergebnisse mit. ... Bis dann. Ciao.« Ich sende die Sprachnachricht ab und überlege. Soll ich mich auf diesem Wege entschuldigen, oder lieber morgen persönlich? Am besten beides. Ich drücke wieder auf Aufnahme. »Und es tut mir furchtbar leid. Alles. Um das Auto, aber natürlich komme ich für den Schaden auf, aber auch für den Imageschaden, wobei ich noch nicht ganz verstanden habe, worum es sich hierbei handelt. Also, sorry. Wirklich. Ich mach es wieder gut, versprochen!«

Einen Moment stehe ich mit dem Handy da, dann sende ich auch diese Nachricht los. Mehr kann ich gerade nicht tun und irgendetwas sagt mir, dass ich die Sache im Zweifelsfall nur verschlimmbessere, wenn ich mich nicht schnell zu Hause verkrieche.

Ich stecke mein Handy in die Handtasche und laufe los. Nach wenigen Metern tun mir die Füße weh. Diese Highheels sind wirklich auch nur zum Anschauen geeignet. Ich ziehe sie aus und schaue mich nach einem Taxistand um. Nix zu sehen. Verdammt, ich hätte mich doch von Mama fahren lassen sollen.

Um mich herum schmucklose Bürobauten, eine vierspurige Straße und ein Schnellimbiss. Barfuß weiter, oder in den sauren Apfel beißen? Ich entscheide mich für Letzteres. Mit etwas Glück erfahre ich so wenigstens, was Piet jetzt alles über mich weiß.

Mama kommt überraschenderweise nach nur einer Minute aus dem Schnellimbiss geflattert, in einer Hand einen Burger, in der anderen einen Colabecher.

»Es ist nicht, was du denkst«, rufst sie mir entgegen. »Der ist vegan...«, sie wedelt mit dem Pappbrötchen.

»...und der Becher ist wiederverwendbar UND aus recycelten Materialien.«

»Vorbildlich«, antworte ich und meine es auch so.

»Schön, dass du meine Hilfe in Anspruch nimmst.«

»Obwohl du, entgegen meiner Bitte, nochmal in der Firma angerufen hast«, tadele ich sie.

»Ich wollte die Vor-Dame sprechen, aber dein Chef war gleich selber dran.« Mama hebt die Schultern. »Flache Hierarchie, finde ich gut.«

»Musstest du ihm vom Drogentest erzählen?«

»Na, das ist doch wichtig, dass sie wissen, dass du schon wieder raus bist.«

»Wo raus?«

»Aus dem Gefängnis.«

»Mama, ich war nicht im Gefängnis.«

»Das habe ich ja auch nicht gesagt.«

»Sondern?«

»Nur, dass du zum Drogenscreening musst und dass darüber viel zu viel Wind gemacht wird. Im Allgemeinen. Wenn die Drogenpolitik anders wäre, gäbe es weniger Beschaffungskriminalität und weniger Süchtige. Studien belegen das. Wusstest du, dass sich der THC-Wert von

Cannabis in den letzten zehn Jahren mehr als verdoppelt hat? Was glaubst du, warum?«

Ich zucke mit den Schultern und folge meiner Mutter barfuß zu ihrer alten Ente.

»Weil es sich für Dealer sonst nicht lohnt, das Zeug zu verkaufen. Warum sollten sie ein Risiko für etwas eingehen, das lediglich entspannt? Da kann man sich ja gleich ein Lavendelbad legen.«

Ich seufze.

»Das ist Politik mein Kind, reine Politik, das hat nichts mit der Wirklichkeit zu tun. Da hat mir dein Chef sogar beigestimmt.«

»Mama, die Leute geben dir recht, damit du aufhörst zu reden.«

Sie bleibt abrupt stehen und sieht mich verletzt an. »Nur weil es dir nicht gut geht, musst du nicht garstig werden.«

Ich senke den Kopf. Mama zieht energisch ihre stets klemmende Fahrertür auf.

»Entschuldigung, war nicht so gemeint. Ich bin einfach nur gestresst. Sorry.«

Ihr Blick wird weicher. »Weißt du, bei Kindern denkt man sich ›Trotzphase‹, das geht nicht gegen mich, oder ›Pubertät‹, da muss sie durch. Aber als Erwachsene ist es nur fies.«

»Tut mir leid.«

Sie lehnt den Unterarm auf die Türkante. »Alles, was ich tue, tue ich nur, um zu helfen.«

Ich nicke. »Ich weiß.«

Mama lächelt versöhnlich. »Okay, bringen wir dich nach Hause. Ich koch dir einen Tee, mein Schatz, was hältst du davon?«

Ich nicke wieder, auch wenn ich gar keine Lust auf Tee habe.

»Gut, dass die Vor-Dame dir frei gegeben hat. Musst kräftig ziehen, die klemmt jetzt auch«, kommentiert sie meine Versuche, die Beifahrertür zu öffnen. Ich verzichte darauf, Mama darauf hinzuweisen, dass Jessi gar nicht die Befugnis hat, mir frei zu geben und lasse mich nach einem entschlossenen Ruck an der Tür erleichtert in den Beifahrersitz ihres mittlerweile als Oldtimer geltenden Citroëns sinken. Meine Mutter plumpst neben mir in den Fahrersitz und betrachtet mich. »Schade, dass du dich abgeschminkt hast. Du sahst so schnittig aus damit, ein bisschen wie ein Windhund.«

Mit hochgezogenen Brauen sehe ich sie an. Meine Mutter wirft mir einen Luftkuss zu und zwinkert verschwörerisch. »Wusstest du, dass die Windhundrasse Sloughi unter anderem aus Algerien stammt?«

Ich schüttele den Kopf.

»Ach, Algerien«, seufzt Mama. »Das war mit die schönste Zeit meines Lebens. Ich kann schon verstehen, dass dein Vater in Afrika gelandet ist.« Sie startet den

Wagen, der ein Geräusch wie eine ächzende alte Tante von sich gibt.

Ich streiche Mama über den Arm. Tapfer lächelnd starrt sie auf die Straße. »Schon gut. Ich hab ja dich dafür bekommen.«

Ich ziehe meine Hand zurück und sehe aus meinem Fenster. Obwohl sie es zu verbergen versucht, spüre ich ihre Traurigkeit. Immer noch. Nach dreißig Jahren.

Draußen sausen Bürobauten vorbei, Fahrradfahrer, eine Tram. Die Sonne scheint, der Himmel ist blau. Ein scheinbar perfekter Sommertag, der alle Zutaten für einen Neuanfang bereit hält. So dachte ich heute Morgen. Jetzt sitze ich in demselben Auto, in dem ich schon mit sechs saß (ein Wunder, dass meine Mutter ihn Jahr für Jahr durch den TÜV kriegt. Auf der anderen Seite ist der Prüfer ihr guter Freund Harvey und so langsam frage ich mich, ob Harvey wirklich prüft, oder einfach nur die Plakette überreicht) und Mamas Kummer legt sich auf mich wie eine Decke. Es hat sich nichts geändert. Mama und ich. Ohne Männer.

Ich seufze, aber ganz leise, damit sie es nicht hört.

5

Was ich mir merken muss:

- Mehr als zwei Stunden mit Mama bringen mich an den Rand einer Depression.
- Werde nicht wie Mama (siehe Kaftan, Männer, Zeitspanne Liebeskummer, Gewicht)
- Egal, was ich vorhabe: Zehn Zentimeter Stilettos sind verboten. Sie tun a) weh und sie machen b) abhängig. (Von Müttern, Taxis und / oder Geld)
- Stiftröcke eignen sich nicht zur Flucht.
- Gretchen als Notfallkontakt einsetzen. (Zettel in Portmonee, amtliche Beglaubigung?)
- Benutze niemals, unter keinen Umständen Contouring Make-up, außer du hast vorher ein zehnwöchiges Seminar dazu belegt.

Zum Glück geht Gretchen bereits nach dem zweiten Tuten ran. Vorher hatte mir Mama den angekündigten Tee gekocht und ein paar Stullen aufgedrängt, damit ich ›nicht vom Fleisch falle‹ (was wahrlich keine Gefahr bei mir ist). Dann konnte ich sie erfolgreich davon abhalten mir die Haare zu bürsten (»Das hast du als Kind doch so geliebt!«), musste mich dafür aber zu einer Partie Rommé breitschlagen lassen (»Bitte, bitte, nur eine Runde!«).

Als meine Mutter ging, war ich fix und fertig mit den Nerven und brauchte jemand Richtigen zum Reden.

»Du Arme«, lacht Gretchen am anderen Ende. »Ich hoffe, für den Sex hat sich das Ganze wenigstens gelohnt?«

»Hundertpro«, sage ich. Doch Gretchen kennt mich einfach zu gut.

»Das hört sich aber nicht überzeugend an.«

»Hundertpro hört sich nicht überzeugend an? Mehr als hundert Prozent gibt es nicht.«

»Hundertpro hört sich nach Firmensprech an und eher kühl.«

»Wir waren halt ziemlich betrunken«, gebe ich zu.

»Hm«, macht Gretchen.

»Was, hm?«

»Na ja, auch betrunken kann Sex berauschend sein, etwas unkoordiniert vielleicht. Aber trotzdem aufregend. Sei denn, ihr wart komatös besoffen.«

»Natürlich nicht!«

»Also war es langweilig?«

»Nein«, wehre ich ab.

»Sondern?«

»Es war ... normal.«

»Normal?«

»Ja, so wie wenn man schon lange zusammen ist.«

»In der ersten Nacht?«

»Ja, also nicht wie schon lange zusammen, vielleicht mehr ...«, ich stocke, weil ich auch nicht so recht weiß.

»Vertraut?«, tappt Gretchen im Dunkeln.

»Nee.«

Gretchen schweigt. Und ich auch.

»Okay, es war langweilig«, sage ich schließlich.

»Das ist doch nicht schlimm«, antwortet sie. »Ihr kennt euch nicht, wisst nicht, was ihr mögt, das braucht manchmal. Bei Sven war es auch erst ab dem zweiten oder dritten Mal gut.«

»Wirklich?«

»Wirklich«, sagt Gretchen, was ich sehr nett von ihr finde, weil ich mir ziemlich sicher bin, dass es sich um eine kleine Trostlüge handelt. In Erinnerung ist mir nämlich geblieben, dass Gretchen am Anfang ihrer Beziehung davon schwärmte, dass sie Sven beim Sex am liebsten fotografieren würde, weil er dabei so ein entzückendes Lächeln hätte. Mir kam das Wort entzückend in diesem Zusammenhang zwar merkwürdig vor, aber Gretchen meinte, wenn ich es sehen würde, wüsste ich, was sie meint. Dass Sven sein entzückendes Lächeln erst nach dem zweiten Mal aufsetzte, wäre mir also neu.

»Bleibt eh abzuwarten, ob es zu einem weiteren Mal kommt. Nach dem heutigen Tag denkt Peter vermutlich, dass ich komplett verrückt bin.«

»Oder dass du komplett verliebt bist.«

»Nicht wirklich besser.«

»Wieso, ist doch gut. Immer dieses tun als ob. Antonia, dafür sind wir wirklich zu alt. Steh dazu. Du bist verliebt. Der Typ sieht mega aus, er ist klug, er leitet eine Firma, ist erfolgreich.«

Ich kichere. »Und langweilig im Bett.«

»So wie du, denn dazu gehören immer zwei.«

»Stimmt.«

»Mach dir nichts draus, einmal ist keinmal. Ich bin mir sicher, dass ihr eine zweite Chance unter besseren Umständen bekommt.«

Ich nicke am andern Ende. »Danke. Du bist die Beste, weißt du das?«

»Ja«, antwortet Gretchen trocken. »Ruf mich an, bevor du die nächste Katastrophe lostrittst, okay?«

»Versprochen.«

»Hab dich lieb.«

»Hab dich auch lieb«, antworte ich, aber da hat Gretchen schon aufgelegt. Wahrscheinlich muss sie jetzt an anderer Stelle die Welt retten. Die Katze der alten Nachbarin vom Baum, oder das weinende Kind aus dem verlassenen Auto. Mit Sandsäcken die Straße vor der kommenden Flut schützen, Svens Bachelorarbeit aus dem abgestürzten PC popeln. Hat es alles schon gegeben bei Gretchen. Mit einem Lächeln und der festen Überzeugung, dass es am Ende gut wird. Gretchen ist da, wo sie gebraucht wird. Und seit der 10. Klasse meine beste Freundin.

Ich hätte sie gerne hergebeten, aber Svens Mutter ist im Anmarsch und das bedeutet, alle ungewollten Geschenke herauszuholen und so aussehen zu lassen, als seien sie entweder in Betrieb (so wie das ›lustige‹ Radio in Teddybärenform und der singende Toaster) oder als Dekoration im Gebrauch (wie das Gemälde aus geklebten Servietten und das XXL-Schneegestöber mit einem Foto von Svens Eltern). Mit jedem Besuch veranstalten Sven und vor allem Gretchen diesen Aufriss erneut, weil sie sich nicht trauen, Hilde zu sagen, wie furchtbar sie ihre Geschenke finden. Was sie in meinen Augen zu noch besseren Menschen macht, als sie ohnehin schon sind.

Ratlos stehe ich mit dem Handy im Wohnzimmer rum und weiß nicht, was mit diesem unvermutet arbeitsfreien Tag anfangen soll. Aufräumen brauche ich nicht, denn es ist ordentlich wie immer, da ich außer Möbel kaum Gegenstände habe. Ich habe null Gefühl für Inneneinrichtung, was ich bedaure, aber nicht ändern kann. Ich hab's versucht, ehrlich. Mit Schöner Wohnen in der Hand zu Ikea (okay, ist vielleicht nicht die gelungenste Kombi), mit Gretchen in das coole Möbelgeschäft in der Altstadt oder Pinterest Accounts folgen. Aber wenn die Accessoires bei mir zuhause stehen, sehen sie es aus wie von einem Kleinkind im Dunkeln zusammengestellt.

Seufzend lasse mich auf mein ›Work-and-living Sofa‹ nieder, auf dem ich in der Regel weder das eine noch das andere mache und auf dem ich aussehe wie Robinson Crusoe auf seiner einsamen Insel. Die Sonne fällt durch die Balkontür aufs Fischgrätparkett, draußen lacht der Sommer. Wie gern wäre ich jetzt im Büro. Bei Piet. Oder im Hotelbett. Vor dem Aufwachen. Oder im *Mikes*. Irgendwo in Gesellschaft, wo ich keine Zeit habe, darüber nachzudenken, wie effektiv ich das Ganze mit Piet versemmelt habe. Warum bin ich nicht einfach liegengeblieben? Decke hochziehen und die Komfortzone mal ein wenig dehnen? Außerdem ärgere ich mich über den vielen Alkohol gestern, weil ich so nicht sicher sein kann, dass Piet nicht nur aus Versehen mit mir im Bett landete. Und über meine Mutter, die mir mit ihrem vielen FKK-Zumutungen das Nackt-Sein madig gemacht hat. Und über Kim Kardeshian. Was wenn Piet seinen ganzen Mut zusammennehmen musste, und nun haben mein Grusel-Make-up und sein kaputter Kotflügel Zweifel an seinen Gefühlen zu mir gesät? Je mehr ich über alles nachdenke, umso verwirrter werde ich und tue mir mit jeder Minute mehr leid. Das ist kein schöner Zug und äußerst unproduktiv, aber nach langweiligem Sex mit dem Chef, einer Karambolage mit Hühnern und einem Drogenscreening kann das schon mal passieren. Wobei mich das Erste am meisten kratzt. Wie so oft hat Gretchen zielsicher den Finger in die Wunde gelegt – in ihrer netten, aber ehrlichen Art. Eine Wunde deshalb, weil es dieses Stimmchen in mir gibt, das behauptet, dass ich diejenige bin, die Schuld an dem langweiligen Sex hat. Gegen Piet bin ich eine graue Maus, auch wenn ich mich üblicherweise ganz okay finde. Aber wenn Piet Brad Pitt wäre, dann wäre ich Jennifer Aniston. Attraktiv, aber eben nicht Angelina Jolie.

Und würde ein Brad Pitt nicht immer aufregenden Thelma-und-Louise-Sex haben? Am besten auf dem Rücksitz seines Porsches? Tja, auch diese Chance ist nun vertan, der Mann lässt mich sicher nie wieder in sein Auto, egal zu welchem Zweck.

Während ich vor mich hin grübele, wackele ich mit meinen Zehen – anziehen, ausstrecken – eine Angewohnheit, die seltsam beruhigend ist und nebenbei die Füße gut durchblutet und wärmt. Mein Vater fand, dass dies ein eindeutiges Indiz dafür sei, dass ich sein Kind bin, denn er hatte dieselbe Angewohnheit. Dass wir diese Schrulligkeit teilen, hat mich furchtbar stolz gemacht. Selbst als er uns schon längst verlassen hatte und die Benachrichtigungen über meine neuen Geschwister immer seltener kamen. Ich hatte etwas geerbt und es war nicht das Chaos meiner Mutter. Merkwürdig, wie oft mir dieser mir mittlerweile fremde Mann heute in den Sinn kommt.

Und plötzlich weiß ich, was ich machen möchte.

Nach etwas Rumgesuche in meinem Kleiderschrank werde ich fündig. Unter den Wollpullovern und dem

Flanellnachthemd von Oma, das ich den ganzen Winter vergeblich suchte, steht die alte Metallschatulle mit den Fotos. Eine magere Auslese meiner Kindheit. Lebe den Tag, ist eine von Mamas Standardantworten, wenn ich frage, warum wir so selten Fotos machen. »Wenn du jetzt nicht mitbekommst, was um dich herum geschieht, nützt es dir als Bild auch nichts mehr«.

Mit Omas Nachthemd an (mir doch egal, dass es erst 15 Uhr und Sommer ist) und der Schatulle in der Hand, schlurfe ich zurück zum Work-and-living. Mein Selbstmitleid ist kurz davor mit Fanfaren den Höhepunkt zu erreichen und was eignet sich zur Begleitung besser als Kinderfotos?

Gleich das Erste treibt mir dann auch Tränen in die Augen: Papa, Mama, Kind. Fast übertrieben glücklich vor einem Wohnwagen, selbiger, in dem ich gezeugt wurde und in dem ich die ersten zwei Jahre gewohnt habe, allerdings im Garten von Oma und Opa in Verden an der Aller, einer Kleinstadt zwischen Bremen und Hannover, da sich meine Eltern weder Algerien noch einen Dauercamper-Stellplatz leisten konnten. Papa, weil er Alimente an Irene, seine erste Frau, zahlen musste, Mama, weil sie wegen Papa keinen Schulabschluss und ergo keinen Job hatte. Opa hätte Papa gerne vom Grundstück gejagt und verzichtete nur aufgrund der melodramatischen Ader meiner Mutter darauf. ›Lieber einen Schwerenöter als Schwiegersohn, als eine Tochter in der Aller‹, sollte noch jahrelang eine geflügelte Redewendung in der Familie bleiben.

Ich muss zugeben, dass mein Vater ein gutaussehender Kerl mit seinen verwuschelten, dunkelblonden Haaren und dem Grübchen am Kinn war. Etwas zu alternativ für meinen Geschmack, was wohl an den lila Latzhosen liegt. Mama hält mich lässig auf einer Hüfte und lacht Papa mit dem verstrahlten Ausdruck einer religiösen Fundamentalistin an. Ich selbst bin bis auf eine gestreifte Frotteebüx nackt und interessiere mich einzig für die bunte Perlenkette um Mamas Hals. Auf der Rückseite steht in Omas krakeliger Handschrift: Autris zweiter Geburtstag. Natürlich weiß ich, was hinten steht, denn schließlich stammt das Bild aus meiner Fotokiste. Aber ich muss mal dringend etwas weinen, um den verdammten Knoten im Hals wegzubekommen, der sich dort seit meiner Begegnung mit dem Hotelteppich bequem gemacht hat. Und was eignet sich dazu besser als ein Foto aus glücklichen Zeiten, in denen niemand ahnte, dass Papa drei Jahre später Mama und mich für eine französische Tänzerin in Unterwäsche verlassen würde?

Ich schließe die Augen und endlich kullern die Tränen raus, und machen einem angenehmen Tango-Gefühl Platz, das hinter seiner Traurigkeit immer seine gute Freundin Hoffnung dabei hat. Wird sich schon alles zurechtbiegen, flüstert es mir sanft ins Ohr. Ich nicke, schluchze noch ein – zweimal und schlummere auf meiner Work-and-living Insel ein.

6

Kein Make-up und ein Hosenanzug, der gleichzeitig so bequem wie trendy ist. Ich dreh mich vor dem Flurspiegel hin und her, um zu überprüfen, dass ich nicht von hinten unvorteilhaft aussehe. Da der Spiegel die Beine ab den Waden kappt, hüpfe ich zusätzlich hoch, um auch meine Schuh-Auswahl zu begutachten. Normalerweise würde ich Ballerinas nicht zu einem Anzug tragen, aber diese Hose ist sommerlich gekrempelt und lässt die Knöchel frei, also passt es. Im Gegensatz zu meinen Innen-Design-Künsten rühme ich mich eines durchaus guten Modegeschmacks.

Zufrieden verlasse ich die Wohnung. Eine Runde Weinen, kombiniert mit ausführlichem Nachtschlaf bewirkt doch immer wieder Wunder. Ehrlich, ich könnte heute Bäume ausreißen!

Draußen stelle ich mich an den Straßenrand und hebe den Arm. Ich liebe es, wie in New York mit einer lässigen Handbewegung einen Wagen zu rufen. Rangiert so auf Höhe mit Whiskey-trinkenden Männern. Ich war zwar noch nie in New York, das muss mich aber ja nicht davon abhalten ähnlich aufregend zu leben.

Eine Minute später hält ein eierschalenfarbener Wagen mit quietschenden Reifen neben mir. Schade, dass deutsche Taxis nicht gelb sind. Sollte ich jemals eine

Firma gründen, wäre es ein Fahrservice mit Taxis in original New-York-Cab-Gelb. Und jeder Fahrer müsste mit Brooklyn-Akzent sprechen.

Vom Steuer des deutschen Pendants grinst mir ein schwarzhaariger Jüngling mit enormen Bartwuchs zu. »Wohin soll's gehen, schicke Lady?«

Ich bequeme mich in den Fond und beschließe Aditi Damanis, wie mir das Mitarbeiterkärtchen am Rückspiegel verrät, im Fall des Falles einzustellen. Er scheint mir die richtige Attitude zu haben.

»Zur Schlachte, bitte.«

»An der Schlachte«, wiederholt Aditi. »Hausnummer?«

»MaBuGo«, antworte ich stattdessen, weil ich mir keine Hausnummern merken kann und schon Schwierigkeiten habe, meine eigene zu behalten. 51? 53?

»MaBuGo«, wiederholt mein Taxifahrer. Er legt den Gang ein und fährt mit ebenso quietschenden Reifen los, wie er hielt. »Das hab ich heute schon mal irgendwo gehört.«

Aditi sieht mich grübelnd durch den Rückspiegel an, dann hebt er erfreut den Zeigefinger. »Jetzt weiß ich's wieder! Im Fernsehen.«

Ich nicke gnädig. MaBuGo ist häufig in den Nachrichten, vor allem, wenn Piet mal wieder ein besonders böses Unternehmen auf den richtigen Kurs gebracht hat. Konzerne, die Kinderarbeit tolerierten, oder indische Flüsse mit Abwasser aus ihren Fabriken vergifteten. Piet hat ein Händchen für die bösen Jungs. Er schafft es Nachhaltigkeit wie etwas Lohnenswertes, Imagepflegendes und vor allem wirtschaftlich Erstrebenswertes aussehen zu lassen. Scheint, als wäre es mit Herald Inc. zu einem Vertragsabschluss gekommen. Stolz wallt in mir auf.

»Voll cringe«, fährt jetzt Aditi fort. »Das ist doch so ‘ne Gutmenschen-Firma, weißt du?«

Wieder nicke ich, diesmal weniger gnädig, dafür nun leicht alarmiert.

»So, und jetzt kommt's«, versucht sich Aditi in Spannung. »Da hat der Manager oder Chef oder so doch glatt einen Laster voller Hühner mit seinem Maserati umgemäht.«

Mir wird etwas flau. Er späht in den Rückspiegel. »Haste gehört?«

Ich nicke schwach. »War aber ein Porsche.«

»Was?«

»Es war ein Porsche.«

»Ja! Ja, genau!« Aditi klatscht zustimmend in die Hände. »'N Porsche war's. Ey, hast du auch Nachrichten geguckt heute? Ist doch ne irre Nummer oder?«

Er sieht prüfend über die Schulter zu mir und fährt einen uneleganten Schlenker. Ich nicke nach vorne, damit er auf die Straße schaut.

»Macht ein auf ›Konsum ist scheiße‹ und fährt Porsche. So geil. Sind doch immer die Gleichen, findste nicht?«

Normalerweise würde ich mich beschweren, dass er mich ungefragt duzt, aber mein Mund ist zu trocken dafür.

»Und mega lustig«, fährt Aditi unbeirrt fort, »die Viecher sollten zu so 'ner Art Altenheim für Tiere, wie heißen die Teile noch?«

»Gnadenhof?«

»Ja, genau«, ruft Aditi. »Aber ey, Geld gespart würd ich sagen, oder? Jetzt muss man die nicht mehr füttern.«

Ich rufe mir den Unfall ins Gedächtnis und überlege, ob ich irgendwelche toten Hühner gesehen habe. Soweit ich mich erinnern kann, waren es vor allem rennende Hühner.

»Bist du sicher, dass sie sagten, die Tiere wären tot?«

Aditi guckt beleidigt in den Rückspiegel. »Ey, glaubst du, ich lüg?«

Wieder macht der Wagen einen Schlenker.

»Schau nach vorne«, befehle ich. Schließlich weiß ich, was passiert, wenn man es nicht tut.

»Alles easy, mach mal kein Stress«, grummelt Aditi. »Ich kann Autofahren. Hab sogar einen deutschen Führerschein, glaubst du nicht, oder?«

»Wo solltest du denn auch sonst gemacht haben?«, frage ich, bevor er die Antwort wieder in meinem Gesicht sucht.

»Manche denken, ich komm woanders her, wegen dem Namen und so, weißt du?«

»Verstehe.« Was dank ›Autri‹ den Tatsachen entspricht. Wer sich so am Telefon meldet, darf sich gleich auf längere Wartezeiten bei Behörden und Ähnlichem einstellen.

»Hast du was mit denen zu tun? Also mit dieser Hühnermördergruppe?« Aditi lacht über seinen schlappen Witz.

»Mhm«, verneine ich und habe Hitzewallungen. Wenn Piet mit Negativ-Nachrichten im Fernsehen war, dann ist es wurscht, ob es Überlebende gab oder nicht. Er wird mich spätestens jetzt entlassen wollen. Schade, dass ich die Fotoschatulle nicht dabeihabe, ich würde vor meiner Urteilsverkündung gerne noch ein paar Tränen verdrücken. Ohne geht es leider nicht.

»MaBuGo«, verkündet Aditi und dreht sich zu mir um. »Macht neun Euro fuffzig.«

Piet reibt sich jetzt zum fünften Mal über seinen nicht vorhandenen Bart.

»Es tut mir leid«, sage ich, ebenfalls zum fünften Mal.

Er – Bart, ich – Entschuldigung. Mal sehen, wie lange wir das weiterspielen müssen, bis er mich feuert.

»Ich komme selbstverständlich für alle Kosten vom Unfall auf«, höre ich mich sagen. Keine Ahnung wie, mein Sparkonto mit 7500 € darauf wird wohl eher nicht reichen. Ich könnte Opa bitten, mir das Erbe vorzeitig auszuzahlen, vorausgesetzt, er enterbt mich nicht, wenn er die Geschichte erfährt. Vorsichtshalber sollte ich drohen, in die Aller zu gehen, auch wenn unser Spruch dann in ›Lieber ne Erpresserin in der Familie als 'n Enkelkind in der Aller‹ umgeändert werden muss.

Piet winkt ab. »Das ist ehrlich gesagt gerade das geringste Problem.«

Der Abstand zwischen ihm und mir erscheint riesig, dabei steht nur sein Schreibtisch zwischen uns.

»Wir müssen den Imageschaden begrenzen.«

»Das sehe ich auch so«, stimme ich zu.

»Dafür brauche ich deine Hilfe.«

»Alles, was nötig ist.«

Jetzt lächelt Piet sogar etwas. Und macht dann meine Hoffnung, dass er mich doch noch ein kleines bisschen mag, gleich wieder zunichte. »Weil letztlich warst ja du das alles.«

»Ich weiß.« Zerknirschtes Nicken meinerseits. Mit nachdenklicher Miene mustert Piet mich. Gott, sieht er gut aus. Selbst jetzt, mit rotgeriebenen Kinn von dem vielen Bartgestreiche ohne Bart.

»Pass auf, ich habe das mal durchgespielt und bin auf folgendes Szenario gekommen.« Er stützt die Ellenbogen auf den Schreibtisch aus nachwachsenden Rohstoffen. Was war das noch mal? Bambus? Ich inspiziere die Tischplatte genauer. Piets Stimme bildet eine hübsche Hintergrundmelodie. Ich entscheide mich für Bambus, weil der in unserer Branche angesagter ist als Buche. Der

Rest des Büros verschwindet in einer angenehmen Unschärfe, ein bisschen wie beim Meditieren, wenn man in eine Kerzenflamme starrt. Auch das übte Mama schon mit mir seit frühester Kindheit. Vielleicht bin ich deswegen so ein Hans-guck-in-die-Luft geworden.

»Antonia?«

»Ja?« Ich blicke auf und in Piets schöne Augen. Blau? Grau? Grün? Ich verenge meine, um besser zu fokussieren.

»Hörst du mir zu?«

Brauch ich nicht, ich weiß ja was kommt. Tschüss, Adieu, Good bye.

»Ja, klar«, antworte ich abwesend.

»Also bist du einverstanden?«

»Womit?« Eine Abfindung wird's wohl nicht sein, bin ja erst drei Monate dabei und ich glaube, der Anspruch verfällt bei Mord an Hühnern.

»Dass wir den Porsche auf dich ummelden.«

»Wie bitte?« Ich starre ihn an.

»Verkaufen kann ich ihn ja schlecht.«

Mein Mund steht so weit offen, dass es zieht. »Ich dachte, ich werde gekündigt«, sage ich, als ich endlich meine Stimme wiederfinde.

»Davon habe ich ja nichts«, antwortet Piet.

»Ich ... äh, aber warum?«

»Du hast mir doch nicht zugehört«, seufzt er.

»Doch! Aber ich, äh, hab's nicht verstanden. Also so akustisch.« Ich zeige im Büro herum.

Piet seufzt abermals. »Ich geb zu, es war von Anfang an grenzwertig so ein Auto zu fahren.«

Ich nicke langsam.

»In meiner Position«, setzt er nach.

»Ah, ja.« Darüber hatte ich noch nie nachgedacht.

»Wenn der Porsche dir gehört, ist es zwar auch von dir unangemessen«, er wiegt den Kopf, »aber besser als bei mir. Niemand kann mich dafür verantwortlich machen, was meine Mitarbeiter für Autos fahren.«

Ich schüttele den Kopf, was als Zustimmung gedacht ist.

»Ich werde unsere Richtlinien anpassen lassen, das heißt, dass du den Wagen dann verkaufen musst.«

»Den Erlös bekommst natürlich du«, sage ich schnell.

»Viel wird dabei nicht mehr rauskommen, aber ja, das wäre jetzt meine Idee dazu.«

»Super! Hört sich nach einem guten Plan an!«, sage ich. Warum sich trotzdem Enttäuschung in mir breitmacht, weiß ich nicht. Schließlich bin ich ja an dem ganzen Schlamassel schuld, und nun springt ein Porsche für mich dabei heraus, zumindest übergangsweise.

»Das wäre Teil eins des Problems und die Lösung dazu.«

»Okay.«

»Nun zu den anderen Schäden.« Piet schaut auf seinen aufgeklappten Laptop.

»Auffahrunfall mit Geflügeltransporter. 250 entflohene Hühner, 201 konnten wieder eingefangen und zum Zielort gebracht werden, 49 sind auf Nimmerwiedersehen verschwunden.«

»Ab in die Freiheit«, sage ich und flattere mit den Ellenbogen.

Piet sieht vom Laptop auf. »Nicht witzig.«

»Natürlich nicht,' Tschuldigung«, murmele ich. »Tote?«

Er schaut wieder auf den Bildschirm und schüttelt den Kopf. »Zum Glück nicht.«

Ich puste mit einem erleichterten Pfeifen aus. Piets Blick nach zu urteilen, war auch das unangemessen.

»Ich sag's gerade heraus, Antonia. Ein blöderer Unfall hätte dir nicht passieren können.«

»Außer ich wäre dabei gestorben.«

»Dann hätte ich es zumindest mit Mitgefühl und nicht mit Ärger zu tun«, entgegnet er trocken. »Ausgerechnet Hühner auf dem Weg zum Gnadenhof. Die wurden gerade erst von Tierschützern gerettet.«

»Karma?«, schlage ich vor.

Piet hebt die Brauen. Ich muss unbedingt aufhören, immer das letzte Wort zu haben.

»Wenn du deinen Job behalten möchtest, und ich möchte das sehr gerne ...« Er sieht mich mit seinem intensiven Boss-Blick an und mein Herz fängt an, etwas schneller zu schlagen. »... dann musst du für die Sache geradestehen.«

»Was soll ich tun?« Ich lehne mich vor, um ihm zu zeigen, wie motiviert ich bin.

»Es darf nichts auf mich oder die Firma zurückfällt. Bist du bereit, die ganze Verantwortung zu übernehmen?«

Ich nicke groß.

»Gut.« Piet lächelt erleichtert, ich erwidere es.

»Deine Mutter hatte eine gute Idee.«

»Meine Mutter?« Entgeistert lehne ich mich wieder zurück.

»Ich hatte gestern ja zweimal das Vergnügen. Sie ist eine recht mitteilungsbedürftige Person, wie es scheint?«

Ich nicke langsam.

»Auf jeden Fall erwähnte sie deine Schwester Rike ...«

»Halbschwester«, sage ich.

»... die einen Gnadenhof führt. Ich habe ein bisschen recherchiert.« Piet tippt auf das MacBook und dreht es mir etwas zu. »Sie hat einen ausgezeichneten guten Ruf, nachhaltig, Bio, der ganze Kram eben und in Anbetracht dessen, dass der Geflügeltransport ebenfalls auf dem Weg zu einem Gnadenhof war, finde ich es sehr passend, wenn du auf dem Hof deiner Schwester freiwillige Sozialstunden ableistest. Sie weiß bereits Bescheid.«

»Und sie hat ja gesagt?«, frage ich fast tonlos.

»Ja.«

»Wie lange?«, flüstere ich. Wo ist nur meine Stimme hin?

»Drei Monate.«

Ich klappe den Mund auf. »Drei ...?!? Und was ist mit meiner Arbeit hier?«

Piet winkt ab. »Ach, Jessi und ich wuppen das schon.«

Schweigend fahren wir im Aufzug ins Erdgeschoß, verlassen in erdrückender Stille das Firmengebäude von MaBuGo und stellen uns an die Straße, um auf das Taxi zu warten, das Piet mir bestellt hat. Ungeduldig sieht er auf die Uhr. »Viertel vor neun, sollte eigentlich schon da sein.«

Das hier ist noch schlimmer, als gefeuert zu werden. Drei Monate in Osterlinteln mit Rike zusammen auf engstem Raum. Na ja, fast, immerhin wohnt sie auf einem Bauernhof. Aber in Anbetracht dessen, dass wir verfeindet sind, seit sie sechs und ich zwei war, kann selbst ein Gehöft nicht groß genug sein. Abgesehen davon, dass ich Bauernhöfe nicht leiden kann und Landleben und all diesen Kram. Ich bin ein Stadtkind durch und durch. Ich mag Lärm, ich mag Menschenmassen, ich mag sogar den Gestank. Ehrlich. Gestank = Menschen = Leben = gut. So einfach ist das.

Schlimmer als Rike die nächsten drei Monate ertragen zu müssen, ist jedoch die Unbehaglichkeit zwischen mir und Piet. Bis gestern waren unsere Begegnungen von einer entspannten, humorvollen Flapsigkeit geprägt und die Zusammenarbeit produktiv. Wir waren auf Augenhöhe. Ich habe geredet wie ein normaler Mensch und nicht wie ein Teenie auf Ecstasy. Keine Peinlichkeiten bis zu dem Morgen nach der Liebesnacht. Zugegeben, ich neige zur Paddeligkeit, doch dank jahrelangen Trainings hatte ich es gut unter Kontrolle. Der Sex mit Piet muss irgendeinen Knopf in mir gedrückt haben, der Teile meines alten Ichs – ein Stück von Autri – reaktiviert hat. Mir fällt meine Mutter ein und ihre Aussage, dass ich nicht zu mir stehen würde. Pff, so ein Quatsch, ich habe mich lediglich von trottelig zu lebensfähig entwickelt.

Piet hält angespannt nach dem Taxi Ausschau.

»Peter, es tut mir leid. Alles. Ich weiß nicht, was in mich gefahren ist seit gestern Morgen und ich hoffe, dass, wenn diese ganze Sache vorbei ist, du mir wieder vertrauen kannst.« Ich versuche, in seinem Gesicht zu lesen, was er denkt, aber seine Miene ist ausdruckslos. »Du weißt, dass ich zuverlässig bin und einen guten Job mache, normalerweise?«

Piet nickt. »Ja, daran habe ich auch keinen Zweifel.«

»Ich sollte wohl die Finger von Gin lassen«, versuche ich zu scherzen.

Piet lächelt. Mir wird etwas leichter ums Herz.

»Du warst eigentlich ganz süß, so ein bisschen angetrunken.«

Ich lächele erleichtert zurück. »Und mehr war es nicht. Ehrlich. Ich glaub ... ich glaub, es war die Nervosität.«

Er nickt. »War alles ein bisschen crazy, oder? Die Nacht und so?«

Ich zucke mit den Schultern. Piet fährt sich durchs Haar. »Mit dir ins Bett zu gehen stand so gar nicht auf meiner Agenda.«

Autsch.

Er lacht auf. »Was für ein Klischee, nach dem Arbeitsessen mit der Assistentin im Hotelzimmer zu landen.«

Ich lächle tapfer weiter, während mir meine Mundwinkel zunehmend einfrieren.

»Nicht, dass ich es bereue«, sagt Piet schnell.

»Nicht?«

»Nein.«

»Aber?«

»Ich weiß nicht, ob das eine gute Idee ist.«

»Hm«, murmle ich schwach.

»War auf jeden Fall kein toller Start.«

»Nicht so«, gebe ich zu. Ein Taxi nähert sich. Geh weg, ich brauch hier noch Zeit für einen Hoffnungsschimmer.

»Jetzt bringen wir das hier erst einmal hinter uns und sehen dann weiter, okay?«

»Okay«, krächze ich.

Das Taxi stoppt rasant neben uns und Piet öffnet mir die Fondtür. Ich warte auf eine Umarmung oder eine andere liebevolle Geste, die ausbleibt. Ergeben setze ich mich ins Auto. Piet lehnt sich in die offene Tür. »Sag Bescheid, wie es läuft. Ach ja, Jessi schickt in den nächsten Tagen die Presse vorbei. Schau, dass du hübsch aussiehst, und zeig, dass du nichts toller findest, als alte Tiere zu pflegen, okay?«

»Äh, was?«

Aber Piet hat schon die Tür vor meiner Nase zugeschlagen.

»Telefonieren wir?«, rufe ich durch das geschlossene Fenster. Piet kehrt zum Firmengebäude zurück und ich schaue ihm nach.

»Darauf würde ich nicht hoffen.«

Ich drehe mich zum Fahrersitz um, von dem mich Aditi angrinst. »Und, wohin geht's jetzt?«

7

Ich ließ mich von Aditi zur Werkstatt fahren, die Piets – jetzt meinen – Porsche abschleppte. Nach einem kurzen Gespräch mit dem Mechaniker war klar, dass die Kotflügel-Auswechslung eines Sport-Cabrio Baujahr ‘89 etwas ist, das meine finanziellen Spielräume übersteigt. Selbst Ersatzteile wie Schrauben und Ähnliches haben den Wert eines Mittelklasse-Erbes. Ab jetzt fahre ich also ein Auto, das vorne aussieht, als habe man ihm die rechte Gesichtshälfte amputiert. Um es für einen guten Preis verkaufen zu können, werde ich wohl einen Blinden finden müssen und die 7500 € vom Sparkonto habe ich gedanklich schon mal an Piet überwiesen.

Der nächste Dämpfer war dann die Versicherung. Zum einen habe ich noch nie ein Auto versichert, was die absurdeste Einstufung mit sich bringt, und zweitens starte ich gleich mit einem Unfall und gelte als Risikopatient. Super, wenn man bisher gar kein Auto vermisst hat. Die öffentlichen Verkehrsmittel der Stadt lassen wenig Wünsche übrig, für den Rest gibt es Taxis. Ich bedaure jetzt schon, darauf in nächster Zeit verzichten zu müssen, zudem ich anfange mich langsam an Aditi zu gewöhnen. Und dann die Parkplatzsituation: Ich habe zehnmal meinen Block umrundet, bis endlich mal jemand aus einer Lücke fuhr. Zehnmal am gleichen

Straßencafé vorbei. Ab dem vierten Mal wurde mir applaudiert und ab der sechsten Runde begann ich huldvoll wie die Queen zu winken. Mit hochrotem Kopf bin ich in meine Wohnung geflohen, wo ich höchstens zehn Minuten gebraucht habe, um zu packen, da ich a) nichts besitze, was sich zur Landarbeit eignet (Gummistiefel oder Arbeitshosen) und ich b) eh nicht vorhabe wirklich die drei Monate bei Rike zu bleiben. Wie ich aus der Nummer wieder rauskomme, weiß ich nicht, aber ich werde eine Lösung finden. Und wenn ich dafür einen Pakt mit dem Teufel eingehen muss. Alles ist besser als Rike und dieser Hof.

Mit meiner gepackten Sporttasche sitze ich auf dem Work-and-living und starre zum Balkon. Eine einsame Amsel macht einen Abstecher zu meinen Blumentöpfen, stellt fest, dass es an diesem Ort kein Leben mehr gibt und fliegt wieder davon. Ich sehe auf die Uhr. Erst fünfzehn Minuten rum. Um sicherzugehen, dass sich die Gäste auf der Caféterrasse einmal durchgewechselt haben, wird das nicht reichen.

Die Zeit vergeht so zäh, dass ich die Sekunden förmlich aus der Uhr tropfen höre.

Nach einer Stunde beschließe ich, dass es jetzt passen muss.

Leider ist dem nicht so.

Unter Gejohle setzte ich mich ins Auto und rangiere dreimal hin und her, weil der Depp vor mir mich so eng eingeparkt hat. Unter meiner Sonnenbrille läuft mir der Schweiß in dicken Tropfen herab.

»Einschlagen, einschlagen«, brüllt mir ein Dicker von der Caféterrasse herüber. Endlich schaffe ich es aus der Lücke und fahre in Aditi-Stil los. Die Rufe meines Publikums verebben hinter mir.

Dank der frühen Tageszeit komme ich gut aus der Stadt und fädele mich auf der A1 ein. Ich atme durch und gebe Gas. Der Lärm ist ohrenbetäubend. Nicht nur der meines Autos, sondern auch der Tausender anderer. Ahhhh! Gestresst löse ich mehrmals den Blick von der Straße und scanne die Armaturen nach einem Hinweis, ob das Dach auch während der Fahrt schließbar ist. Vom vielen rauf und runter schauen wird mir schlecht. »Scheiße!«, brülle ich gegen den Wind. Ich bin so wütend, dass ich große Lust habe eine Massenkarambolage zu verursachen. Stattdessen verlangsame ich mein Tempo, bis eine Lautstärke erreicht ist, die mich nicht taub werden lässt. Hinter mir hupt ein Laster und überholt demonstrativ.

Ich bleibe rechts und schleiche weiter bis zur Ausfahrt Tötensen. Mit dem Lied ›Cherry, Cherry Lady‹, das mich an dieser Stelle dank Dieter Bohlens Wohnort immer heimsucht, verlasse ich die Autobahn und bin in einer anderen Welt: birkengesäumte Landstraßen, der Geruch von frisch gemähtem Heu und Kornblumen, grasende Pferde auf den weitläufigen Weiden. Der Blick reicht über das flache Land bis zum Horizont, an dem sich pittoreske

Wölkchen bauschen. Ich komme an die kleine gewölbte Brücke, an der Papa immer extra Gas gab, damit uns beim Darüberfahren der Magen hüpft und fahre schneller. Im Bauch kitzelt es beim Absenken wie früher. Der Sommerwind spielt mit meinen Haaren und der Lärm reduziert sich auf ein erträgliches Maß. Fast vergesse ich alle Sorgen und den Fakt, dass ich dringend Mama anrufen und für ihre Redseligkeit zusammenstauchen muss. Auf der holprigen Allee Richtung Osterlinteln, bin ich fast friedlich.

Ich werfe einen Blick auf die Uhr hinter dem Lenkrad. Von meiner Wohnung zu Rikes Hof ist es eine Fahrt von etwa fünfundvierzig Minuten, trotzdem sind zwei Stunden seit meiner Abfahrt vergangen, weil ich jetzt exakt dreiundsiebzig Minuten und sechsunddreißig Sekunden auf das Haus starre, in dem ich laut Piet die nächsten drei Monate verbringen soll. Es ist ein typisch norddeutsches Bauernhaus: roter Backstein, Fachwerk, grüngestrichene Holz-Fensterrahmen, spitzes Dach, der Giebel in Form zweier Pferdeköpfe geschnitzt. Um das Haus herum ein bunt blühender Garten, rechts eine Steinterrasse mit Tisch und Stühlen, am Rand ein Gartenkamin, auf der Rasenfläche verteilt mehrere alte Liegestühle. Links vom Haus eine Sitzecke aus Holzmöbeln. Alles in allem superidyllisch, wäre ich hier nicht in der Pampa.

Hinter dem Haus erstrecken sich Koppeln, Weiden und Stallungen, das weiß ich noch von früher. Außer Rike hat es verändert, seit Irene ihr den Hof überschrieben hat. Auf der ersten Koppel steht der Silo, in den wir niemals, unter keinen Umständen, rein durften, weil wir dann wahlweise am Getreide oder dessen Gärungsdämpfen ersticken würden, und sowieso findet uns niemand unter dem Getreide und dann frisst uns das Vieh. Oder so ähnlich.

Wir, das waren Rike, Ruben und ich. »Wie die Orgelpfeifen«, pflegte Irene zu sagen, was Quatsch war, da wir gar keine richtigen Geschwister sind und der Abstand Ruben – Rike drei Jahre beträgt, und Rike – ich vier Jahre. Und müssten bei echten Orgeln die Abstände nicht immer gleich sein, also zwei – zwei oder drei – drei etc.? Muss ich dringend mal recherchieren.

Mama und Irene haben eine Art Leidensgemeinschaft miteinander gebildet – die abgelegten Frauen des Dietmar T. – nun vereint in Trauer und Nachnamen. Letzteres drückt er per Eheschließung allen seinen Frauen wie ein Brandmal auf. Statt sich zu hassen beschlossen Irene und Mama jeden Sommer auf Irenes Hof zu verbringen und bei ausgiebigen Wein- und Zigarettenkonsum von Dietmar zu schwärmen und sich im Club seiner Auserwählten zu wähnen. Immerhin zeugte er mit ihnen Kinder, das können nicht alle seine Verflossenen von sich behaupten.

Ich hasste es, hierher zu kommen. Weder wünschte ich mir Geschwister, mit denen ich ›durch dick und dünn gehen kann‹, noch interessierte ich mich fürs Reiten, Stall ausmisten oder Frösche mit einem Strohhalm aufblasen. Schon lustig, dass Rike jetzt ausgerechnet einen Gnadenhof hat, vielleicht versucht sie auf diese Weise, ihr Karma aufzuhübschen. Ruben ist wie Irene Tierarzt geworden, hat sich aber auf Pferde spezialisiert. Angeblich macht er als gutaussehender Pferdeflüsterer nicht nur alle Gäule, sondern auch die gesamte weibliche Bevölkerung Alaskas wuschig. Laut Mama. Ist halt Dietmars Sohn – schmunzel, schmunzel.

Mit vierzehn schaffte ich es endlich, mich aus den miesesten Sommerferien, die das Leben so zu bieten hat, auszuklinken. Ich fuhr fortan mit Gretchen und ihren Eltern nach Italien und musste Rike und Ruben nicht mehr sehen, die nicht müde wurden mir zu zeigen, wie störend sie mich fanden. Seither ignorieren wir uns und haben uns höchstens fünfmal gesehen.

Mittlerweile besucht Mama Irene in ihrer Eigentumswohnung in der nahen Kleinstadt, wo sie immer noch Wein trinken und rauchen. Auch wenn Mama fünfmal im Jahr mit Rauchen aufhört, nur um wieder anzufangen und davon zu reden, dass das Leben sonst einfach keinen Pfiff hat. Auf mein Anraten es mal mit beruflicher Selbstverwirklichung zu versuchen, hat sie einen Monat lang nur in Zwei-Wort-Sätzen mit mir gesprochen. »Essen fertig.« Oder »Jetzt nicht.« Mein Favorit: »Tschüss dann.«

An meinem Seitenfenster klopft es. Ich wende Rike den Kopf zu, von der gerade mal ein paar wild abstehende Strähnen über das Fenster hinausragen. Meine Stiefschwester hat die Größe eines Gartenzwerges und ist auch ansonsten das komplette Gegenteil von mir: Dunkelbraune Locken, rundes Gesicht und dichte Brauen über den ebenfalls kugelrunden Augen. Ihre gesamte Erscheinung erinnerte mich schon immer an Rumpelstilzchen. Nur in hübscher.

»Willst du hier den ganzen Tag sitzen?«, ruft sie laut.

»Ich höre dich durch das nicht vorhandene Dach.« Ich zeige nach oben. Rike folgt meinem Finger mit dem Blick, lässt ihn über den Porsche gleiten und schürzt tadelnd die Lippen.

»Also, was jetzt?«

»Wie, was?«

»Ob du da sitzen bleibst?«

Oh ja, ich würde wahnsinnig gerne sitzen bleiben, aber dann müsste ich hungern, würde irgendwann verdursten und mich vorher einnässen. Ich seufze und nicke, um ihr zu signalisieren, dass sie von der Tür wegtreten muss, damit ich aussteigen kann.

»Na gut, dann eben nicht«, sagt Rike und geht zum Haus. Miscommunications, like always.

Ich schnappe mir meine Sporttasche vom Rücksitz und folge ihr. Fast erwarte ich, dass an der Tür ein Neonschild mit rotglimmenden Buchstaben ›Willkommen in der Provinzhölle‹ aufleuchtet, stattdessen strömt mir der Duft von Kaffee entgegen.

Okay, ein Kaffee. Aber auf mehr Wohlfühlen lasse ich mich nicht ein.

Das Haus hat sich verändert. Früher stapelten sich Souvenirs aus fremden Ländern auf Regalen, in Wandnischen und auf Fensterbrettern. Reliquien aus der Zeit von Irene und meinem Vater. Zusammen bereisten sie die Welt, erst ohne, dann mit ihren Kindern. Irene hat die Mitbringsel gehütet wie den Heiligen Gral und auch Mama, zehn Jahre jünger als ihre Vorgängerin, behandelte sie, als hätte sie sie eigenhändig ausgegraben.

Mama war siebzehn, als sie meinen Vater in einer Bäckerei in die Arme lief und er sich so unsterblich verliebte, dass er, obwohl elf Jahre älter, für sie Frau und Kinder verließ, um zum Hippie zu werden und sich wieder frei zu fühlen - bis er sich in die nächste verknallte.

Ich staune also nicht schlecht, als mich statt verstaubter Souvenirs, enger Räume und dunkler Holzdecken nun weiße kalkverputzte Wände, geschliffene Schiffsdielen und ein loftartiger Wohnraum empfangen. Durch ein bodentiefes Fenster flutet Sonnenlicht herein und gibt die Sicht auf den Garten frei.

Rike bemerkt meinen Blick. »Ich habe ein paar Wände rausgenommen, um mehr Weite zu schaffen. Vorher war es mir zu hutzelig.«

»Du?«

»Wer denn sonst? Selbst ist die Frau.« Sie weist zu einem imposanten Esstisch aus massivem Holz. Drumherum stehen passende Bänke mit Schafsfellen darauf. Ich verspüre den dringenden Wunsch, mich auf einer dieser Bänke schlafen zu legen und an Amnesie zu leiden.

»Kaffee vor der Einweisung?«, fragt Rike.

»Hä?«, sage ich.

»Arbeitseinweisung«, spezifiziert sie.

»Ach so. Ja, gerne. Wir können ihn ja mit rausnehmen.« Ich spähe zu den Fellbänken. Wer weiß, ob ich mich jemals wieder erhebe, wenn ich erste einmal sitze.

»To-go, oder was?«

Ich zucke mit den Schultern.

»Für ne Tass Kaff wird sich hingesetzt, wir sind ja nicht bei der Post.«

Ich ignoriere den merkwürdigen Vergleich und nehme Platz (Himmel, ist das weich).

Tass Kaff, ja so schnackt man hier. Obwohl ich nur fünfundvierzig Kilometer weit entfernt wohne, kommt mir der Slang meiner Kindheit fremd vor. Ich habe ihn mit den Urlauben hier und meinem Namen abgelegt. Neues Kapitel.

Rike schenkt sich aus einer italienischen Espressokanne ein und nickt zu zwei Tonkännchen, aus denen Dampf aufsteigt. »Heißes Wasser für Americano, oder Milch für Cappuccino.«

»Oh, das hätte ich nicht erwartet«, sage ich und nehme mir die Kanne mit dem heißen Wasser, um meinen Espresso aufzufüllen.

»Wir sind hier auf dem Land, Auti, nicht auf dem Mond.«

»Autri«, antworte ich. Rike hebt die Brauen.

»Antonia«, setzte ich nach und ärgere mich, dass meine Reflexe diesen Namen nicht von alleine beisteuern.

»Hab schon gehört. Warum?«

»Warum, was?«

»Warum du dich Antonia nennst. Mensch, muss ich alles doppelt sagen?«

»Mit ganzen Sätzen könnten wir uns das sparen.«

»Biestig wie eh und je, wa?«

»Sagt ja die Richtige«, murmele ich und runde meinen Americano mit einem Schuss heißer Milch ab. Immerhin gibt es zwei gute Sachen hier, die Fellbänke und hochwertigen Kaffee. Ich beschließe mich an diese Bojen der Freude zu klammern, bis ich den Notausgang gefunden habe.

»Also«, sagt Rike und stellt ihre Tasse ab. »Dass das klar ist. Ich habe nicht um deine Hilfe gebeten.«

»Warum hast du dann zugestimmt?«

»Ich bin jung und brauche das Geld?«

Ich schnaube. »Ja, klar.«

»Was?« Rike stiert mich an. »Du glaubst doch nicht im Ernst, dass ich mich auf so einen Mist umsonst einlasse.«

Ich starre zurück. »Hä?«

»Hör mal mit dem ›Hä‹ auf!«

»Wie bitte?«

»Geld. Schon mal gehört? MaBuGo wird ein Sponsor des Hofs. Wüsst ja zu gerne, was du mit diesem Dings ...«

»Peter Wohlfahrt?«

»Peter Wohlfahrt angestellt hast, dass er dafür bezahlt dich loszuwerden.«

Das ist eine sehr unschöne Zusammenfassung der Ereignisse.

»Hat er dir das nicht erzählt?«

»Das mit den Hühnertransport? Na, klar. Und was von ›Schwierigkeiten‹, was dem Ruf der Firma schadet, oder so. Was machst du da eigentlich?«

»Ich bin die Assistenz der Geschäftsleitung.«

Rike pfeift. »Nicht schlecht. Und das ganz ohne soziales Gewissen.«

»Sagt wer?«

»Dein Auto.«

»Das ist ...«, setzte ich an, aber dann fällt mir ein, dass nichts auf Piet zurückfallen darf. »...ein Oldtimer.«

»Der zwölf Liter schluckt und einzig zum Ego-Pushen Sinn macht.«

»Und du pflügst dein Feld per Hand, oder was?«

»Keine Landwirtschaft, ergo kein Pflug.« Rike verschränkt die Arme. »Gut. Du hast keinen Bock auf mich, ich keinen auf dich. Können wir uns darauf einigen?«

Ich zucke mit den Schultern und nippe am Kaffee, der leider gut schmeckt. »Auf jeden Fall mach ich mir nichts aus guter Landluft und so 'nem Kram.«

»Kram?«

»Tiere«, erkläre ich.

»Ich hätte es wissen müssen«, seufzt Rike.

Mir kommt ein genialer Gedanke. »Okay, wie wäre es damit, ich tauche irgendwo unter, du nimmst das Geld und in drei Monaten ist der ganze Spuk vorbei und alle sind happy.«

»Untertauchen? Was bist du, Geheimagentin, oder was?«

»Ist doch egal, wie ich es nenne. Du willst Geld, ich will zurück zu meinem Job.« Und Piet, füge ich in Gedanken zu.

»Du vergisst die mediale Aufmerksamkeit.«

»Bitte?«

»Dein Chef, dieser Peter Soundso, hat gesagt, dass ich damit rechnen muss, dass die Presse ab und an vorbeischneit. Dann musst du da sein. Ich steh nicht gerade für dich. Ich mein, ernsthaft, für ein Unternehmen arbeiten, das auf Nachhaltigkeit spezialisiert ist und Porsche fahren.«

Ich balle innerlich die Fäuste. Dieses bescheuerte Auto!

Rike sieht mich ungerührt an. »Ich sach dir jetzt wie es läuft, Auti ...«

»Autri!« Ich kneife kurz die Augen zu. »Antonia! Ich heiße Antonia.«

»Na, hoffentlich kannst du dir das bis morgen merken«, fährt sie unbeeindruckt fort. »Es läuft folgendermaßen: Du darfst die Ställe ausmisten, den Hof fegen und in der Küche putzen.«

»Sie nannten sie auch Aschenbrödel«, murmle ich.

»Kein Selbstmitleid, kein Gejammere, keine Forderungen.«

»Wenn du mich diesmal nicht an den Baum bindest ...«

»Keine alten Kamellen«, unterbricht sie mich.

»Und so schlossen die ungleichen Schwestern einen Pakt«, antworte ich zynisch.

»Halbschwestern.« Rike dreht ein Blatt um, das auf dem Tisch liegt. »Dein Wochenplan.«

Ich starre auf die dicht beschriebene Tabelle. »Nicht dein Ernst.«

»Füttern startet um fünf Uhr morgens, dann bist du bis acht damit durch. Vorausgesetzt du bewegst dich nicht mehr wie ‘ne Schnecke, so wie früher.«

In meinem Kopf laufen Bilder meiner Flucht ab. Den Porsche stehen lassen und quer durch den Wald laufen.

Flüsse durchschwimmen, trampen. Ich muss nur rausfinden, wie ich meinen Job dabei nicht verliere.

Rike nickt zu meiner Tasse. »Fertig?«

Störrisch schüttele ich den Kopf.

»Dann mach mal hinne, dass ich dir deinen Arbeitsbereich zeigen kann.«

»Knast meinst du wohl«, sage ich und leere widerstrebend meinen Americano.

8

Was ich mir merken muss:

- Americano alleine macht keinen guten Menschen (siehe Rike).
- Ein Gespür für Innendesign ebenso wenig (siehe Rike).
- Auch eine Bank kann ein Wolf im Schafspelz sein – Obacht!
- Leihe dir nie wieder ein Auto, dass du dir nicht leisten kannst (Kauf, Reparatur, Unterhalt)
- Erst Vorschläge anhören, dann »Ja« sagen!

Ich schlurfe hinter Rike her und höre ihrem Monolog mehr oder minder zu. Das ist blablabla, der frisst blubb blubb blubb, die hat die und die Krankheit. Uns rennt die ganze Zeit eine Schar Hühner hinterher, eines gruseliger als das andere. Manchen fehlt ein Auge, einem ein Bein und am erbärmlichsten ist das ohne Federn, um dessen weiße, pickelige Haut so eine Art Mantel schlabbert. Weiterhin sichte ich eine Katze mit drei Beinen, ein paar Ziegen und Schafe, sogar ein Lama und zwei Hunde. Und jedes dieser Tiere wurde schon mindestens einmal repariert.

»... wichtig darauf zu achten, dass du bei ihm immer das Gatter schließt, sobald du durch bist, weil mit der

Orientierung funktioniert es nicht mehr so gut in seinem Zustand und dann bekommt er Angst«, referiert Rike weiter. Lustlos spähe ich zu einem Schwein, das mit dem Hintern zu uns steht und mit dem Rüssel wiederholt gegen eine Mauer stupst. »Ach, Manni«, seufzt Rike, steigt über den niedrigen Zaun und schiebt den Eber ein Stück nach rechts. »Da ist die Tür.« Das Schwein stupst den Rüssel wieder vor, erwischt seine Stalltür und trippelt hinein.

»Weit aufstehen lassen.« Rike klemmt die Stalltür fest. »Sonst findet er nicht mehr raus und wird panisch.«

»Sollte vielleicht mal zum Psychologen«, schlage ich vor.

»Ist er. Einmal die Woche«, sagt Rike und steigt zurück über den Zaun, als sei die Aussage, dass ein Eber Therapie macht, das normalste der Welt. Kopfschüttelnd folge ich ihr weiter und lasse meine Gedanken zu Piet abschweifen. Vielleicht ist das mit dem Sponsoring für Rike gar keine schlimme Sache, sondern etwas Positives? Immerhin könnte er mir zur Schadenbegrenzung auch kündigen. Er denkt mit. Er will, dass ich in seiner Nähe bleibe. Zumindest arbeitstechnisch. Und beim nächsten Date werde ich alles richtig machen. Falls es dazu kommt.

»Hallo«, ruft Rike laut und wedelt mit der Hand vor meinem Gesicht herum. »Irgendjemand zuhause da oben?«

»Du musst mich nicht wie eine Idiotin behandeln.«

»Dann hör zu, Auti.«

Ich beiße mir auf die Lippen und verschränke die Finger ineinander um sie ihr nicht um die Gurgel zu legen.

»Also, was habe ich gerade gesagt?«

»Dass das da Johnny ist.« Ich zeige zu einer schielenden Ziege.

Misstrauisch zieht Rike eine Braue hoch. »Und das?«

Ich sehe zu einem Esel, der seinen Kopf über die halbhohe Stalltür reckt und dem ein Ohr fehlt. Wie machen die Viecher das bloß?

»Gerd.«

Sie weist auf ein nicht minder derangiertes Pony, dessen ehemals vermutlich weißes Fell nun grau und stumpf ist.

»Kiki?«, rate ich.

»Mathilda.«

Was für eine Verschwendung an Namen.

»Die müsste mal geputzt werden.«

»Kannst nach der Einweisung gerne mit anfangen.«

Ich sehe skeptisch zu Mathilda, die ihre Ohren anlegt.

»Ich glaub, die will nicht.«

»Und der Hafer steht wo?«, testet mich Rike weiter.

»Baracke eins.«

Sie verengt die Augen.

»Was? Das Ding ist kurz vorm Zusammenbrechen, hast du selbst gesagt.«

»Fu-tter-schu-ppen.« Rike will mir an die Stirn tippen, ich weiche ihr aus.

»Dafür musst du wohl noch wachsen«, grinse ich.

Mit einem Blick straight from hell macht meine Halbschwester auf den Hacken kehrt und läuft weiter. »Wenn nur ein Tier zu Schaden kommt, mach ich dich kalt.«

»Uh, ich zittere vor Angst.« Ich schneide hinter ihrem Rücken Grimassen und verliere einen Schuh. Verdutzt bleibe ich stehen und sehe, wie mein rechter Ballerina in einer Schlammpfütze ertrinkt. Rike merkt nichts und verschwindet in den nächsten Stall.

Ich hüpfe einbeinig zur Pfütze zurück und angle nach meinen Schuh. Gar nicht so leicht, wenn man nichts mehr von ihm sieht.

»Autri!«, brüllt Rike von irgendwo her. Meine Fingerspitzen berühren etwas Eingeschleimtes.

»Autri?«, sagt jemand vor mir. Ich linse kopfüber hoch.

Arbeiterboots, Männerbeine in dunkelgrauen Chinos, ein blassblaues Hemd, das über den Hosenbund hängt. Weiter komm ich nicht, ohne umzukippen.

»Ich bevorzuge Antonia«, sage ich und richte mich wackelig, weil immer noch auf einem Bein, auf. »Ich würde Ihnen gerne die Hand geben, aber ich glaube, das möchten Sie nicht.« Zum Beweis halte ich einen Schlammschuh und eine vollgesaute Hand hoch.

»Kein Problem«, sagt der Typ vor mir und mustert mich interessiert. Er ist groß, bestimmt 1,90 m, blond und hat braune Augen. Dafür brauche ihn nicht anzustarren, denn solche Gegensätze fallen auf.

»Kennen wir uns?«, frage ich ihn. Er öffnet den Mund, wird aber von Rike abgelenkt, die zurückkehrt und schon auf dem Weg die Hände in die Hüften stemmt. Ich winke mit meinem Schuh, um zu klar zu machen, warum es hier nicht weitergeht. Ihr Blick fällt auf den Blonden. »Wofür hast du dich denn so schick gemacht?«

Er sieht an sich runter und winkt ab. »Ach, nur so'n Fototermin beim Bürgermeister.«

»Ich dachte, die Politik ist in der Sommerpause.«

»Das ist ja auch keine Politik«, antwortet der Blonde. »Außer du zählst die Erntedankfest-Planung dazu.«

»Und die Heuernte?«

»Durch.«

Ich sehe zwischen den beiden hin und her und warte auf eine Vorstellung.

»Brauchst du was, oder ...?«, fragt Rike.

»Nee, nee. Wollt nur mal sehen, wer so'n Auto fährt.«

Rike zeigt mit dem Daumen auf mich. »Die Dreckschleuder gehört der da. Pass auf, dass du deine Hühner einsperrst, wenn sie durchs Dorf fährt.«

Belustigt hebt er die Brauen und sieht mich an. »So wild?«

»So wild«, antwortet Rike mit sarkastischem Unterton. »Okay, können wir? Auti?«, wendet sich meine Halbschwester an mich.

»Bei dem Spitznamen hätt' ich mich auch umbenannt«, sagt der Blonde. Ich werfe Rike einen Blick zu. »Siehste?«

Sie verdreht die Augen. Im Gesicht des Blonden suche ich nach etwas Bekanntem. So viele Kontakte hatte ich hier schließlich nicht.

»Du kennst mich nicht mehr, oder?«, fragt er.

Bedauernd schüttele ich den Kopf.

»Ich hatte ne andere Haarfarbe«, hilft er mir auf die Sprünge und da mir fällt es wie Schuppen von den Augen. »Bong-Tom?«

»Wow, wir haben uns wirklich lange nicht mehr gesehen«, grinst der.

Ich nicke verblüfft. Bong-Tom war Rikes Freund in den letzten zwei Jahren, in denen ich hier noch meine Sommerferien verbringen musste. Und er war weit über die Dorfgrenze als Intensiv-Kiffer bekannt. Ich habe mich zu Tode geschämt, dass Rike ausgerechnet den mit nach Hause brachte, über den alle redeten. Irene und meine Mutter fanden ihn süß und tauften ihn Bong-Tom, weil er immer so eine Glaspfeife dabei hatte und die beiden einlud mitzurauchen. Was Mama auch gerne tat und dann schwärmte, er sähe aus wie Sid Vicious, den aber außer ihr und Tom kein Mensch auf diesem Planeten mehr kannte.

»Ja, achtzehn Jahre, oder so«, antworte ich. »Du hattest schwarze Haare.«

»Gefärbt.«

»Seid ihr etwa immer noch ...?« Ich zeige mit meinem Ballerina zwischen ihnen hin und her.

»Nope.«
»Nope.«

»Und auf Bong-Tom höre ich übrigens auch nicht mehr.« Er wird ein bisschen rot.

»Ja, ja, wir haben alle neuen Namen«, sagt Rike. »Können wir jetzt weiter machen?«

Tom zeigt auf meinen tropfenden, schlammverdreckten Schuh. »Ich glaub, du brauchst neue.«

»Die sind eh scheiße für die Hofarbeit. Hast du keine Gummistiefel dabei?«, fragt Rike. Ich schüttele den Kopf und verschweige, dass ich außer den Ballerinas überhaupt keine Schuhe dabeihabe. Schließlich bleibe ich ja nicht wirklich. Rike stöhnt.

»Gib ihr doch welche von deinen«, schlägt Tom vor. Sie rollt mit den Augen, bedeutet mir, mitzukommen und marschiert los.

»Und du? Bleibst du länger?«, fragt mich Tom.

»Nö«, antworte ich im Weghüpfen.

»Leider ja«, ruft Rike.

»Na dann, bis zum nächsten Mal, Antonia.«

»Die muss arbeiten«, brüllt meine Halbschwester von der Terrasse. »Soll ich nen Hilfskorps schicken?«, flüstert Tom laut.

»Bitte, sobald ich das Rauchzeichen sende!«

Bong-Tom, sowas. Was achtzehn Jahre ausmachen. Wenn ich jemals über ihn nachgedacht hätte, wäre ich sicher zu dem Ergebnis gekommen, dass er einer derjenigen ist, die sich als Straßenmusiker oder Schmuckverkäufer in Acapulco verdingen. Auf jeden Fall steht ihm naturblond sehr viel besser als dieses Vampir-Schwarz. Und das Hemd besser als das zerfledderte Nirvana-T-Shirt. Daran erinnere ich mich so gut, weil es genau an der Stelle ein Loch hatte, wo das Auge des tauchenden Babys war. Stattdessen schaute Toms weiße, vitaminarme Haut darunter vor und das Baby sah aus wie eine schwimmende Leiche. Sexy geht anders.

Schade, dass Tom gegangen ist, er hat meinen bisher bescheidenen Tag deutlich aufgehellt. Warum eigentlich? Reichen ein paar freundliche Worte von einem Kerl, dass ich wieder happy bin? Pffh! Ich schleudere Rikes Gummistiefel durchs Zimmer. Noch bin ich nicht meine Mutter und ich habe nicht vor so zu werden. Immer abhängig von der Gunst des anderen Geschlechts. Ich bin eine Selfmade-Frau! Erfolgreich im Beruf, gebildet und unabhängig.

Die Gummistiefel landen vor Rikes Füßen, die an die offene Tür ›meines‹ Zimmers kommt. Sehr geschmackvoll übrigens, so wie alles in diesem Haus: Tagesdecke und Vorhänge aus schlichten hellbeigen Leinen, weiße verputzte Wände, über dem Bett ein großformatiges Gemälde – darauf eine Frau in langem Kleid. Sie blickt konzentriert auf ein Buch, im Nacken hat sich eine Haarsträhne aus dem Dutt gelöst. In der Zimmerecke leuchtet ein orangener Ohrensessel, der dem Raum etwas Farbe verleiht, links vom Bett steht ein aufgearbeiteter alter Holzschrank.

Meine Halbschwester sieht auf die Gummistiefel. »Was, nicht hipster genug? Welchen Style hättest denn gerne? Britisch, oder mehr Paris?«

»Größer. Die sind siebenunddreißig, ich hab neununddreißig.«

»Roll die Zehen ein.«

Ich lege den Kopf schief und werfe ihr den finstersten Blick zu, den ich drauf hab. Sie hebt die Gummistiefel auf und macht kehrt.

Auch gut.

Seufzend lasse ich mich auf das Bett zurücksinken und die Beine am Ende herunterbaumeln. Coole Matratze. Nicht zu fest, nicht zu weich. Die Bettwäsche duftet dezent nach ... frisch. Nix Lavendel oder Zitrone, einfach nur frisch. Heißt bestimmt irgendwas mit Seebrise oder so. Ich drehe den Kopf zur Seite und blinzle ins Sonnenlicht, das sich an den sattgrünen Blättern der Eiche vor dem Fenster bricht. Das war mal unser Kletterbaum, aber aus Angst, dass eines von uns Kindern aus der Krone stürzen könnte, hatte Irene die untersten Äste, die als Leiter dienten, absägen lassen. Seither sieht der Baum leicht amputiert aus und wie ich finde, ein bisschen traurig. Vielleicht vermisst er auch unsere Kletterpartien.

Wenn Rike, Ruben und ich in dem Baum saßen, herrschte ausnahmsweise Frieden. Es ist nicht klug sich drei Meter über dem Boden zu zanken und zu schubsen. So hockte jeder auf seinem Platz, mümmelte Obst oder Kekse und blickte über die weiten Felder. Manchmal ergaben sich sogar Gespräche. Darüber, ob Mimi noch reitbar sei, oder doch zu alt oder ob es nicht heimlich möglich sei, auf den Heuboden zu gelangen, um die Katzenbabys zu streicheln. Sobald wir wieder festen Boden unter den Füßen hatten, war es allerdings vorbei mit der Harmonie. Ich wurde wahllos an den Baum gebunden unter dem Vorwand ›Wilder Westen‹ zu spielen oder in eine Stallbox gesperrt, ›weil du jetzt das Pferd bist‹. Die beiden hassten mich und ließen es mich bei jeder Gelegenheit spüren. Ich war die Vaterdiebin und außerdem nach Aussage der beiden merkwürdig. Deswegen der Spitzname ›Auti‹ – kurz für ›Autistenkind‹. Offenbar fanden sie es tröstlich, sich einzubilden ich habe eine Behinderung und deswegen müsse Papa bei uns bleiben, auch wenn er es gar nicht wirklich will.

Ein Geräusch schreckt mich aus den Gedanken und bevor ich noch den Kopf wenden kann, sehe ich aus den Augenwinkeln etwas auf mich zufliegen, das hart auf meinem Bauch aufschlägt.

»Alte!«, schimpfe ich und setzte mich auf. »Kannst du mal aufhören, dich wie drei zu benehmen?«

»Was‘n nun, alt oder drei?« Rike verschränkt die Arme.

Ich schiebe die Gummistiefel von meinem Bauch. »Versuch doch mal nett zu sein.«

»Anziehen. Mitkommen«, antwortet Rike und geht wieder. Ich hebe einen der Stiefel an. Dort wo sonst die Zehen sind, klafft jetzt ein Loch. Die Ränder sind gezackt, so als habe Rike die Schuhspitze mit einem groben Werkzeug abgesäbelt. Ich sollte mich weigern. Die Schuhe in die Tonne kloppen und abhauen. Nach Hause fahren, die Decke über den Kopf ziehen und warten, bis Piet, die Presse und Aditi die Sache vergessen haben. Wie heißt es so schön? Nächste Woche treiben sie die nächste Sau durchs Dorf.

»Heute noch!«, brüllt Rike von unten. Ich schließe kurz die Augen und atme durch. »Du schaffst das, du schaffst das, du schaffst das«, flüstere ich mir selber zu. Dann schlüpfe ich in die Gummistiefel, wackele mit den Zehen im Freien und fühle mich erinnert an meinem Gehgips, den ich mit sechs hatte und der alle zwei Tage erneuert werden musste, weil ich das Gehen wörtlich nahm und darüber hinaus damit auch hüpfte, rannte und schwamm. Nach dem vierten Mal hat sich die Schwester in der Klinik geweigert, den Gips zu erneuern, woraufhin ich vier Wochen lag mit einem zerfledderten, halb aufgeweichten Etwas am Fuß herumlief. Die Gummistiefel sehen dem sehr ähnlich, nur in doppelt. Ich probiere ein paar Schritte und stelle fest, dass es sich auch mit dem Gehen ähnlich wie bei dem Gips verhält, der einen kleinen Absatz aus Plastik hatte: Nur mit der Ferse auftreten und dann die Füße nach außen drehen. Watschelnd mache ich mich auf den Weg, um mir von Rike noch die letzte Ratte auf diesem Anwesen vorzustellen zu lassen.

9

Beim Aufwachen weiß ich zunächst nicht, wo ich bin, und finde das super. Dann fällt mein Blick auf das Gemälde über dem Bett und der Duft von frischgebrühtem Kaffee zieht in meine Nase. Draußen dämmert es noch, trotz Sommer und obwohl der Wecker penetrant »staying alive« singt.

Ach ja, ich bin in der Hölle.

Mit der rechten Hand taste ich auf dem Nachttisch herum, einem Bronzeteller auf drei Beinen, fingere nach meinem Handy und haue drauf, bis ich ›schlummern‹ erwische und es aufhört zu singen. 4:30 Uhr. Ich weiß gar nicht, ob man um diese Zeit einen Kaffee trinken kann, ohne einen Herzinfarkt zu bekommen. Nach dem Füttern werde ich mir nicht nur Gummistiefel und Arbeitskleidung besorgen, sondern auch ein Stück Kreide, dann kann ich wie ein Häftling Striche an die Wand malen, bis meine Zeit abgesessen ist. Etwas erheitert von diesem Gedanken stehe ich auf. Bunte Kreide an Rikes kalkverputzter Wand sieht bestimmt klasse aus.

Das Wohnzimmer ist leer, dafür stehen Kaffee, heiße Milch und heißes Wasser auf dem Tisch. Dankbar dafür

nicht reden zu müssen, schenke ich mir einen Americano ein.
Doch, Kaffee geht auch zu dieser Uhrzeit.
Durch die offene Terrassentür höre ich die ersten Vögel zwitschern. Früher, als ich nicht genug vom Nachtleben bekommen konnte, haben mich die Vögel immer genervt, weil sie mich in den Morgenstunden am Schlafen hinderten. Jetzt finde ich es schön, sie zu hören, fast als begännen wir gemeinsam diesen noch frischen Tag. Ist es das, was Rike am Landleben mag? Dieses rohe, saubere Gefühl?

Rasch gebe ich mir eine leichte Ohrfeige. Bloß nicht zu comfy hier werden und mich von einem warmen Schafsfell, guten Kaffee und ein paar Piepmätzen einlullen lassen. Dies ist Feindesland!

Wie auf Kommando erscheint Rike in der Terrassentür, sieht auf ihre Armbanduhr und verschwindet wieder. Prüfend schaue ich auf mein Handy. Zehn vor fünf. Die braucht nicht zu glauben, dass ich mich nur eine Minute früher von diesem Tisch wegbewege.

»Schnauze«, raune ich die Vögel an, aber die machen ungeachtet meiner plötzlichen schlechten Laune weiter mit ihrem Gezeter. Ich sag ja, Feindesland.

Trotz Hochsommer sind die Weiden mit Morgentau bedeckt. Ist das normal auf dem Land? Verwundert gehe ich in die Hocke und streiche mit der Handfläche über die glitzernden Grashalme. Kühle Wassertröpfchen bleiben an meinen Fingern haften. Langsam richte ich mich wieder auf und stakse in Storchenschritten weiter, damit die freiliegenden Socken an den Zehenspitzen nicht nass werden.

Am Futterschuppen versuche ich mich zu erinnern, in welcher Reihenfolge die Fütterung abläuft. Erst das Federvieh, oder erst die mit Fell und Borsten?
Ein Summen ertönt und an einer Holzhütte fährt wie von Zauberhand ein Miniatur-Tor nach oben und offenbart eine Luke. Von drinnen sind zaghafte Laute zu hören. Ich beuge mich vor und linse hinein. Gackernd stürmen die Hühner mit vorgestreckten Köpfen aus der kleinen Öffnung, geradewegs auf mein Gesicht zu. In einer nahezu perfekten Nosferatu-Drehung weiche ich aus. Okay, offenbar ist als Erstes das Federvieh dran. Nach den Hühnern spülen nun auch Enten und Gänse aus der Hütte und fixieren mich wie kleine Gollums. Sie sind wohl ein bisschen blöd, denn nicht wenige versuchen mir meine Socken von den Zehen zu picken.

Schnell wende ich mich dem Futterschuppen zu und versuche, die Tür zu öffnen, ohne einen Massenmord zu begehen. Endlich kann ich mich durch einen Spalt hineinquetschen. Leider sind die Tiere sehr anhänglich, denn sie wollen unbedingt mit. Mit dem Fuß schiebe ich einige kleine Körper wieder nach draußen und schließe die Tür. Im Halbdunklen bemühe ich mich um

Orientierung. Hundefutter, Heuballen, Getreidekörner, Kleintierfutter. Was zum Teufel essen Hühner und Gänse? Draußen steigert sich das Gegacker zu einer bedrohlichen Geräuschkulisse.

Bewaffnet mit einem großen Körner-Sack öffne ich die Schuppentür und mache einen ausladenden Schritt nach draußen. Ein paar Hühner ducken sich, das scheinen die klügeren unter ihnen zu sein. Die ganze Schar macht in einer wunderbaren simultanen Choreografie eine Kehrtwende und folgt mir.

Spaßeshalber drehe ich vor dem Schuppen eine extra-Runde, um zu sehen, ob sie es kapieren. Tun sie nicht. Wie hypnotisiert rennen mir alle im Kreis nach. Abrupt wende ich mich zu ihnen um und mache Ausfallschritte zu beiden Seiten. Den Körnersack fixierend wiegt das Federvieh von links nach rechts. Dann bin ich gnädig und streue das Futter in einem großen Bogen aus, damit jedes eine Stelle zum Picken findet und sie sich nicht gegenseitig umbringen. Augenblicklich kehrt, bis auf vereinzelte gutturale ›Boaks‹, Ruhe ein und ich spüre eine gewisse Befriedigung dabei. Das habe ich erschaffen: glückliches Federvieh. Ich bin Gott. Ein bisschen zumindest.

Das nackte Huhn ist dabei seinen kleinen Mantel zu verlieren, weil eine unsensible Gans auf einem Zipfel steht. Ich stupse die Gans an, doch die hat bereits vergessen, dass ich Gott bin und faucht mich an.

Beeindruckt weiche ich zurück, dann scheuche ich sie mit respektvollem Abstand und ein paar »Kusch, kusch!« zur Seite. Das nackte Huhn sieht wirklich erbärmlich aus. Vorsichtig rücke ich das Mäntelchen zurecht und ein weiteres Mal durchflutet mich Zufriedenheit an diesem Morgen. Irgendwas stimmt mit mir nicht.

Schnell richte ich mich auf und klopfe die Hände aneinander ab. Weiter!

Mit einem Heuballen beladen torkele ich zu Gerd, dem Esel. Der kriegt große Augen, als er meinen Kopf hinter dem Ballen entdeckt und legt das eine Ohr an. Bei Pferden heißt das nichts Gutes, soviel weiß ich. Und ein Esel ist ja fast das gleiche. Deswegen werfe ich ihm den Heuballen einfach über das Gatter und lasse dieses zu, auch wenn Rike sagt, dass er frei rumlaufen darf. Das Vieh ist mir nicht geheuer.

Gerd macht heiser I-a.

»Du bleibst, wo du bist, und wir werden keine Schwierigkeiten miteinander haben«, lasse ich ihn wissen.

Der Esel starrt mich an. Ich starre zurück. Er zieht die Vorderlippe hoch und ich trete eilig den Rückzug an.

Von hier an arbeite ich mich sukzessive von Stall zu Stall, Gehege zu Gehege und von Käfig zu Käfig vor, bis alle Tiere versorgt sind. Dass es eine Schubkarre zum Transport der diversen Säcke und Dosen gibt, habe ich nach Stall Nummer neun bemerkt. Ein Training für den Iron-Man ist nichts gegen das hier.

Ab etwa sechs Uhr habe ich meinen Storchengang zum Schutz meiner bestrumpften Zehen aufgegeben. Mittlerweile sind meine Füße nicht nur nass, sondern auch von diversen Schlammsorten durchweicht und mit Stroh verziert.

Mit einem Loch im Bauch und zittrigen Fingern fummel ich das Handy aus der Tasche meiner ehemals gestreiften, nun schmutzig-braunen Sommerhose. Es ist Punkt acht und niemand in meiner alten Welt hat daran gedacht mir eine Nachricht zu senden oder anzurufen. Jessi schmeißt vermutlich gerade die italienische Espressomaschine in unserer Abteilungsküche an und betrachtet dann ihre perfekt manikürten Fingernägel, so wie immer, wenn sie darauf wartet, dass die Maschine warm wird. Derweil fährt Piet seinen Mac hoch. Vielleicht fällt sein Blick auf meinen Arbeitsplatz, nun leer und verwaist, ein Mahnmal, jeden Moment des wunderbaren Büroalltags zu genießen.

Seufzend schiebe ich das Handy zurück in die Hosentasche und schleppe mich mit letzter Kraft ins Haus zum Esstisch. Immerhin ist der schon frühstücksfertig gedeckt, aber von Rike weit und breit keine Spur. Seit ihrem demonstrativen Blick auf die Uhr habe ich sie nicht mehr gesehen, was merkwürdig ist. Auf der anderen Seite hätte ich jetzt auch null Komma null Lust auf ein Gespräch mit ihr.

Ich lasse mich auf meiner Lieblingsbank nieder und saue das Schafsfell ein. Normalerweise würde ich mich jetzt schämen, aber ich bin zu müde dafür. Unter einer altmodischen Speiseglocke entdecke ich Rührei, das ich mir großzügig auf den Teller schöpfe. Wenn Rike nicht kommt – selber Schuld. Weggegangen, Platz vergangen. Wer zu spät kommt, den bestraft das Leben. Mein rechter, rechter Platz ist frei ...

Mit einer leider nicht zu stoppenden Gedanken-Flut von weiteren sinnlosen Sprüchen – das muss die Überarbeitung sein, mein Gehirn hat sich einfach verabschiedet – beiße ich in mein Brötchen – und stelle fest, dass ich in meinem ganzen Leben, in keinem Hotel der Welt, egal wie fancy, jemals ein so gutes Rührei gegessen habe.

Zwei Brötchen und eine Kanne Americano später bin ich bereit den Kampf mit dem Mist aufzunehmen.

Knochenarbeit. Rücken-Aua. Blasenarmeen an Handflächen und Füßen. Welcher Vollidiot hat beschlossen, Tiere in Ställe zu stecken? Die kacken wie die Maschinen. Kaum ist ausgemistet, kommt der nächste Fladen. Nachdem sich der Gestank verschiedenster Kot-Sorten auf Kleidung, Haut und Haare verteilt hat, beschloss nach meinem Gehirn auch die Nase ihre Arbeit einzustellen. Mir fiel das Buch ›Vom kleinen Maulwurf, der wissen wollte, wer ihm auf den Kopf gemacht hat‹ aus meiner Kindheit ein. Darin macht sich ein Maulwurf auf der Suche nach einem Übeltäter, der ihm – eben – auf dem Kopf gemacht hat. Es war der Hofhund, was mir zum Glück erspart bleiben wird, denn Rikes Hunde sind Greise und können weder hochspringen, noch irgendwo raufklettern, um sich dort zu erleichtern.

Um 13 Uhr bin ich fertig mit meiner Welt und will nur noch shoppen und duschen, allerdings in umgekehrter Reihenfolge.

»Wie machst du das nur jeden Tag« frage ich Rike, die sich wieder materialisiert hat, und lasse mich ihr gegenüber auf die Bank am Tisch plumpsen, um gleich weiter ins Liegen zu sacken und mein Gesicht in das von mir eingesaute Schafsfell zu drücken. Irgendwie pervers, erst Tiere versorgen und dann auf ihrer abgezogenen Haut zu liegen. Aber so weich ...

»Liebe«, antwortet Rike.

»Löbe?«, kommt meine Stimme dumpf aus dem Schafsfell. Ich setzte mich auf. »Versteh ich nicht.«

Mit gesenktem Kopf späht Rike zu mir, sticht in ihre Spaghetti und dreht sie mit der Gabel auf.

»Interessiert's dich wirklich?«

Ich überleg kurz. »Ja.«

»Also gut.« Sie seufzt und sieht mich nochmal prüfend an. »Jedes Tier, das hierherkommt, hat schon mal etwas

Schlimmes erlebt. Manche wurden misshandelt oder vernachlässigt. Andere haben ihre Besitzer verloren durch Tod oder weil die ins Altersheim mussten. Viele verstehen das nicht, aber ich spüre die Liebe und Dankbarkeit der Tiere. Und für mich gibt es nichts Besseres, als diese Verbindung. Sie bekommen meine Liebe und ich ihre.« Auf Rikes Gabel sind mittlerweile sämtliche Spaghetti ihres Tellers aufgedreht.

»Das ist schön, wie du das erklärst.«

Rike schüttelt die Spaghetti von der Gabel und beginnt von vorne. »Für mich ist das keine Arbeit. Es ist Geben und Nehmen.«

»Wie du mir, so ich dir?«, frage ich.

»So in etwa«, nickt sie.

»Auge um Auge, Zahn um Zahn«, mache ich weiter. Sie legt die Gabel ab.

»Seele um Seele ...«

»Überspann ihn nicht, den Bogen.«

Ich lasse mich wieder ins Fell sinken und schließe die Augen. Nur ganz kurz ausruhen.

»Und? Bist kaputt?«

»Nö«, lüge ich.

»Gut. Am Nachmittag kommt ›Boven un Beneden‹, du willst ja bestimmt gut aussehen fürs Fernsehen.«

Abrupt setze ich mich auf. »Fuck, wann?«

»Um drei.«

Ich krame mein Handy hervor und schaue drauf. 13:15 Uhr.

»Und das sagst du mir jetzt?«

»Wollte sichergehen, dass du erst deine Arbeit machst, bevor du shoppen gehst.«

Ich verzichte auf eine Antwort und verdrücke meine Spaghetti im Schnelldurchgang. »Värdn oder Rowdnburg?«, frage ich mit vollem Mund.

Rike grunzt und zuckt die Achseln. »Als wenn das einen Unterschied macht.«

10

Verden an der Aller, Heimatort meiner Mutter und Großeltern. Fachwerkhäuser und ein Wappen, das mich an Ritter erinnert, weil es aussieht wie eine Mischung aus Kreuz und umgedrehten Schwert. Drumherum plattes Niedersachsen und, soweit ich beurteilen kann, ohne offensichtliche Veränderungen in den letzten zwanzig Jahren.

Das ist gut, denn so manövriere ich den Porsche ohne Navi und geradezu schlafwandlerisch durch die Kleinstadt bis zur Fußgängerzone, die mein Opa ›die City‹ nennt, und parke. Ein paar anerkennende Blicke treffen mich und mein Auto, vornehmlich von Herren, die mein Vater sein könnten, bis die Beule ins Sichtfeld gerät und die Anerkennung sich in Tadel verwandelt. Innerhalb von zwei Sekunden fühle ich mich wieder wie dreizehn und will, dass mich diese fremden Leute liebhaben. Kurz schüttle ich mich und verscheuche Autri, um Platz für Antonia zu machen. Erwachsen, eloquent und erfolgreich. Das ist meine Beule, an meinem Porsche! Mit hocherhobenem Kinn steige ich aus dem Auto und werfe einen Blick aufs Handy. 13:55 Uhr. Ich habe fünfundzwanzig Minuten, um zu finden, was mir vorschwebt: Kniehohe, enganliegende Gummistiefel im Brit-Style, dazu einen kakigrünen Jumpsuit aus fester

Baumwolle oder, alternativ, einen klassischen Blaumann, dazu einen breiten Gürtel. Das sollte doch machbar sein. Entschlossen marschiere ich los.

Geschäft Nummer eins: Bademoden, Flipflops, Morgenröcke. Geschäft Nummer zwei: KiK. Da kann ich unmöglich meine Klamotten für einen Fernsehbericht aussuchen, der zeigen soll, wie nachhaltig ich lebe. Geschäft Nummer drei: Mode für Übergrößen. Schöne Sachen, aber alles etwas large für mich.

Nach fünfundzwanzig Minuten stolpere ich fix und fertig aus ›Reginas Modehaus‹ mit gelben Gummistiefeln, in deren Schaft meine Waden zweimal hineinpassen und einer Fake-Lederhose mit Fransen an der Seite – die einzige Hose mit festem Stoff. Alles in allem sehe ich jetzt aus wie eine Mischung aus Paddington Bear und Winnetou. Wenn ich mich beeile, kann ich noch die Fransen an der Hose abschneiden, bevor ›Boven un Beneden‹ bei Rike aufschlagen. Eine gute Idee von Piet mit dieser Sendung anzufangen, denn die regionalen Nachrichten für Bremen und Umzu gucken praktisch alle. Das wird uns mit in die Wiege gelegt, genauso wie Werder-Fan sein – egal, ob man sich für Fußball interessiert, oder nicht. Bis heute brülle ich reflexartig: »Ein Leben lang grün-weiß!«, wenn mich jemand nach meiner Lieblingsmannschaft fragt, obwohl ich wirklich nie Fußball schaue. Das gleiche gilt für ›Boven un Beneden‹: Echte Nordköpfe informieren sich hier! Wenn die mich heute von meinen Sünden reinwaschen, dann kann ich in mein altes Leben zurück. Das hatte sicher auch Piet im Kopf, als er diesen Coup einfädelte und bei dem Gedanken wird mir ganz warm ums Herz.

Leider kommt meinem Glücksgefühl ein Stau auf der 215 in die Quere und ich fahre erst um 14:55 Uhr verschwitzt und dehydriert auf Rikes Hof. Keine Zeit mehr, irgendetwas an mir oder an der Hose zu ändern. Mein Charme und der unbedingte Wille, mich im Speedtempo zu rehabilitieren, um das ganze abzukürzen, müssen reichen. Das spart Geld und Nerven. Sicher würde mir mit selbst Rike in diesem Punkt zustimmen. Ich stelle es mir folgendermaßen vor: Ich bleibe weitere drei ›Anstandstage‹, dann werde ich mit offenen Armen bei MaBuGo empfangen. Gerne mit Blumen und etwas Applaus. Schön wäre es, wenn Jessi zum Klatschen gezwungen wird. That's the plan und ›Boven un Beneden‹ ist genau das richtige Format dafür, trotz furchtbaren Outfits.

Punkt 15 Uhr stehen Rike und ich wie zwei brave Soldaten vor dem Haus und warten. Die Neugier hat meine Halbschwester nach draußen getrieben und wie ich feststelle, hat sie sich für ihre Verhältnisse sogar schick gemacht. Zu einem rotkarierten Hemd trägt sie saubere Jeans und gelbe Arbeiterschuhe – ein kanadischer geschrumpfter Holzfäller mit Geschlechtsumwandlung.

Rumpelnd nähert sich ein rot-weißer Transporter mit Radio-Bremen-Logo über die alten, runden Pflastersteine der Auffahrt. Den Porsche habe ich vorsorglich zwei Straßen weiter am Feldrand geparkt, man muss ja nicht mit Gewalt daran erinnern, warum ›Boven un Beneden‹ kommt.

Aus dem Transporter steigen ein blasses Mädchen und ein schlaksiger Junge.

»Wo ist das Team?«, flüstert Rike neben mir und genau das frage ich mich auch, deswegen wiederhole ich es laut. Das Mädchen, schlecht blondiert, Nasenring und zu knappes Oberteil, schaut irritiert. Sie zeigt zwischen sich und dem Jüngling hin und her. Auf seiner Stirn entdecke ich Pickel. »Na, das sind wir«, erklärt sie. »Das ist Klaas, Kamera und Ton, und ich bin Daisy, Redakteurin, Reporterin und Interviewerin.«

Rike gluckst.

»Aha«, sage ich. Beim näheren Hinsehen schaut Daisy aus wie zwölf.

»Ja, mega«, sagt die. »Sollen wir anfangen?«

Klaas zückt ein Handy aus der Gesäßtasche und kramt aus der vorderen Hosentasche ein Ansteckmikrofon plus Sender.

»Dann verkabeln wir Sie mal.« Er reicht Rike das Mikro. »Am besten machen Sie das selbst, sonst muss ich Ihnen an die Wäsche.«

Meine Halbschwester zeigt auf mich. »Die da.«

Klaas dreht sich mir zu und taxiert mich von oben nach unten. »Sind Sie schon ... also, so?«

Ich hebe die Brauen und gebe ihm meinen ›talk to my hand‹ Blick.

»'Tschuldigung, ich frag nur, weil wir in ner halben Stunde fertig sein müssen und wenn Sie sich noch umziehen ...«

»Jetzt nimm se schon mit, wie se is«, knurrt Rike.

Klaas nickt schnell. »Ja. Klar.«

»Am besten stellen Sie sich da hin. Neben dem Misthaufen, ja, das sieht gut aus. Und dann erzählen Sie ganz frei von der Leber weg über Ihren Alltag mit den Tieren, wie krass das ist und so, ein bisschen wie Paris Hilton in ›The simple life‹, okay?«

»Hä?«

»Reality-TV?«, sagt Daisy. Mir liegt auf der Zunge zu fragen, ob sie überhaupt schon auf der Welt war, als der Schund gedreht wurde.

»Also...«, setzt sie an. »Paris Hilton und Nicole Ritchy, zwei absolute Rich-Bitches, kommen auf einen Bauernhof und haben keinen Plan ...«

»Na, das hört sich doch nach einem ziemlich realistischen Setting an«, sagt Rike.

»Tut mir leid, ich kenn die Sendung nicht.« Als wenn ich freiwillig auf Paris Hiltons Kunstfigur mache.

Daisy sieht dezent beleidigt aus. »Aber was Reality-TV ist, wissen Sie schon, oder?«

Ich wiege den Kopf.

»Kim Kardeshian?«

Das Bild meiner Contouring-Fratze taucht vor meinem inneren Auge auf.

»Nein.«

»Okay.« Daisy schaut nachdenklich, dann strafft sie den Schultern. »Wir alle wollen, dass dieser Beitrag mega wird, richtig?«

Ich nicke.

»Also geben wir dem Publikum eine Story voller Drama, Herausforderungen, Emotionen!«

»Dem Esel fehlt ein Ohr«, biete ich an.

»Und jetzt bitte das Tier umarmen, so richtig fest wie ein echtes Lebewesen.«

Stirnrunzelnd sehe ich Daisy an. »Das ist ein echtes Lebewesen.«

»Ja, klar. So meinte ich das nicht«, winkt sie ab.

»Sondern?«

»Also, wie ein niedliches Lebewesen.«

Ich mag Gerd nicht, aber langsam tut er mir leid. Er beäugt mich argwöhnisch, während ich ratlos vor ihm stehe.

»Ist der Esel nicht niedlich, machst du, pardon, machen Sie ihn niedlich.«

Ich kann immer noch nicht fassen, dass Gerd spannender sein soll als ich. Immerhin arbeite ich mich in ein völlig neues Feld ein, währenddessen er lediglich ein Ohr verlor und das auch nur, weil er zu nah an der Hecke stand, als die von seinem Vorbesitzer geschnitten wurde.

»Und bitte«, sagt Klaas, was so viel wie ›Und Action‹ heißt, wie ich dank Daisy erfuhr. Ihr Kollege geht voll und ganz in seiner Rolle als Kameramann Schrägstrich Tonmeister auf. Mit dem Handy vor dem Gesicht sehe ich nur noch seine gigantischen Kopfhörer, die über seinen Ohren thronen und mit denen er den ›Sound checkt‹.

Zaghaft strecke ich meine Arme vor und nähere mich Gerd, der mich noch immer anglotzt.

Eine Fahrradklingel läutet irgendwo, ich vernehme ein männliches ›Moin‹ einer mir bekannt vorkommenden Stimme und Rike, die antwortet.

Gerds Kopf wird immer größer, weil immer dichter vor meinem Gesicht. Mit den Fingerspitzen berühre ich sein struppiges Fell am Nacken. Zentimeter für Zentimeter schiebe ich meine Füße vorwärts. Gerd glotzt weiter.

»Ja, ja, ja«, flüstert Daisy aufgeregt. Ich frag mich, ob das auch in Klaas' Sound zu hören ist.

»Nein«, brüllt die männliche Stimme.

»Das kann doch nicht ...!« Rike.

»Ahhhh!« Ich fasse an mein Ohr. Blut sickert durch meine Finger. Entgeistert sehe ich Gerd an, der den Kopf in den Nacken wirft und sich mit der Attitude einer beleidigten Dragqueen abwendet.

»Mega«, flüstert Daisy.

»Is drauf«, kommentiert Klaas und kotzt.

»Tut's noch sehr weh?« Tom reicht mir das dritte Papiertaschentuch. »Danke«, sage ich und gebe ihm das zweite mit Blut vollgesogene Taschentuch zurück, das er unbeeindruckt entgegennimmt. Würgend wendet sich Klaas wieder ab.

»Okay, ich würd sagen, das war's. Nicht vergessen, um 19:30 Uhr Fernseher anschalten.« Daisy packt ihren Kollegen am Arm und zieht ihn mit sich. »Das muss gleich geschnitten werden«, befiehlt sie. »Wenn das keine Story ist: Esel ohne Ohr beißt Pflegerin Ohr ab.«

Entsetzt betaste ich meine rechte Kopfhälfte und stelle fest, dass Gerd lediglich in mein Ohr hinein und nicht abbiss. Daisy verfrachtet Klaas in den RadioBremen Transporter und wirft die Seitentür zu. Kopfschüttelnd sieht Rike den beiden nach. »Das war doch mal ein amüsanter Tag.«

Sie wendet sich dem Haus zu. »Kaffee irgendwer?«

»Gerne!«, ruft Tom ihr nach. »Kaffee?« Er mustert mich mitfühlend.

»Betäubungsmittel wären mir lieber.«

Tom lacht und hilft mir von dem Melkhocker hoch, den Rike mir freundlicherweise unter den Po schob, bevor ich in Ohnmacht fallen konnte.

»Vielleicht finde ich noch irgendwo meine alte Bong.«

»Bong-Tom«, nicke ich.

»Na, komm.« Tom hakt mich unter. »Kaffee wird dir guttun.«

»Americano.«

»Meinetwegen auch Americano.«

»... Trauma, die so tief sitzen, dass sie das eigentliche Opfer bisweilen zum Täter werden lassen«, sagt Daisy in die Kamera. Die zoomt nun dicht an mein Gesicht heran. Ich bilde mir ein, Schweißperlen auf meiner Stirn zu erkennen, als ich mich in Zeitlupe Richtung Gerd vorlehne, um ihn zu umarmen.

Was ich in dem Moment nicht sah, war, dass der Esel seine Zähne bleckte und das eine Ohr angelegt hat, was ihn aussehen lässt, als hätte er gar keines. Vorsichtshalber halte ich mir meine beiden zu.

»Da, da!«, ruft Rike und zeigt zum Fernseher. »Er gibt deutliche Paniksignale. Nicht anfassen, nicht anfassen!«, imitiert sie schrill Gerds vermeintliche Menschenstimme.

Ich finde, der Esel sieht geradezu diabolisch aus, mit der zurückgezogenen Oberlippe und dem starren Blick.

»Da denken die ganzen Deppen, das Tier lacht, dabei macht der sich vor Angst fast in die Hose. Schau dir mal die aufgerissenen Augen an. Zum Glück hat er nicht noch Durchfall bekommen. Das wär ne Sauerei gewesen!«

Gerds Maul geht auf und schnellt zu meinem Ohr vor. Ich kneife die Augen zu. Im Fernsehen und davor auf dem Sofa.

»Ausgezeichneter Schnapper«, kommentiert Rike.

Perplex sehe ich sie an.

»'Tschuldigung. Dein Ohr ist winzig neben seinem Maul, das muss man erstmal treffen.« Sie nimmt die Fernbedienung. »Willst du den Praktikanten weiter zusehen?«

Ich schüttle den Kopf.

»Was für Anfänger. Wie alt waren die, fünfzehn?«

»Neunzehn, ich hab sie gefragt.«

»Mit neunzehn hat man doch grad das Abi gemacht, wie kann man da schon Redakteur sein.«

»In«, sage ich.

»Redakteurin«, berichtigt sich Rike, ohne zu murren.

»Papi?«, schlage ich vor.

»Nee, die waren ja beide so jung. Das ist bestimmt eine Sparmaßnahme.«

»Vielleicht sind wir beide aber auch einfach nur alt.«

Rike zieht die Brauen zusammen. »Mit 32 und 36? Quatsch. Wir sind die Generation, die in den besten Positionen sitzen sollte. Die, die Medien, Politik, das ganze öffentliche Leben mitgestalten sollten!«

»Hm.«

»Frauenpower, in der Blütezeit des Lebens«, sagt Rike und betrachtet mein Ohr. »Wenn sich das entzündet, musst du zum Arzt. Aber zum Glück lecken sich Esel ja nicht am Po, also so schlimm kann's nicht werden.«

Sie zieht die Mundwinkel zu einem halben Lächeln hoch und steht sie vom Sofa auf, das längst nicht so gemütlich wie mein Work-and-living ist. »Ich geh ins Bett.«

Eher ein Sofa, das verhindert, dass man zu lange Fern schaut. Ein Sofa wie Rike. Immer schön schuften.

»Nacht«, sagt die.

»Du weißt schon, dass es erst viertel vor acht ist?«

»Gute Zeit, wenn man um vier raus muss. Rate ich dir auch.«

Kopfschüttelnd klicke ich mich durch die Programme. »Nacht.«

Rike stapft die Treppe rauf. »Gute Nacht, John Boy.«

Ich grinse.

»Gute Nacht, Mary Ellen.«

»Gute Nacht, Jim Bob«, vernehme ich Rike aus dem Obergeschoß.

»Gute Nacht, Grandma«, rufe ich und lausche auf ein letztes ›Gute Nacht, John Boy‹, aber es bleibt still. Hm, da haben wir wohl glatt eine gemeinsame Erinnerung.

Mit den Fingerkuppen streiche ich sanft über meine Brust, starre ins Dunkle über mir und suche nach Piets Gesicht. Ich kann jedes Merkmal benennen – die dichten Brauen, die kleinen Lachfalten in den Augenwinkeln, der leicht ironische Zug um seine deutlich gezeichneten Lippen, das Muttermal unter dem linken Wangenknochen – aber es gelingt mir nicht diese zusammenzufügen und als Bild herauf zu beschwören. Stattdessen huscht Tom über die Zimmerdecke wie ein Gespenst. Ich kneife die Lider fest zusammen, um ihn zu verscheuchen. Verstärke den Druck meiner Finger, wandere mit der linken Hand über den Bauch nach unten. Mühe Piets Antlitz hervor. Seine Lippen, diese geschwungenen, ungewöhnlich stark gezeichneten Lippen. Lässt ihn irgendwie verbissen aussehen.

Hä? Wo kommt das denn jetzt her?

Ich halte inne und schnaufe durch. Nochmal von vorne: Piet. Piet, der lächelt. Piet, der entschlossen meine Hüften umfasst. Piet, dem das dunkle Haar in die Stirn fällt.

›Tatütata‹ macht Tom und schwingt sich durch Bild.

»Oahhh!« Frustriert lasse ich die Hände auf die Matratze fallen. Kann ja wohl nicht angehen! Piet. Piet. Piet. Meinetwegen auch Peter. Aber nicht Tom!
Der reicht mir lächelnd ein Taschentuch durch die Dunkelheit und nimmt mir ohne mit der Wimper zu zucken mein mit Blut vollgesogenes ab.

Genervt werfe ich mich auf die Seite und stecke mir die Hände zwischen die Oberschenkel. Dann eben auf die unromantische Art.

Mit verkniffenem Gesicht bemühe mich um irgendein Gefühl, das in Zusammenhang mit Piet, Erotik und Sex steht. Was nicht klappt. Piet bleibt hinter einem Nebel aus Sehnsüchten zurück. Nur sein Mund taucht daraus auf und erscheint mir plötzlich hart und verschlossen.
Ob Rike und Tom ab und zu ... so als Friends with Benefits ...? Großartig, jetzt will meine Halbschwester auch noch mitspielen. Wütend presse ich mir das Kopfkissen aufs Gesicht und grunze hinein. Ich geb's auf, mein Ohr pocht auch schon wieder. So kann ich Sex nicht, weder solo, noch sonst wie. Werd ich halt zur Nonne, mir doch egal. Als Paddington-Winnetou gewinn ich eh kein Herz mehr für mich. Nicht Piets und auch nicht ...
Stopp! Gedanke verboten. Schlafen. Das ist das einzig Vernünftige. Schlafen, arbeiten, Zeit rumkriegen.

11

Was ich mir merken muss:

- Termine direkt bei Piet erfragen!
- Never shop in tiny Towns.
- Gerd ist bissig.
- Das Fernsehpersonal ist auch nicht mehr das, was es mal war.
- Tom ist der einzige nette Mensch weit und breit.

Die nächsten vier Tage fahre ich auf Autopilot. Um 4:30 Uhr raus, ab 5 Uhr füttern, um 8 Uhr frühstücken, bis Mittags Stallausmisten, außer Gerds, da weigere ich mich. Der erstarrt auch jedes Mal, wenn er mich sieht, legt das eine Ohr an und klemmt den Schwanz zwischen die Beine. Google hat bestätigt, was Rike bereits sagte: Gerd hat Angst vor mir. Ich denke, der Kerl braucht wie Manni dringend Therapie. Schließlich hat er mich gebissen und nicht ich ihn.

Gut leiden kann ich sämtliche Hofkatzen, die sich gerne in der Sonne aalen und mir beim Füttern schnurrend um die Beine streichen. Freundschaft haben die beiden Hofhunde mit mir geschlossen – einer fast blind, der andere nahezu taub (Jesus hätte seine Freude an ihnen) – die mich auf meinen morgendlichen Runden begleiten. Mathilda, das verzottelte Pony, neigt leider zum Niesen und das in nass. Ansonsten verstehen wir uns gut. Das Lama erinnert mich an Sherlock Holmes, weil es meistens hinter einer Bretterwand gedrückt um die Ecke linst und mich beobachtet. Die Schafe und Ziegen verhalten sich unauffällig und sind nur an dem grünsten Gras der Umgebung interessiert.

Rike und ich gehen uns, ohne es abgesprochen zu haben, weitestgehend aus dem Weg. Dennoch steht das Essen stets pünktlich auf dem Tisch, was mich zu der Vermutung veranlasst, dass sie entweder zaubern kann oder heimlich nebenbei einen Cateringservice betreibt. Wo sie sich tatsächlich vormittags aufhält, bleibt bisher ihr Geheimnis.

Tom habe ich seit Gerds Attacke nicht mehr gesehen. Das ist gut, denn je länger ich ihn nicht sehe, desto leichter fällt es mir, Piets Gesicht vor mein inneres Auge zu holen. Piet ist schön. Eventuell sogar der schönste Mann der Welt (und überhaupt nicht verbissen!). Leider ist er auch sehr still, denn bisher hat er sich nicht bei mir gemeldet. Er wird ›Boven un Beneden‹ verpasst haben, sonst wäre ja zumindest eine Frage nach dem Wohlbefinden meines Ohres angebracht. Weitere Presseauftritte sind eben so wenig in Sicht wie mein Chef. Ich erwäge, im Bikini auszumisten, dann kommen sie bestimmt.

Heute ist Samstag und es gibt null Änderungen am Tagesablauf. Wie kann man nur freiwillig Bäuerin werden? Jeden Tag um fünf am Stall stehen, ist ungefähr so aufregend, wie als wiederbelebtes Gehirn körperlos in einer Flüssigkeit zu schwimmen. Seit ich hier arbeite, höre ich um fünf vor acht im Radio die Sendung ›Wissen macht schlau‹. Hier erfährt der Mensch Dinge, von denen ich nicht wusste, dass an ihnen überhaupt geforscht wird. Und so weiß ich, dass es Wissenschaftlern gelang, das Gehirn eines Schweines nach vier Stunden Exitus wiederzubeleben. Das bringt mich zu zwei Fragen. A) Was hat das Schweinegehirn wohl gedacht, als es das wieder konnte (vermutlich so etwas wie ›nicht lustig!‹) und b) wäre es möglich, ein gesundes Schweinehirn in den dementen Manni zu implantieren, und ist es dann noch Manni oder ein anderer Eber, nur in Mannis Körper? Zumindest hält die Sendung mein Gehirn auf Trab, während ich mich fühle wie in einer Realverfilmung von Les Miserables und mir einen Alterungsschub von sieben Jahren pro Tag zumute. Ernsthaft, ich gehe wie eine alte Frau und jeder einzelne Muskel in meinem Körper schmerzt. Rike hingegen sieht aus, als würde sie täglich Vitaminspritzen verabreicht bekommen und regelmäßig das Fitnessstudio besuchen: knackige, roséfarbene Haut, leuchtende Augen und glänzende Locken – zumindest, wenn sie sich den Hofdreck raus wäscht.

Außer mir und meiner Halbschwester arbeiten noch Dunja und Marco auf dem Hof, polnische Gastarbeiter, die sich über den Sommer Geld für ihr Studium in Krakau dazuverdienen. Von 13 – 17 Uhr helfen sie beim Ziegenmelken, dem Verarzten diverser Blessuren, bei der Gartenarbeit, der Gemüseernte und allerlei anderem Krams, der so anfällt.

Mit einer Schubkarre voll Komposterde eiert Marco auf mich zu. »Schau dir das an, Auti, eins-A Erde.« Leider war weder ihm noch Dunja klarzumachen, dass ich am besten weiß, wie ich heiße, denn sie beschlossen besser auf ›Chefin‹ zu hören, bevor es Ärger gibt.

»Wow«, sage ich und begutachte die dunkelbraune Pampe, in der sich eine beachtliche Anzahl Regenwürmer kringelt.

»Nix besser, als altes Essen für Dünger.« Marco greift beherzt in die Schubkarre und hält mir eine Handvoll, inklusive dreier Würmer, unter die Nase. »Willst schlucken? Macht Magen sauber.«

»Danke, nein.«

Marco lacht. »Nur Scherz.«

Ich grinse.

»Und? Kommst du zu Dorftanz, heute?«

»Äh, wusste ich gar nichts von.«

»Musst kommen, ist gut für Kontakt in Dorf.«

»Eher nicht. Ist nicht so mein Ding.«

»Ein bisschen tanzen, ein bisschen trinken.« Marco wackelt auffordernd mit der Hüfte.

»Lass die Frau in Ruhe!«

Erschrocken dreht Marco sich zu der schmunzelnden Dunja um.

»Und, kommst du zu dem Tanzabend?«, fragt auch sie.

»Eher nicht.«

»Schade«, sagt Dunja und legt den Arm über Marcos Schulter. »Aber wir beide tanzen, bis wir umkippen, oder?«

Marco greift um ihre Taille. »Bis du schwitzt aus allen Poren.«

»Na, viel Spaß dann«, sage ich und gehe schnell weiter, bevor es schlüpfrig wird zwischen den beiden Lovebirds. Wenn Dorftanz ist, habe ich heute das Haus für mich. Ein gutes Glas Rotwein, ein ausgiebiges Bad, Maniküre, Pediküre. Vielleicht ein Telefonat mit Piet.

Mit dieser schönen Aussicht bin ich bereit meine Nachmittagsaufgaben auf mich zu nehmen. Rike wird nicht müde, mir ätzende Arbeiten aufzudrücken: Speisekammer putzen, Keller von Spinnenweben befreien, Bücher nach dem Alphabet ordnen, und ähnlich sinnloser Kram.

Ich stelle die Mistgabel in den Geräteschuppen und studiere eine der laminierten To-do-Listen, die meine Halbschwester vorsorgliche an sämtliche Türen des Außenbereichs gehangen hat. Mit dem Finger fahre ich zur Spalte Samstag – Nachmittag.

›FREI‹ steht da in neongrün.

Ich bin gewillt, mir die Augen zu reiben. Ein freier Nachmittag? Vorsichtshalber scanne ich die Umgebung ab, ob mich Rike beobachtet und auslacht. Dann seufze ich erleichtert und mache mich umgehend auf den Weg nach Verden in die Weinhandlung.

Mit einem Karton süffigen spanischen Rotwein steig ich aus dem Porsche. Zumindest genussmäßig sind die nächsten sechs Wochenenden gerettet.

Rike marschiert mit finsterem Blick an mir vorbei, entdeckt meinen Vorrat und stoppt jäh. »Nee, echt nicht, oder?«

»Ganze Sätze«, fordere ich sie auf. Mit einem Ausdruck größter Genervtheit weist sie mit Kinn in Richtung Terrasse. Ich folge mit dem Blick und lasse vor Schreck fast meinen Schatz fallen. Eingehüllt in Zigarettenqualm und in bester Laune fläzen Mama und Irene in den Gartenstühlen. Die eine in Bhagwan-Rot, die andere in piefiger Kurzarmbluse, beiger Knickerbocker und Sandalen.

»Oh, Gott«, flüstere ich.

»Versteck das«, wispert Rike zurück und sieht bedeutungsvoll auf den Weinkarton.

»Autri ... Shit! Antonia!«, ruft Mama. »Du hast Wein mitgebracht. Das ist ja toll, Schatz!«

Die Frau muss Röntgenaugen haben, ich stehe mindestens zwanzig Meter entfernt. Sie steht behände auf und rauscht heran, gefolgt von Irene, die einen ähnlich eleganten Stechschritt drauf hat wie ihre Tochter Rike.

»Antonia! Na du, wie geht's?«

Ich lächle gnädig, denn immerhin hat sie mich beim richtigen Namen benannt. »Joa, gut.«

»Ich hab dich bei ›Boven un Beneden‹ gesehen.« Ihr Blick wandert von meinem Gesicht zu meinem Ohr. »Oh-ha.«

Verlegen zupfe ich die Haare über das Ohr, welches die Ästhetik eines Blumenkohls hat.

»Wie geht's Gerd?«, fragt sie Rike.

Perplex sehe ich Irene an.

»Er erholt sich langsam.«

»Tolle Hose.« Mama zupft an meinen Fransen. »Reitest du jetzt auch?«

»Wehe«, antwortet Rike an meiner Stelle.

»So, dann mach ich mal eine auf, ja?«, beendet Mama das Geplänkel und nimmt mir den Weinkarton ab.

»Hey«, protestiere ich, aber Mama eilt von Irene gefolgt davon. »Es ist erst drei«, rufe ich ihnen nach.

»Du wusstest also auch nicht, dass sie kommen«, stellt Rike fest. Stumm schüttele ich den Kopf.

»Kacke«, sagt meine Halbschwester.

12

Drei Stunden später sind wir alle sternhagelvoll. Mama und Irene, weil sie eben so sind, ich aus purer Verzweiflung und Rike, weil die ihr Weinglas leert und nachfüllt wie andere Leute Wasser. Dabei macht sie ein Gesicht wie Grumpy Cat und seufzt in regelmäßigen Abständen.

»Geht's dir nicht gut?«, fragt Mama sie.

»Rike arbeitet zu viel.« Irene schüttelt streng den Kopf.

»Aber du hast doch jetzt Antonia«, betont Mama meinen Namen und strahlt mich stolz an. Rike gibt ein undefinierbares Grunzen von sich. »Stimmt!« Ich wende mich ihr zu. »Und wie ich es sehe, müsste ich hier die Überarbeitete sein. Oder, Rike?«

Grumpy Cat verengt die Augen zu Schlitzen. »Wieso?«, fragt Mama. »Ja, wieso eigentlich?« Ich verschränke die Arme. »Versteh ich nicht«, sagt Irene.

Ich lehne mich zu ihr vor. »Ja, das ist wirklich mysteriös, denn unverständlicherweise ist Rike morgens nicht abkömmlich.«

»Pff, wer kocht denn deinen Kaffee?«

»Gute Frage«, gebe ich zurück. Rike verdreht die Augen.

»Kann uns jemand aufklären?« Mama schaut ratlos zwischen uns hin und her.

»Antonia macht morgens die Tiere, ich die Orga«, sagt Rike.
Verblüfft sehe ich Rike an, die zum ersten Mal, seit ich denken kann, nicht ›Auti‹ zu mir gesagt hat. Mama missinterpretiert meinen Blick.

»So schön, dass ihr jetzt so eng seid.« Sie ballt die Fäuste vor der Brust und kneift das Gesicht zu einer Schnute zusammen. »Das gleiche Blut« Irene hebt wichtig den Zeigefinger. »Immerhin von einer Seite«, stimmt Mama zu. »Dietmar«, nickt Irene. Rike leert ihr Glas in einem Zug. »Was wech ist, ist wech.« Mama hebt Weinflasche Nummer fünf an. »Willste noch? Ist noch was da.« Zum Beweis schüttelt sie die Flasche, aus der ein Schwall Rotwein herausschießt. »Ups.« Sie stellt die Flasche wieder ab, die Rike vorsichtshalber zuschraubt. »Nicht der Wein. Euer Mann.« Ausladend beschreibt sie einen Halbkreis mit dem Arm. »Und der von Tausenden anderen.«
»Tausenden«, schnaubt Irene. »Na, jetzt übertreibst du es aber.«

»Nee. Du bist nur eine unter vielen.«
Getroffen hält Irene einen Moment inne. »Das stimmt so nicht, mein Kind. Unsere Zeit war eine Besondere.«

»Unsere auch«, sagt Mama.

»Ich war die Erste!«

»Und ich die Zweite!« Mama fuchtelt mit dem Finger in der Luft rum. »So isses«, stimmt Irene zu und zeigt von sich auf Mama. »Nummer eins und Nummer zwei.«

»Wir waren die Ersten.«

Gemeinsames Wackel-Dackel-Nicken. »Wie er jetzt wohl aussieht?«, sinniert Irene. »Bestimmt wie Christian Tramitz«, sagt Mama.

»Ja!«, begeistert klatscht Irene in die Hände. »Gaaanz ähnlicher Typ.«

»Ganz ähnlich.« Versonnen stoßen sie ihre Gläser aneinander. Rike hat in der Zwischenzeit begonnen den verschütteten Rotwein von Flasche Nummer fünf mit ihrem Ärmel aufzusaugen, was bei ihrem rotkarierten Holzfällerhemd nicht weiter auffällt. Ich rutsche tiefer in meinen Gartenstuhl. Toller freier Nachmittag. Am besten überlasse ich den restlichen Wein den anderen und schleiche mich davon, wenn sie ins Koma fallen. Mit halb zusammengekniffenen Augen mustert Irene mich. »Sag mal, Antonia, wie alt bist du jetzt eigentlich?«

»Zweiunddreißig.«

»Sieht man dir gar nicht an.«

»Nee, nä?« Mama kneift mir in die Wange. »Hat auch noch ganz feste Haut.«

»Au!«

»Tschuldigung.« Mama beugt sich vor und will mir einen Kuss aufdrücken. Ich weiche aus und zeige auf mein Ohr. »Verletzung?!«

»Und ich seh alt aus, oder was?«, meldet sich Rike zu Wort.

»Du bist eine Type«, antwortet ihre Mutter. »Eine ganz eigene Type.«

»Vielen Dank auch.« Rike verschränkt die Arme. Irene stupst mich an. »Was sagst du dazu?«

»Ich finde, sie sieht aus wie ein alter italienischer Filmstar.«

Rike wirft mir einen mordlüsternen Blick zu.

»Nicht alt im Sinne von alt, sondern so wie früher. Gina Lollobrigida!«

Dass das der einzige italienische Filmstar neben Sophia Loren ist, den ich kenne, muss sie ja nicht wissen. Rikes Ausdruck wechselt von feindselig zu überrascht.

»Als Zwerg«, füge ich hinzu, woraufhin sich Mama und Irene vor Lachen kringeln. Rike streckt mir die Zunge raus und macht Pupsgeräusche.

»Was bimmelt denn da?«, fragt Mama und schaut sich suchend um.

»Telefon?« Irene späht in den Himmel.

»Meins klingt anders.« Rike schüttelt den Kopf.

»Aber da bimmelt's doch!« Mama bückt sich unter den Tisch und sucht weiter. An meinem Hintern vibriert es.

»Das bist du!«, ruft sie und stößt sich den Kopf am Tisch. Wankend fummele ich mein Handy aus der Gesäßtasche. Auf dem Display leuchtet Piets Name auf, in meiner Brust Hoffnung. »Pssssst«, mache ich in die Runde.

»Hallo?«

»Antonia? Hier ist Peter.«

»Hey! Du!«

Gebannt sehen mich die anderen drei an.

»Ja, ich. Hey. Wie geht's?«

»Gut. Super. Also, gut.«

»Was machst du gerade?«, fragt Piet. Ich sehe auf die sechs Weinflaschen, die auf dem Tisch stehen. »Familienzusammenkunft.«

»Ah, verstehe.«

»Wieso?«

»Ich hatte überlegt, spontan vorbeizukommen, bei dem schönen Wetter. Mal zu sehen, wie's läuft.«

Mama hält die Weinflasche über ihr Glas und checkt nicht, dass der Schraubverschluss drauf ist. Verwundert untersucht sie die Flasche im Gegenlicht der Sonne.

»Hallo?«, fragt Piet.

»Ein anderes Mal?« Ich kneife bedauernd die Lider zusammen.

»Okay.«

»Wie wär's nächstes Wochenende?«, schlage ich vor.

»Du, da sag ich dir noch mal Bescheid, ja? Und schöne Grüße in die Runde, unbekannterweise.«

»Geb ich weiter.«

»Ciao.«

»Bis dann.« Langsam lasse ich das Handy sinken. »Schöne Grüße von Peter, meinem Chef.«

»Ach, das ist ja nett.« Mama lächelt mich an. »Was wollte der denn?«

»Mich besuchen.« Ich sacke auf meinen Stuhl zurück. Rike mustert mich mit gerunzelter Stirn. »Scheint ja ein enges Verhältnis zu sein.« Sie befeuchtet ihren Zeigefinger, tippt ihn in Cracker-Krümel und lutscht ihn ab. »Warst du mit ihm im Bett?«

»Geht's dich was an?«

»Ich finde das unethisch, wie sollst du, als Arbeitnehmerin, so aus der Unterwürfigkeitsfalle rauskommen?«

»Was bitte sagt dir, dass ich unterwürfig bin?«

»Deine Stimme, wenn du mit ihm sprichst.«

»Die Stimme ist anders«, pflichtet Irene ihr bei.

»Bisschen wie ne Maus«, sagt Rike.

»Liebt er dich denn auch, Schatz?«, fragt Mama besorgt.

»Lie ... soweit sind wir doch noch gar nicht. Es war eine Nacht, okay? Eine. Und danach ging ja alles durcheinander.«

»Der Drogentest«, nickt Mama verständnisvoll.

Rike kriegt große Augen. »Drogentest? Du?«

»Ja, Autri war im Gefängnis.«

»Mama!«

»'Tschuldigung, Antonia war im Gefängnis.«

»Ich war nur bei der Polizei, nach dem Unfall. Und das wird so gemacht.«

»Und wie war der One-Night-Stand?« Interessiert stützt Irene das Kinn in die Hände. »Hätt' ich übrigens auch mal wieder gerne.«

Mit gequältem Gesicht gießt Rike sich Wein nach.

»Was? Denkst du nur, weil ich über sechzig bin, habe ich keine Bedürfnisse mehr?« Irene wendet sich wieder an mich. »Also, wie war's? Wir wollen Details.«

»Ich nicht«, sagt Rike.

»Langweilig«, antworte ich wahrheitsgemäß. »Aber Gretchen sagt, das ist normal bei frischen Beziehungen.« Letzteres betone ich, um klarzumachen, in welche Richtung es meines Erachtens mit mir und Piet geht.

»Langweilig bedeutet immer nur, dass keine Nähe da war«, sagt Mama.

»Wir haben miteinander geschlafen.«

»Lass mich raten: Ihr habt mindestens zweimal den Ort gewechselt.«

Mir kommt meine Unterhose an der Gardinenstange und meinem Kleid im Badezimmer in den Sinn.

»Je öfter der Ort gewechselt wird, umso verzweifelter die Suche nach Nähe«, referiert meine Mutter weiter. »Denn wenn die da ist, dann ist auch ein Bett so heiß wie die Copacabana!«

Irene prustet los. »Schön gesagt, Alma, sehr schön gesagt.«

Die hievt sich aus dem Stuhl. »Los geht's!«

»Ihr fahrt?«, frage ich.

»In dem Zustand?« Irene hickst.

»Kommt nicht in Frage«, sagt Rike.

»Zum Fest. Wenn wir jetzt gehen, kommen wir um zehn ins Bett, ist doch toll!«

13

Zunächst glaube ich, in eine Zeitkapsel geraten zu sein. Die Deko in der Halle des Sportvereins ist dieselbe wie beim Kinderfasching 1997, als ich dank meiner Mutter als Punk mit regenbogenfarbener Irokesen-Frisur hier ankam und niemand mit mir spielen wollte. Mama fand's lustig, so eine kleine Punkerin, die das Dorf ein bisschen aufmischt. Für mich wurde es ein Albtraum. Guck mal, ist die hässlich! Der Tag endete mit der einzigen Prügelei meines Lebens, die der Dorfgemeinschaft bestätigte, dass Kleider eben doch Leute machen. Vierundzwanzig Jahre später muss ich einmal kräftig durchatmen, bevor ich diesen Raum betreten kann.

Bunte, mittlerweile ausgeblichene Wimpel hängen von Wand zu Wand über den Köpfen der Feiernden. Grün-weiße Papiertischdecken bemühen sich um einen Hauch Zivilisiertheit und verstaubte Tannen aus Plastik zieren die Hallen-Ecken. Die ergaben 1997 den mickrigen Wald von Ronja Räubertochter, als die sich niemand verkleidet hatte. Gegenüber dem Eingang steht die mobile Theke auf Rollen, damals mit Instant-Pulvertee gefüllten Plastikbechern, heute mit Bier gefüllten Plastikbechern zwischen Softdrink-Flaschen vom Discounter und Friesengold, dem Schnaps für die ganz Harten.

Wir fallen nicht weiter auf, denn alle Anwesenden sind genauso betrunken wie wir und da nimmt die Sehkraft ja bekanntlich ab. Hätte ich das 1997 schon gewusst, hätt ich Likör an die Dorfkinder ausgeschenkt.

Mama und Irene steuern zielstrebig und erstaunlich manierlich die Theke an. An einem langen Tisch links von mir wird grölend gelacht. Ich erkenne einen älteren Mann als einen Cousin oder Schwipscousin von Oma wieder. Ditti? Lucki? Kalli? Auf jeden Fall etwas mit ›i‹. Er hat mich ebenfalls entdeckt und hebt seine Pranke, um mir zu winken, was ich erwidere.

»Moin«, ruft Rike und steuert auf Ditti/Lucki/Kallis Tisch zu. »Moin, moin«, schallt es zurück. Kurz wendet sich die Gruppe mir zu und ich taste meinen Kopf ab, um sicherzugehen, dass ich keinen Iro trage.

Marco und Dunja tauchen neben mir auf. »Hast du doch geschafft zu kommen!« Ich nicke ergeben. Dunja legt mir beruhigend die Hand auf die Schulter. »Sind nette Leute, wirst sehen.«

»Alte Leute, aber macht nix«, fügt Marco hinzu und bugsiert mich zur Theke.

»Dreimal Herrengedeck«, bestellt Dunja. Sicherheitshalber streckt Marco dem Barmann drei Finger entgegen.

»Bitte nicht«, protestiere ich. Ungeachtet meines Einwandes wird mir links ein Friesengold und rechts ein

Bier in die Hand gedrückt. Es nur eine Frage von Minuten, dass ich mich übergeben muss.

»Wasser«, sage ich mit Bestimmtheit und stelle beide Getränke auf der Theke ab. Marco reibt sich freudig die Hände. »Mehr für mich.« Er klopft auf die Theke und macht den bärtigen, etwa sechzigjährigen Barmann auf sich aufmerksam. »Wasser!«

Gefühlt der halbe Saal dreht sich zu uns um und geht in Freeze. Der Barmann drückt sein Kreuz durch und wird noch breiter, als er ohnehin ist. »Biste krank, Marco?«

Der zeigt auf mich. »Für sie.«

Der Bärtige mustert mich. »Kenn wa uns?«

»Nö«, antworte ich.

»Biste krank?«

»Mach nur'n Päuschen«, murmle ich.

»Na, dann Prost.« Der Bärtige stellt einen Plastikbecher Wasser vor mich hin, in dem Salzstangenreste schwimmen. Dunja und Marco kippen ihren Friesengold. Seufzend schiebe ich den Wasserbecher von mir und greife zu meinem Bier, was Marco mit einem zufriedenen Nicken kommentiert.

»Zickezacke, Zickezacke, hey, hey, hey!«

»Hau wech den Drech.«

»Nicht lang schnacken, Kopf in Nacken!«

Um mich herum tobt der Alkoholwahnsinn. Es wird gesoffen und gegrölt, als gäbe es kein Morgen und das bei ausgesprochen guter Laune. Mit schwimmendem Blick sehe ich mich um. Mama lehnt mit beiden Unterarmen und nach hinten gerecktem Po auf der Theke und fixiert den bärtigen Barmann, während Ditti/Lucki/Kalli sich neben ihr mehr schlecht als recht an der Theke festklammert und einen Monolog in ihre Richtung hält. Irene sitzt auf einer Bierbank mit dem Rücken an die Wand hinter sich gelehnt und versucht, mit halboffenen Augen intelligent auszusehen. Ihre Tochter hat es nicht weiter als bis zum ersten Tisch bei der Tür geschafft und sitzt breitbeinig wie ein Trucker inmitten einer Gruppe Kerle, die ihr abwechselnd Herrengedecke besorgen. Neben mir lassen sich Dunja und Marco von einer Oma anbrüllen, die nicht den Unterschied zwischen Fremdsprachler und Gehörlosen zu kennen scheint. Mit zusammengeklebten Gaumen, weil ich nicht mehr als zwei Schlucke des Bieres vertragen habe, sehe ich aufs Handy, dessen Display vor mir auf und ab hüpft. 20:45 Uhr, da wäre noch ne Wanne drin, aber in meinem Zustand ertrinke ich wahrscheinlich. Piet anrufen? Von irgendwoher fällt ein heller Lichtschein in den Raum, dann erkenne ich, dass es Toms Blondschopf und seine Zähne sind, die in der einzigen Schwarzlichtlampe im Raum – nämlich über der Tür – leuchten. Er hat wirklich sehr große Zähne, wie ich finde, und ein sehr einnehmendes Lächeln.

Tom entdeckt mich und steuert auf mich zu. Links von ihm rumst es laut, was sowohl ihn als auch mich ablenkt. Der Männerkreis um Rike schaut verdutzt nach unten. Neben den Stuhlbeinen ragt ein kleiner Fuß in gelben Arbeiterschuh nach oben. Abrupt ändert Tom die Richtung und eilt auf das Grüppchen zu. Neugierig setzte ich mich ebenfalls in Bewegung.

»Gehscho, gescho«, lallt Rike und versucht sich, an zwei Männerbeine gekrallt, hochzuraffen.

»Jetzhelfdomal der Frau«, brüllt der Besitzer der Beine, strauchelt und fällt auf sie drauf.

»Wech!«, schimpft sie und drückt die Hände gegen den Kerl, der wie ein nasser Sack auf ihr liegt.

»Ole, lass Rike in Ruhe!« Ein zweiter Bewunderer kriegt vor Aufregung einen roten Kopf.

»Willija!«, sagt Ole und kämpft vergebens gegen die Schwerkraft an.

»Platz da.« Tom drängt sich zu Rike durch.

»Gut, dasse da bist, Tom.« Bewunderer Nummer zwei klopft ihm auf die Schulter. »Rike und Ole kommen gar näch mehr hoch.«

Tom rollt Ole von Rike, der wie ein schwerer Käfer auf dem Rücken liegen bleibt und hievt sich meine Halbschwester über die Schulter. Die macht keine Anstalten sich zu wehren und baumelt kopfüber seinen Rücken herab. Tom wendet sich um. Die noch sitzenden

Männer der Gruppe ziehen die Köpfe ein, um nicht von Rikes herumschleudernden Armen getroffen zu werden.

»Bist du gleich noch da?«, fragt mich Tom.

»Äh, ist sie okay?«

Er linst über die Schulter. »Atmet noch, oder?« Er dreht mir etwas den Rücken zu, dass ich Rike besser inspizieren kann. Ich halte ihr kurz die Nase zu. Grunzend atmet sie ein, als ich wieder loslasse.

»Joa.«

»Ich bring sie mal nach Hause. Lust auf'n Bier danach?«

Ich verziehe das Gesicht. »Bloß nicht. Ich komm mit. Irgendjemand muss ja Wache halten.«

Tom winkt ab. »Die geht nirgendwo mehr hin.«

Ich sehe mich kurz um, ob ich jemanden Bescheid sagen muss. Mama ist verschwunden, genauso wie der Barmann. Am anderen Ende des Saals macht Irene die Augen auf. »Tschö«, ruft sie ungeachtet dessen, dass ihre Tochter gerade wie ein Gepäckstück abtransportiert wird. Ich winke zum Abschied und folge Tom nach draußen, wo es noch immer hell ist und sich die Raucher in Grüppchen zusammengefunden haben. Unter ihnen entdecke ich auch Mama und den Barmann. Sie wirft mir einen Luftkuss zu und wendet sich wieder ihrem Gesprächspartner zu. Tom stratzt mit großen Schritten los und ich muss mich beeilen, hinterherzukommen.

»War ja eine kurze Nacht für euch«, sagt er.

»Eher eine lange.«

»Stimmt.«

»Und sonst so?«

»Meine Mutter und Irene«, sage ich. Für einen Moment schweigt Tom. »Ja, das macht Rike auch immer wieder Sorgen.«

Überrascht sehe ich ihn an. Rike murmelt etwas Unverständliches.

»Aber ich sag immer: Sind ja alt genug, ne?«

»Trotzdem ungesund.«

Tom klopft auf Rikes Beine vor seiner Brust. »Aber sowas kommt halt mal vor, wenn alles ein bisschen viel wird.«

»Wie meinst du das?«

Tom wirft mir einen Blick zu und schüttelt den Kopf. »Ne, lass mal.«

»Doch, sag mal.«

»Das erzählt sie dir lieber selbst.«

»Genau«, mault Rike kopfüber. Tom ächzt leise und geht schneller. Ich laufe hinter ihm her und bemerke, dass Rike ihre flache Hand an seinen Rücken presst, was einerseits aussieht, als sauge sich ein Reptil fest und andererseits wirkt, als suche sie Schutz. Vertraut. Liebevoll. Ich senke den Blick.

In ihrem Zimmer, das ähnlich wie mein Gästezimmer aussieht, legt Tom Rike auf dem Bett ab und zieht ihr die Schuhe aus. Sie dreht sich augenblicklich auf die Seite, zerrt notdürftig die Decke über ihre Schultern und beginnt zu schnarchen. Tom öffnet schmunzelnd das Fenster. »Zum Ausdunsten.«

Ich stehe nutzlos im Raum rum.

»Und du, kommst du klar?«

»Ja, warum nicht?«

»Ich dachte nur. Und du willst wirklich nicht nochmal mit?«

»Ne, lass mal. Muss ja auch früh raus morgen.«

Tom nickt und weist mit dem Kinn auf Rike. »Auf die würd ich morgen nicht bauen.«

»Die seh ich sowieso vormittags nie.«

»Wie gesagt, frag sie lieber selbst danach.«

»Okay.« Ich habe keinen Schimmer, wovon er spricht.

»Also, dann.« Tom wendet sich zum Gehen.

»Ja, viel Spaß. Und danke.«

Er nickt und lässt mich mit meiner nach Schnaps stinkenden Halbschwester alleine. Ich ziehe die Fensterflügel weiter auf und decke sie richtig zu. Neben ihr Bett stelle ich vorsorglich eine Flasche Wasser und lege zwei Ibuprofen daneben. Dann dusche ich mich ein weiteres Mal kalt ab, schmeiße ebenfalls eine Ibu ein und knalle mich ins Bett. Nach drei Sekunden bin ich weg.

Ohne Americano und mit einem Magen, der sich von innen nach Schmirgelpapier anfühlt, schlurfe ich über den Hof. Natürlich ist Rike nicht da – so wie Tom schon vermutete, und ich fühle mich wie der einsamste Mensch

auf dieser Erde. Selbst die Singvögel sind still, vielleicht sind sie von meiner Alkoholfahne ohnmächtig von den Bäumen gefallen. Kraftlos schleppe ich den Körnersack aus dem Futterschuppen und verteile eine zentimeterdicke Schicht vor der Geflügelhütte. Man muss ja pragmatisch bleiben. Sollte ich auf meiner Morgenrunde sterben, haben sie bis Dunjas und Marcos Ankunft genug zu fressen und müssen nicht mich anpicken.
Gerds Heuballen rolle ich zu seinem Gehege, stemme ihn mit einem letzten Aufgebot an Kräften am Gatter hoch und kippe ihn auf die andere Seite rüber. Der Esel Ia-t laut und theatralisch, dabei habe ich ihn nicht mal getroffen. Undankbare Diva.

Hinter mir öffnet sich die Hüttenklappe. Das Federvieh stolpert übereinander heraus und stürzt sich aufs Fressen. Ich hege die Theorie, dass sie über Nacht vergessen, dass ihre Unterversorgung weit hinter ihnen liegt. Rike erzählte mir, dass Hühner nachts blind sind, weswegen man ihnen im Dunklen Küken, Hähne und sonst wen unterjubeln kann. Wenn sie morgens die Neuen entdecken, ist es, als wäre es nie anders gewesen. Über Nacht wird einfach die Löschtaste gedrückt. Schade, dass das nicht bei Menschen funktioniert. Ich könnte mich einfach nachts in Piets Bett schleichen und am nächsten Morgen denkt er, dass das seine Ordnung so hat.

Mit meinem Hangover from Hell lasse ich mich in Mannis Gehege auf dem Futtertrog nieder und kraule dem Eber die Stirn, während er ungestüm seinen Brei aus Pellets, Kartoffelresten und Weidepflanzen mampft und mich beim Ausatmen damit bespritzt. »Und, in welcher Dimension befindest du dich heute?«

Ich habe mir angewöhnt, ein Pläuschchen mit ihm zu halten, während er frühstückt. Als Oma dement wurde, war es wichtig, mit ihr zu sprechen, damit sie nicht zu tief in sich selbst abtaucht. Bei der Erinnerung an ihr schwillt ein Kloß in meinem Hals an. So chaotisch meine Mutter war, so sehr war Oma meine Boje in wilder See. Oder wie Opa sagte: der Pragmatismus in Person. Die Tochter wird mit knapp achtzehn geschwängert? Kein Problem, ab in den Wohnwagen mit ihr. Das Enkelkind braucht Unterhaltung? Bringen wir ihr Black-Jack bei. Der Bulle des Nachbarn läuft im Garten rum? Nicht mit Oma! Bewaffnet mit einem langen Stock hat sie alles vertrieben, was sich mir auf drei Meter genähert hat. Morgens gab es verlässlich Brötchen zum Frühstück, Mittags was Warmes und Abends einen Gutenachtkuss. Aber irgendwann hatte ihr Kopf genug vom vielen Lösungen finden und beschloss, die Arbeit einzustellen. Seit sie tot ist, ist mein starker Opa sehr still, und pragmatisch bin nur noch ich.

Manni hält inne, als würde er über meine Frage nachdenken, dann mampft er weiter. »Schon vergessen, hm?« Ich streiche ihm über die Stirn nach hinten. Der Eber reißt den Kopf hoch, quiekt und trippelt rückwärts. Gleichzeitig entdecken wir das offene Gatter. Während ich noch »Fuck« rufe, wuchtet Manni seinen schweren Körper herum und galoppiert los.

»Nein!« Ich springe auf und setze mich sofort wieder, weil sich der Boden dreht. An den Rand des Trogs gekrallt, fixiere ich Mannis Jauche, bis das Karussell zum Stillstand kommt und erhebe ich mich ächzend.

»Manni?« Der ist natürlich nicht mehr zu sehen. Blick nach rechts – drei Katzen lassen sich die Morgensonne auf den Pelz brennen. Blick nach links – Federvieh stürmt zu allen Seiten davon. »Ha!« Ich laufe auf sie zu. »Manni!« Die Hühner ändern bei meinem Anblick die Richtung und folgen mir, wohl in der Hoffnung auf besseres Futter. Drei von ihnen überholen mich und rennen mir vor die Füße. Stolpernd und springend setzte ich meinen Weg fort. »Manni!«

Am Haus geht Rikes Fenster auf und ihr um zehn Jahre gealtertes Gesicht erscheint darin. »Auti!«

»Keine Zeit«, rufe ich zurück. Gerd hebt den Kopf von seinem Heuballen und I-at mich anklagend an.

»Was machst du da?« Rike lehnt sich gefährlich weit aus dem Fenster, um mir nachzusehen.

»Nichts!«

»Dann mach ›nichts‹ gefälligst leiser!«, brüllt sie und knallt das Fenster zu.

»Manni!«, flüster-rufe ich. Die beiden Hofhunde gesellen sich zu mir und der Hühnerschar. In einer Mannschaft von etwa zehn Teilnehmern suchen wir unter untermalt von diversen Tierlauten weiter.

»Manni!«

Durch das Gegacker der Hühner vernehme ich etwas Tiefes. »Manni?« Ich stoppe bei vollem Tempo. Hinter mir stapeln sich die Hühner, die nicht so schnell bremsen können. »Pst«, befehle ich und höre ein leises Grunzen. Vorsichtig schleiche um den Futterschuppen herum und selbst die Hühner halten die Schnäbel. Der Eber steht mit gesenktem Kopf vor einem Mauerrest, der früher Teil des Schweinestalls war, und stupst seinen Rüssel wiederholt dagegen. Er ist so beschäftigt, dass er weder mich, noch meinen Trupp bemerkt. Auf leisen Sohlen gehe ich wieder. Feder- und Fellvieh dämmert langsam, dass hier nichts Spannendes mehr passiert und verteilt sich. Nur das Nackte folgt mir weiter und stolpert dann und wann über seinen Umhang. Darum muss ich mich auch mal kümmern.

Mit einem Strick aus dem Futterschuppen kehre ich zu Manni zurück, der weiter mit der Nase gegen die Mauer stößt und sich wundert, dass nichts aufgeht. Ich lege ihm den Strick locker um den Hals und streiche ihm über die Borsten am Rücken. Er stoppt in der Bewegung und schaut verdutzt. »Ach, Manni«, sage ich und mir wird ganz warm ums Herz. An der provisorischen Leine führe ich den Eber zurück zu seinem Gehege und werfe im Vorbeigehen einen Blick zu Rikes verwaisten Fenster hinauf. Bestimmt liegt sie schon wieder komatös im Bett, falls sie es bis dahin geschafft hat. »Die brauchen wir eh nicht, stimmt's, Manni?« Sorgsam schließe ich das Gatter hinter ihm. »Tut mir leid für die Panik.« Der Eber steckt seinen Rüssel in den Trog und macht da weiter, wo er aufgehört hatte.

14

Was ich mir merken muss:

- Erst umschauen, dann den Wein aus dem Wagen holen.
- Sei jederzeit bereit und in einem Zustand, der einen spontanen Besuch seitens Piet erlaubt.
- Exzessiver Alkoholkonsum ist nicht kompatibel mit einem Arbeitsbeginn um 5 Uhr am folgenden Morgen.
- Bei plötzlicher Lähmung Tom anrufen – Tom ist stark.
- vergessliche Schweine haben einen siebten Sinn für offene Gatter.

Anrufe von Piet seit letztem Samstag: Null.

Anrufe von Mama: Ebenfalls null. Was sehr viel auffälliger ist als Piets telefonische Abwesenheit. Am Sonntag tauchte sie gegen zehn Uhr mit feuchtem Haar und verschmierten Make-up auf der Terrasse auf, räumte Geschirr und Flaschen zusammen und floh nach einer ungewöhnlich knappen Begrüßung ins Haus. Dort blieb sie etwa eine Stunde, kam frisch gestriegelt und entknittert wieder zum Vorschein, drückte mir einen Lippenstiftkuss auf die Wange und flog davon. Ob mit Bus, Bahn, durch Beamen oder per Geh-Meditation bleibt ihr Geheimnis, aber sie ist ja erwachsen. Auf jeden Fall habe ich ihre Ente nicht gesehen, was mich beruhigt

hatte, denn ihrem Geruch nach zu urteilen hatte sie noch mindestens ein Promille. Dennoch: Heute ist Donnerstag und so lange hat Mama es noch nie ausgehalten nicht anzurufen.
Rike hatte ich am Sonntag, abgesehen von dem kurzen Intermezzo am Fenster, morgens gar nicht gesehen und nachmittags nur durch gequälte Laute, die abwechselnd aus ihrem Zimmer und dem großen Bad im Obergeschoss kamen, wahrgenommen. Zum Glück halfen nach dem Mittagessen Dunja und Marco wie üblich mit aus, wenn auch ungewöhnlich still und mit einem Gesichtsausdruck, als hörten sie konstant das Kratzen von Fingernägeln auf einer Tafel. Nachmittags kochte ich eine Gemüsesuppe und brachte erst Rike und dann Irene einen Teller, die ihre Nacht auf dem Sofa verbracht hatte. In BH, Knickerbocker und Sandalen. Offenbar war ihr beim Ausziehen die Puste ausgegangen. Abends erschien Irene dann bei mir am Esstisch, wo ich mit mir selber kniffelte, um mir mitzuteilen, dass sie fahren würde und sie sich freut, dass ich Rike unterstütze, jetzt wo doch alles so schwer sei. Über den Satz habe ich dann die nächsten drei Stunden nachgegrübelt und konnte mich weder auf den Tatort, noch auf das Heute Journal im Anschluss konzentrieren. Dafür habe ich eine Nachricht an Piet geschrieben, bemüht, diese lässig und ohne pressure zu formulieren. Seither habe ich wiederholt versucht, Kontakt aufzunehmen, bin aber brav und texte nur in

homöopathischen verträglichen Dosen (einmal pro Tag). Jetzt lese ich mir die der letzten drei Tage zum x-ten Mal durch und frage mich, ob eine von ihnen missverständlich oder bedrängend ist, oder worin der Grund für Piets Nicht-Antworten liegen könnte.

Montag:

Hey Peter, danke nochmal für deinen Anruf. Hier läuft alles gut. Boven un Beneden war da und hat bereits berichtet.

Dienstag:

Hey Peter, wie läuft's im Flagship? Vertrag mit Herald Inc. unter Dach und Fach? Lass mich wissen, wenn ich unterstützen kann!

Mittwoch:

Hallo Peter. Mittlerweile bin ich Profi im Hühnerfüttern (ha, ha). Die Tiere sind göttlich, musst du dir mal ansehen.

Rike schlurft mit einer Tasse Tee an mir vorbei in Richtung Couch. Was immer sie vormittags treibt, es hilft ihr nicht dabei, sich vom letzten Samstag zu regenerieren. Kein Mensch kann so lange einen Hangover haben.

Ich blicke von meinem Handy auf und gebe mir einen Ruck. Mit irgendjemand muss man ja mal sprechen.

»Rike?«

»Hm?«

»Sag mal, findest du die übergriffig?« Ich halte ihr das Handy hin. Sie liest meine Nachrichten und hebt die Schultern. »Nee, wieso?«

»Nur so.« Ich lege das Handy auf den Tisch und ziehe meine Knie an, damit ich die Zehen in das Schafsfells graben kann.

»Hat er nicht geantwortet?«

Ich schüttele den Kopf.

»Schon mal drüber nachgedacht, dass er deine Gefühle nicht erwidert?«

Ich fixiere meine Zehen. Einziehen, ausstrecken.

»Joa.«

»Und zu welchem Ergebnis bist du gekommen?«

»Weiß nicht. Kopf und Bauch haben sich noch nicht geeinigt.«

Rike steht unschlüssig vor mir. »Bist ganz schön verknallt, hm?«

»Hm.« Ich zucke mit den Schultern. Sie setzt sich mir gegenüber an den Esstisch. »Wie isser denn so?«

Ich linse zu ihr auf, aber ihr Gesicht zeigt keine Anzeichen von Hinterlistigkeit.

»Clever. Charmant. Lustig. Elegant.«

»Elegant?«

»Er hat was von so einem Filmstar. Weißt du? So wie früher.«

»Gina Lollobrigida?«

Ich muss lachen. »Sorry, das war gemein.«

»Nein, eigentlich war es ganz nett. Netter als ›Du bist eine Type‹ auf jeden Fall.« Sie zieht etwas die Mundwinkel hoch.

»Du hast wirklich was Italienisches«, sage ich.

»Von Dietmar kommt das nicht.« Rike macht in der Luft Anführungszeichen beim Namen unseres Vaters. »Und der Porsche? Fährst du den, damit du zum Filmstar-Look deines Peters passt?«

»Was? Nein! Wie kommst du darauf?«

»Weil der irgendwie gar nicht zu dir passt. Also das Auto.«

»Weil du mich ja so gut kennst.« Soweit ich mich erinnere, liegt unsere letzte Unterhaltung vor meiner Zwangsversetzung sechs Jahre zurück. Bei der Scheidungsparty von Cousine Melly wurden wir an einem gemeinsamen Tisch platziert und während ich es vor allem schräg fand, dass Melly ihre Scheidung zelebrierte, sah Rike hierin nur den Beweis dafür, dass es den Leuten nicht mehr um Wahrhaftigkeit geht, sondern nur um einen guten Post in den sozialen Medien. Worin sie nicht ganz unrecht hatte. Mellys Online-Einladung zur Party lautete: ›Wir haben gecancelt – Freedom!‹, dazu ein wahnsinnig entzückendes Pärchenfoto von ihr und ihrem zukünftigen Ex-Mann. Trotzdem kamen Rike und ich nicht auf einen Nenner. Sie fand mich oberflächlich, ich sie verbittert.

Rike zögert. »Wir könnten uns ja ein bisschen kennenlernen. Wenn wir schon zusammen wohnen.« Sie lehnt die Unterarme auf den Tisch. »Okay, Vorschlag. Jede hat drei Fragen. Du fängst an.«

Ich überlege einen Moment. Drei Fragen sind nicht viel und eigentlich gibt es nur eines, das mich brennend interessiert, aber damit kann ich nicht anfangen. Also erstmal etwas Offensichtliches. »Gibt es einen Mann in deinem Leben?«

»Brauch ich nicht.«

»Ne Frau?«

»Ich bin erst dran.«

»Stimmt.«

»Was war deine längste Beziehung?«

»Jan, neun Monate.« Verlegen senke ich den Kopf.

»Wow«, sagt Rike. Ja, ja, ich gehe auch nicht gerne damit hausieren.

»Und deine?«

»Sechseinhalb Jahre. Tom.«

In meinem Magen zieht es, was etwas irritiert.

»Hast du Hobbys?«, fragt Rike.

»Yoga.« Ich zögere, sie sieht mich mit einem wachsamen Blick an.

»Was meint Tom damit, dass ich dich selber fragen soll, was du vormittags machst?«

Ihre Miene verfinstert sich. »No comment.«

»Wieso?«

»Ich bin dran.«

»Du hast aber noch nicht geantwortet.«

»Doch, ich habe ›no comment‹ gesagt.«

»Aber so lerne ich dich nicht kennen und darum geht's doch, oder?«

»No comment sagt doch auch was aus.«

Ich verschränke die Arme. »Blödes Spiel.«

»Tss, nur weil es nicht so läuft, wie du das willst. Typisch.«

»Was soll das denn heißen?«

Sie steht auf. »Autri hier, Autri dort. Autri will, Autri hat.«

»Hä?« Irritiert sehe ich Rike nach, die mit ihrer Tasse die Treppe hoch stapft. Was für eine Dramaqueen. Solange sie nicht Drogen vertickt oder auf den Strich geht, kann sie mir ja wohl verraten, was sie vormittags macht. Blöde Nuss.

15

Das Ärgerliche an Streit in der Familie ist, dass man sich nicht aus dem Weg gehen kann. Das war früher schon der Grund, warum ich so ungern ins Rike-und-Ruben-Land kam. Alles war durchseucht von deren Stimmungen. Wie ich feststelle, reicht Rike alleine aus, um den Ort in einen Dunst aus Ablehnung tauchen. Der Freitag verlief dementsprechend zäh wie Kaugummi. Wenn ich daran denke, dass grade zwei Wochen meines dreimonatigen Zwangsaufenthalts um sind, sehne ich mich in ein Zeugenschutzprogramm. Seit gestern steht außerdem kein Frühstück mehr auf dem Tisch. Wegen einer unbequemen Frage. Zur Strafe mache ich mir jetzt selbst Rührei und zwar mit vier statt mit zwei Eiern. Ich plane so lange zu essen, bis ich arbeitsunfähig werde. Zumindest winkt ein Lichtblick: Es ist Samstag! Ein freier Nachmittag ohne Schufterei, Mütter, Rotwein und Dorffesten. Heute wird nachgeholt, was für letzte Woche geplant war: Badewanne, Maniküre, Pediküre. Das Telefonat mit Piet knicke ich. A) bin ich beleidigt und b) will ich nicht anhänglich wirken. Dennoch glimmt tief in mir drinnen die Hoffnung, dass er sich meldet. Da sag ich dir noch mal Bescheid, ja? – ich habe mir den Wortlaut genau gemerkt, trotz weinertränktem Hirn.

Mit dieser positiven Aussicht marschiere ich zur To-Do-Liste am Futterschuppen, um die gesamte Woche mit einem enthusiastischen Schwung durchzustreichen. Mitten in der Bewegung halte ich inne und starre auf die Spalte Samstag – Nachmittag. Wann ist das passiert?
Samstag – Nachmittag: Rasentraktor von Tom abholen / Mähbereich: Garten – Vorgarten – Wiese hinter Stallungen – Seitenstreifen Auffahrt und Straße entlang der Grundstücksgrenze. Das ist das halbe vermaledeite Dorf!
Wütend trete ich gegen die Scheunenwand und atme drei Minuten lang Mordgedanken weg, bevor ich mich auf die Suche nach Toms Bauernhof begebe.

Eine Viertelstunde später bin ich zum ersten Mal in meinem Leben schockverliebt in ein Gebäude.
Der erwartete Hof ist ein saniertes taubenblaues Holzhaus auf einem Steinsockel. Die weißlackierten großen Kassettenfenster erinnern an schwedische Architektur, aber anders als dort ragt das Dach nicht tief herab, was die Häuser schnell hutzelig wirken lässt. Dieses ist großzügig, hell, hat eine warme Ausstrahlung und gleichzeitig etwas von den klassischen Fischerkaten an der Küste. Holzstufen führen zu einer kleinen Veranda und einer weißen Eingangstür. Links und rechts stehen alte Bänke vor dem umlaufenden Verandageländer, auf denen Schafsfelle liegen. Wenn ich jemals so ein Haus

habe, möchte ich eine Homestory in einer Wohndesignzeitschrift.
Aus dem vermuteten Garten hinter dem Haus klingt Folk her. Ich folge der Musik um das Gebäude herum und versuche, in die Fenster zu spähen, die aber zu hoch sind.

Der Garten ist ein Naturparadies. Hohes Gras, statt Beete blühende Büsche und knorrige Bäume. In einem Fliederbusch summt es wie am Flughafen, Schmetterlinge segeln durch eine Wildblumenwiese links neben mir. Ein schmaler Trampelpfad – das einzig gemähte Stück Garten, soweit ich erkennen kann – führt zu einer Art Werkstatt mit Flachdach. Hinter dem Tor vermute ich die Musikquelle, die, wie nun zu hören ist, von einem Brummen aus einer männlichen Kehle begleitet wird.
Ich balanciere auf dem gemähten Pfad auf die Werkstatt zu, in der Hoffnung keine Käfer oder anderes Getier zu zertreten, die sich sicher zuhauf hier befinden.
Neugierig spähe ich in hinein. Der Raum ist gefüllt mit Holzskulpturen in jeglichen Größen. Personen die aus Baumstümpfen erwachsen, abstrakte, flammenartige Gebilde, Holzbüsten, dazwischen zwei Kängurus und mindestens ein Koalabär. Letztere stechen heraus wie Shakespeare in Disneyland. Zwischen den Kunstwerken steht Tom mit dem Rücken zur Tür vor einem Holzblock und summt selbstvergessen bei der Musik aus der

Bluetoothbox mit, die einem Känguru um den Hals baumelt. Da er die Arme gehoben hat und den Holzblock mit Hammer und Meißel bearbeitet, ist sein schwarzes, ausgeblichenes, mit Staub und Holzspänen bespicktes T-Shirt etwas hochgerutscht. Seine Arbeitshose sitzt locker auf der Hüfte und zeigt sowohl ein Streifen gebräunte Haut als auch den Rand seiner Shorts. Mein Blick wandert zu Toms Oberarmen, die sich mit jedem Hammerhieb anspannen und entspannen. Mir ist bisher gar nicht aufgefallen, dass er so muskulös ist. Nicht Muckibuden-muskulös, sondern wie jemand, der körperlich arbeitet und wirklich kräftig ist und nicht nur so aussieht. Wobei ich ja bereits wusste, dass Tom stark ist.

Ich starre also seine Arme an und vergesse kurz, warum ich da bin. Tom scheint am Hinterkopf Auge zu haben, denn er dreht sich um, ohne sich bei meinem unerwarteten Anblick zu erschrecken. »Hey, Antonia«, ruft er über die Musik. Durch die mit Holzsplittern besprenkelten Gläser seiner Schutzbrille lächelt er mich an. »Was gibt's?«

»Rike«, antworte ich ebenfalls laut. Tom setzt die Brille ab und dreht die Musik leiser. »Also, genaugenommen der Mähtraktor.«

»Rasentraktor?«

»Genau.«

»Lässt sie dich den rüberfahren?« Tom legt sein Werkzeug ab. »Auch«, sage ich.

»Bist du schon mal einen gefahren?«

»Nee, aber so schwer kann das ja nicht sein.«

»Na, dann zeig ich dir mal, wo er steht.« Tom tritt aus der Werkstatt ins Sonnenlicht. Ich sehe an ihm vorbei zu dem Holzklotz. »Ein neues Werk?« Er dreht sich um und folgt meinen Blick. »Ja. Wird eine Figur aus einem Traum.«

»Aha.«

Tom streicht sich über den Nacken. »Na ja, ich habe einen wiederkehrenden Traum und darin kommt eine Person vor. Ich weiß nicht genau, was ihre Funktion ist, also in meinen Träumen, da dachte ich, es wäre ganz gut sie in die Wach-Welt zu holen. Vielleicht finde ich es dann heraus.«

»Ernsthaft?«

»Hört sich doch gut an, oder?« Er grinst. »Wenn ich ausstelle, dann brauchen die Galerien immer Erklärungen zu den Sachen.«

»Ich wusste gar nicht, dass du Bildhauer bist.«

»Ich mach auch noch etwas Landwirtschaft. Heu als Futtermittel und so. Halb Künstler, halb Bauer. Man könnte auch sagen: Nix richtig.« Er lacht und es ist klar, dass ihn das nicht die Bohne kratzt.

»Und die Kängurus?«

Wir passieren den summenden Fliederstrauch und Tom saugt geräuschvoll die Luft durch die Nase ein. »Phänomenal, oder?«

Ich bleibe stehen. »Der Geruch?«

Er nickt und ich schnuppere. Der süßliche Duft ist überwältigend und macht spontan glücklich.

»Die sind eine Reminiszenz an meine Zwanziger.«

»Hä?«

»Die Kängurus. Ich war eine Zeit in Australien.« Er verengt die Augen und fokussiert mein Ohr. »Sieht ja schon besser aus. Warst du beim Arzt damit?«

»Rike sagt, dass das nicht nötig wäre, weil Gerd sich nicht den Hintern leckt.«

»Hm, interessantes Argument. Da lang.« Er zeigt zu einer Garage. »Und kommt ihr jetzt besser klar, du und der Esel?«

»Wir meiden uns.« Ich stapfe wieder voraus. »Sobald Gerd mich sieht, legt er das Ohr an und I-at.«

»Er hat Angst vor dir.«

»Ja, offenbar ist er ein bisschen dumm, denn sonst wüsste er, dass ich Angst vor ihm haben müsste.«

»Vielleicht erinnerst du ihn an jemand.«

Ich bleibe stehen und lege den Kopf schief. »Ja, klar.«

»Ernsthaft. Wenn Tieren etwas Schlechtes widerfährt, merken sie sich die Menschen, die damit in Zusammenhang stehen und vielleicht siehst du aus wie sein Vorbesitzer.«

»Der war 85. Deswegen hat er ja auch Gerds Ohr beim Heckenschneiden übersehen.« Mittlerweile haben wir die Garage, im gleichen hellgrauen Holz wie das Haus, erreicht. »Hier?«

»Jup.« Tom schiebt mich sanft zur Seite und öffnet das Tor. Von einem Haken nimmt er einen Handbesen von der Wand. »Ist ein bisschen staubig«, entschuldigt er sich und fegt den Sitz des Rasentraktors ab, der neben einem alten Mercedes Kombi und hinter Toms Fahrrad parkt. »Wie du vielleicht bemerkt hast, stehe ich nicht so auf Cleancut Tennisrasen.«

Ich nicke hinter ihm.

»Aber nochmal zum Esel. Gerd muss lernen, dass du vertrauenswürdig bist.«

»Und wie soll das gehen.«

»Emotionale Erpressung.« Grinsend sieht er über die Schulter.

»Ich füttere ihn jeden Morgen, das scheint ihn nicht sonderlich zu beeindrucken.«

Tom holt einen Schlüssel aus der Schublade einer schmalen Kommode an der Garagenrückwand. »Füttern ist gut, aber es muss etwas Besonderes sein. Etwas, was dich für ihn unterscheidbar und sehr viel cooler als andere Menschen macht.« Er winkt mit dem Schlüssel. »Wenn du das geschafft hast, gehst du zu Phase zwei über.«

»Phase zwei?«

»Körperliche Nähe.«

»What?«

»Das ultimative Mittel. Erst geiles Fressen, dann Streicheleinheiten.«

Mit offenem Mund sehe ich ihn an. »Bei meinem letzten Annäherungsversuch hat er mich gebissen!«

»Weil du mit der Tür ins Haus gefallen bist. Stell dir vor, du wirst bei einem Blindedate zur Begrüßung mit Zunge geküsst, da würdest du auch wehren.«

»Außer bei Ryan Gosling«, sage ich. Tom übergeht meinen Einwand. »Auf jeden Fall mögen domestizierte Tiere ab und zu Streicheleinheiten und auch Esel haben ihre besonderen Stellen, wo sie gerne gekrault werden. Dafür musst du erst einmal Vertrauen aufbauen. Aber wenn du das schaffst, ist die Arbeit mit ihm nicht mehr Stress, sondern Freundschaft.«

»Ich weiß gar nicht, ob ich das will. Am Ende gewöhnt sich der Kerl noch an mich und heult, wenn ich wieder gehe.«

Tom zuckt mit den Schultern. »So, Rasentraktor. Also hier stellst du das Tempo ein ...«

»Wo wird denn so ein Esel gerne gestreichelt?«

Tom hält inne.

»Nichts Perverses, oder?«, hake ich nach.

Tom schüttelt verdutzt den Kopf. »Würd ich dir das dann vorschlagen?«

Ich hebe die Schultern.

»Hier hat wohl noch jemand außer Gerd Probleme mit Vertrauen, hm?«

»Tss.«

»Mach mal die Augen zu.«

»Du steckst mir aber nicht einen Löffel Pfeffer in den Mund, oder so, ja?« Argwöhnisch sehe Tom an. Der kraust die Stirn. »Ernsthaft, du, Rike und Gerd solltet eine Selbsthilfe-Gruppe starten. Warum sollte ich dir Pfeffer in den Mund stecken?«

»Ja, was weiß ich.«

»Du kannst dich entspannen, ich tu dir nichts, ich will dir nur etwas demonstrieren. Also, du bist jetzt Gerd. Augen zu.«

Ich mustere ihn prüfend, dann kneife ich die Lider zusammen und kann hören, dass er schmunzelt. Angespannt atme ich ein und versuche, trotzdem entspannt auszusehen.

Toms Fingerkuppen berühren sanft meinen Hals direkt unter dem Kinn und bewegen sich kraulend von links nach rechts in Richtung Ohren. Ich ziehe scharf die Luft ein, was mich gleich ein bisschen beschämt – aber verdammt – fühlt sich das gut an! Toms Finger wandern weiter zu meinem Nacken. Eine Gänsehaut breitet sich von dort über den gesamten Körper aus. Die Finger streichen zurück bis unter das Kinn, doch der Nachklang ihrer Berührungen im Nacken schlängelt sich weiter meine Wirbelsäule hinab und verursacht am Ende ein kleines Feuerwerk. Abrupt reiße ich die Augen auf und mache einen Schritt zur Seite. »Super. Danke. Probier ich aus.« Ich streiche mir die Haare aus dem Gesicht, weil ich sonst nicht weiß, wohin mit meinen Händen.

»Und davor mit Brombeerblättern und Müsli füttern. Da stehen Esel total drauf«, erklärt Tom.

»Brombeerblätter und Müsli«, wiederhole ich wie eine Erstklässlerin. »Super, mach ich.«

Schnell drehe ich mich um und will gehen.

»Hast du nicht was vergessen?«, fragt Tom und hält den Schlüssel hoch.

»Ach ja.« Ich schnappe ihn mir und stecke ihn ins Zündschloss des Rasentraktors.

»Soll ich dir zeigen, wie er funktioniert?«

Ich winke ab. »Nee, lass mal, ich kann ja auch Porsche fahren, da wird das schon kein Problem.«

Zweifelnd sieht Tom mich an.

»Mach du mal weiter mit deiner Traumfigur, also dieser Person da, du weißt schon.«

Einen Moment lang ruht Toms Blick auf mir, dann wendet er sich ab. »Wenn du durch bist, einfach wieder hier abstellen. Garagentor lass ich auf.«

Ich starre auf das Zündschloss, bis er gegangen ist, dann setzte ich mich auf den Rasentraktor, bevor meine Wackelpuddingknie nachgeben. Holla! Was war das denn? Wenn ich nicht die Augen aufgemacht hätte, wäre ich Gefahr gelaufen, Tom an Ort und Stelle zu Boden zu ringen und das T-Shirt vom Leib zu reißen. Mindestens. Antonia, krieg dich wieder ein. Du warst nur der Esel. Also Gerd. Und Tom ist nicht Piet.

Ich hab Entzugserscheinungen. Das ist die einzige Erklärung. Die Gefühle, die Toms Berührungen ausgelöst haben, sind lediglich Ausdruck unbändiger, nicht erfüllter Sehnsucht nach Piet. Ich stehe auf Piet! Piet. Piet. Tom ist der Exfreund meiner Blödkuh-Halbschwester. Ich bin hier nur aus Zwang. Wenn Piet kommt, wird alles gut.
Ein Kribbeln fährt mir den Rücken rauf und runter bei den Gedanken an Toms Finger an meinem Nacken. Das sollte dringend verboten werden, dass er irgendwelchen Frauen zeigt, wie man Esel streichelt.

Mit einem dämlichen Grinsen und in leicht überdrehter Stimmung inspiziere ich die Armaturen des Rasentraktors. Links ein Rädchen, dessen unterste Stufe (wie ich vermute) eine Schildkröte zeigt, dazu ein paar Hebel und Tasten. Gaspedal, Kupplung. Zum Glück gibt es nur vorwärts, rückwärts und neutral. Ich schiebe und drücke etwas herum, der Rasentraktor röhrt laut auf. Vorsichtig gebe ich Gas. Juhu, das Ding bewegt sich.

Stolz wie Bolle fahre ich aus der Garage und fühle mich, als hätte ich soeben den Motor erfunden. Mit geschätzten zwei km/h flitze ich von Toms Grundstück. Yeah!

Eine Katze überholt mich auf der Straße, dann ein Kleinkind auf dem Fußweg von einem Gartentor zum nächsten. Zeit, etwas Gas zu geben. Im Fahren verschiebe ich das Rädchen von Schildkröte auf Hase. Der Rasentraktor röhrt wieder und steigert sich auf mindestens fünf km/h. Fast kann ich den Fahrtwind im Gesicht spüren.

Ich biege auf die Hauptstraße ab, was sich auf diesem Gefährt irre rasant anfühlt. Aus einer Einfahrt ertönt ein lautes Hupen. Im Vorbeifahren sehe ich einen Opa, der wild gestikulierend hinter mir auf einem Seniorenmobil auf die Straße tuckert. Fröhlich winke ich ihm zu. Immerhin sind wir auf ähnlichen Fahrzeugen unterwegs und so etwas wie Gefährten.

Wieder hupt der Opa. Vielleicht eine besondere Begrüßung? Ich antworte meinerseits mit Hupen, lächle über die Schulter zurück, kann ihn aber nicht mehr entdecken. Hä?

Links neben mir hupt es wieder. Ich wende den Kopf und sehe mich von Angesicht zu Angesicht mit dem Opa.

»Vorfahrt beachten«, schimpft er.

»Aber ...«, sage ich, doch er zieht bereits vorbei und schert vor mir ein. »Rechts vor links!«

»Das war ne Ausfahrt!«, rufe ich.

»Regeln beachten, Dirn.«

Dann sehe ich nur noch den sich entfernenden beigen Blouson von hinten. Amüsiert schalte ich das Tempo auf halbschnell – hierfür gibt es kein Zeichen, ich wäre aber für Maus – und schleiche weiter. Die Sonne erscheint hinter einer Quellwolke und taucht die Landschaft in

satte, kräftige Farben. Grüne Weiden, blaue Kornblumen, roter Klatschmohn. Pferde galoppieren neben einem Hof über eine Koppel. Schwarz-weiße Kühe grasen auf einer Weide. Birken säumen den Weg, in der Ferne kläfft ein Hund. Mit halbgeschlossenen Lidern fahre ich durch dieses Abziehbild der Landliebe. Toms Finger kraulen mich unter dem Kinn. Leise schnurre ich wie eine Katze, und finde mich kein bisschen verrückt dabei. Aus dem Augenwinkel entdecke ich den bärtigen Barmann vom Dorffest vor einem Betrieb für Landschaftsfahrzeuge. Ein überraschendes Gefühl von Stolz wallt in mir auf: Ich sitze auf einem Landwirtschaftsfahrzeug, wenn auch auf einem sehr kleinen – heißt, ich gehöre dazu!
Lächelnd winke ich dem Bärtigen – der wie ein Seebär aussieht und ausgesprochen gut in dieses Landromantik Bild passt. Er wendet sich grußlos ab. Neben ihm taucht eine Frau um die fünfzig auf. Sie erblickt mich und ihre Miene wird zu Stein. Mit verschränkten Armen folgt sie mir mit dem Blick.

Okayyyy, what's your problem? Etwas verunsichert sehe ich wieder auf die Straße und krieche in Zeitlupe an dem Betrieb vorbei. Vielleicht doch lieber Hase. Ich schiebe den Hebel nach oben und schaue zur Frau zurück, die mir weiter hinterher starrt. Gleichzeitig macht der Rasentraktor einen Satz nach vorne und holpert über das alte Kopfsteinpflaster, das an dieser Stelle die geteerte Straße ablöst. Ich hüpfe auf meinem Sitz auf und ab, bemüht darum den Hebel wieder auf Schildkröte zu versetzen. Schwierig, wenn vor lauter Holpern der Hebel nie dort ist, wo man hin greift. Von der Seite hupt es. Wo kommt der denn schon wieder her? Das Seniorenmobil schießt links an mir vorbei, auch Opa springt auf seinen Sitz wie ein Flummi auf und ab und drängt mich nach rechts ab.

»Alter!«, ist alles, was ich noch von mir geben kann, bevor ich samt Rasentraktor lächerlich langsam in den Straßengraben kippe. Unter meinem Po erstirbt der Motor. In der Ferne höre ich eine Frau lachen. Mein Handy rutscht dank der Schwerkraft aus der Hosentasche, gleitet über meinen Oberkörper Richtung Kopf und landet zielgenau vor meinem Gesicht in einem Grasbüschel. Auf dem Display leuchtet eine Nachricht auf.

Mit verschränkten Armen stehe ich am Straßenrand und schaue zu, wie Ole, Rikes Bewunderer vom Dorffest, den Rasentraktor aus dem Graben zieht. Letztes Wochenende war nicht zu ahnen, wie patent der Kerl ist. Noch während ich die Nachricht in meiner misslichen Lage las – Beine mit dem Traktor verknotet, Kopf im Graben – hielt Oles jägergrüne Kombi neben mir. Ehe ich mich versah, hievte er mich hoch, stellte mich am Straßenrand ab, holte ein Abschleppseil aus dem Kombi und befestigte es am Rasentraktor. Geredet haben wir nicht wirklich und ich komme mir ziemlich unnütz vor.

Langsam rollt der Rasentraktor aus dem Graben und kommt vor mir zum Stehen. Ole steigt aus dem Kombi und packt das Abschleppseil ein. »Jo, teste mal, ob der noch läuft.«

Ich stelle die Kupplung auf Leerlauf, stecke den Zündschlüssel ein und trete aufs Gaspedal. Der Rasentraktor röhrt.

»Geht«, rufe ich über den Lärm. Ole zeigt mir beide Daumen. Ich schalte den Traktor ab und steige ab. »Echt, vielen Dank! Kann ich mich irgendwie revanchieren?«

Ole winkt ab. »Blödsinn. Hier bei uns hilft man sich. Wie issn das passiert?«

»Puh«, sage ich, »da war so ein alter Mann auf einem Seniorenmobil ...«

»Ach nee, der Werner wieder?«

»Äh, weiß nicht?«

»Beige Jacke, fast Glatze?«

Ich nicke.

»Uh Mann, dann sach ich lieber Hilde Bescheid, dass der wieder auf der Flucht ist.«

Fragend sehe ich Ole an.

»Na ja, der is näch mehr ganz dicht in der Börne. Is ja auch schon alt, ne?«

Ich nicke wieder.

»Na, dann kümmer ich mich mal da drum. Gute Weiterfahrt, sach ich mal, ne?«

»Danke.«

Ole tippt sich mit zwei Fingern an die Stirn, setzt sich in den Kombi und dreht. Ich sehe zurück zum Betrieb, dessen Hof menschenleer ist, dann in den Graben zu meinem Handy. Ich fische es heraus und lese noch einmal die Nachricht.

Hi Antonia. Lust auf Besuch, heute oder morgen? Meld dich! Piet

Ich warte auf das aufgeregte Klopfen meines Herzens. Aber da kommt nichts. Ist wohl zu viel verlangt, nach einem Sturz in den Graben. Gefühllos wie ein Zombie tippe ich eine Antwort.

Super gerne morgen! Freue mich riesig! Antonia

16

In der Hoffnung, dass weder Rike noch Tom mitbekommen, dass der Rasentraktor zwischenzeitlich im Graben parkte, gab ich mir die größte Mühe den Garten, die Wiese und den Straßenrand entlang der Grundstücksgrenze tipptop zu mähen. Der Traktor funktionierte zu meiner Erleichterung einwandfrei – gut so, denn so langsam würde es teuer werden mit den zu ersetzenden Fahrzeugen. Erstaunlicherweise entpuppte sich die Arbeit als eine Quelle der Zufriedenheit.
A) sah ich sofort Ergebnisse und b) ist das Rumkurven im Schneckentempo absolut meditationstauglich (frag mich, wie der olle Osho das bewertet hätte). Mit jedem Meter gekürztem Gras stieg meine Laune plus die Vorfreude auf heute. Beruhigend, weil ich ja auf Piet stehe – nur falls ich es wieder vergesse. Und dann passierte das Wunder von Osterlinteln: Mit einem Pfiff höchster Anerkennung begutachtete Rike das Ergebnis meines Schaffens. »Hm, endlich eine niedere Arbeit, die dir liegt.«

»Gell?«, scherzte ich und brachte Grumpy Cat damit zum Schmunzeln. Die Harmonie ging sogar so weit, dass wir abends zusammen Polizeiruf schauten und uns darauf einigen konnten, dass Polizeirufe zwar mit Tatorten mithalten können, das Intro aber einfach Banane ist, hingegen das Tatort-Intro Kult und der eigentliche Grund, dass die Reihe so erfolgreich ist.

Heute Morgen wurde mir ein zweites Wunder zuteil, als Rike am Kaffeetisch auftauchte und mitteilte, sie würde mir beim Füttern und Stall ausmisten helfen. Jetzt ist es 11:50 Uhr und alle Vormittagsarbeiten sind erledigt. Wenn ein drittes Wunder im Zusammenhang mit Rike passiert, schenke ich ihr einen Zauberkasten.

»Ziehst du dich noch um?« Mit kritisch gerunzelter Stirn betrachtet sie mich.

»Hab ja nichts anderes«, erwidere ich. »Wenn du ne Schere hast, kann ich die hier mal abschneiden.« Ich streiche die Fransen an den Außenseiten der Fake-Lederhose nach oben entlang und stelle fest, dass einige einfach in der Waagerechten stehen bleiben. Waschen wäre wohl mal angesagt.

»Bist doch durch mit Stall ausmisten. Wie wäre es mit einem Kleid?«

»Kleid?« Unwillkürlich sehe ich mich nach einer versteckten Kamera um.

»Ja, vielleicht so was mit Blümchen oder so. Was Sommerliches.«

Ich strecke meine Hand zu Rikes Stirn aus. »Hast du Fieber?« Sie weicht aus. »Jetzt tu doch nicht so dämlich.«

»Dämlich kommt von Dame«, belehre ich sie. »Das ist anti-feministisch.«

Rike verschränkt die Arme. »Jetzt tu doch nicht so strunzdumm. Besser?«

Ich verschränke ebenfalls die Arme. »Sorry, aber so nennt Alma die Französin schon.«

»Wo sie recht hat.«

Abwartend hebe ich die Brauen.

»Okay, du bist nicht strunzdumm, aber manchmal habe ich das Gefühl, dass du absichtlich nicht kapieren willst.«

»Weil du ständig in Rätseln sprichst. Das hast du schon als Kind getan.«

»Hm.«

»Hm?«

»Ich denk darüber nach.«

»Und?«

Rike seufzt. »Vielleicht.«

»Ganze Sätze!«

»Vielleicht hast du Recht. Ein bisschen.«

Ich blinzele irritiert. Hat sie mir gerade zugestimmt?

»Ich dachte, wenn dieser Peter kommt und du ihn ja so magst, und wir ja auch einen guten Eindruck machen wollen und so, dass es nett wäre ...«

»... wenn ich mir ein Kleid anziehe?«, beende ich ihren Satz. Rike schaut unbehaglich. »War doof. Vergiss es.«

Ich kaue auf meiner Lippe herum. Sie hat ja nicht unrecht, natürlich will ich für Piet gut aussehen und wie ein halbwegs zivilisierter Mensch. Gleichzeitig hoffe ich, dass er ein bisschen Mitleid mit mir bekommt, wenn er sieht, in was für einem Zustand ich mich nach nur zwei Wochen Zwangsarbeit befinde. Schließlich boxt Engelchen Teufelchen von meiner linken Schulter. »Ich sehe deinen Punkt«, lenke ich ein. »Weißt was, ich zieh mich jetzt um. Du könntest inzwischen schauen, ob die Tiere nicht ein bisschen weniger ... derangiert aussehen könnten. Wenn wir schon beim guten Eindruck sind.«

Rike schnaubt. »Soll ich Gerd ein Ohr annähen, oder was?«

»Nee, aber du könntest Mathilda mal putzen und das Lama hervorlocken. Und der Mantel vom nackten Huhn geht gar nicht. Der ist schon ganz durchgesuppt.«

»Bei Tusnelda?«

»Das nackte Huhn heißt Tusnelda?«

»Rufname Tussi«, grinst Rike.

»Mein Gott, die wurde ja gleich doppelt bestraft.«

Ihr Grinsen geht in ein freudiges Grunzen über. Sie scheint sehr lange darauf gewartet zu haben, endlich ihren Witz loszuwerden. »Los, geh dich umziehen, ich bastel einen neuen Mantel. Und trag die Gummistiefel zu dem Kleid. So was finden simpel gestrickte Männer niedlich. Aber nicht die mit freien Zehen.«

Kopfschüttelnd gehe ich ins Haus. Ich hatte in der Tat die Idee, dass Gummistiefel zum Blümchenkleid ganz entzückend wären, was vermutlich bedeutet, dass sowohl Rike als auch ich zu viele romantische Komödien gesehen haben. So ärgerlich es ist, all ihren Vorschlägen zu folgen, bleibt mir dank meiner eingeschränkten Schuh-Auswahl eh nichts anderes übrig. Einmal mit Ballerinas in Jauche steckenbleiben reicht und ist mit allen Mitteln in Piets Anwesenheit zu vermeiden. Heute beweise ich ihm, dass ich kompetent bin, mich in den schwierigsten Situationen einfinden kann und dennoch mein gepflegtes Äußeres bewahre. Im Anschluss bin ich gerne bereit mit ihm in die Stadt zurückzukehren.

Eine halbe Stunde später schlendere ich auf einem letzten Kontrollgang an den Tieren vorbei. Tusnelda hat tatsächlich ein neues Gewand an, das verdächtig nach Puppen-Strickjacke aussieht. Bin gespannt, welches Kind Rike dafür bestohlen hat. Der Boden zwischen den Boxen und Gehegen ist gefegt und feucht, darüber steigt erdig riechender Dampf im Sonnenlicht auf. An Gerds Gatter hängen Feldblumen. Mit gespitzten Lippen schiebt der Esel seine Zunge durch die Holzlatten und versucht, die Blumen auf diesem Weg in sein Maul zu befördern. Gerd ist so beschäftigt, dass er glatt vergisst, mir sein I-a entgegenzuschleudern und dann den Hintern zuzuwenden. Wenn die Blumen nun Brombeerblätter wären? Mental setzte ich die Suche nach den entsprechenden Leckerlis auf meine geistige To-do-Liste und ignoriere das warme Gefühl im Bauch, das der flüchtige Gedanke an Tom dort verursacht.

Psychologische Ersatzhandlung, ganz klar. Gleich kommt Piet und alles wird gut.

Ich wandere weiter bis zum namenlosen Lama, das wie immer seine Rolle in einem Bauernhofwimmelbild spielt. »Ich seh dich«, rufe ich ihm zu. Das Lama blinzelt einäugig und bleibt im Freeze. Angsthase. Ich rupfe ein saftiges Büschel Gras aus und stecke es ihm in die Lücken des Maschendrahtzauns. Sieht doch alles gut aus.

Auf dem Weg zurück zum Haus steigt meine Herzfrequenz und macht kleine Hüpfer. Ticke-ticke-ticke-tickaaa.

Manni schaut zu mir herüber und sieht verloren aus in seinem Gehege, obwohl Rike ihm wegen der anhaltenden Trockenheit extra eine Schlamm-Pfütze gepanscht hat. Da Piet noch nicht da ist, bleibt Zeit für eine gute Tat.

»Manni, hierher«, versuche ich ihn zur Pfütze zu locken. Er dreht sich einmal im Kreis und starrt weiter in die falsche Richtung. »Manni, hierher!«, probiere ich es abermals. Der Eber rührt sich nicht. Vielleicht ist er in Wahrheit taub und nicht dement. Und etwas blind. Ich steige über den flachen Zaun und klopfe ihm abwechseln an die Flanken, um ihn zu navigieren. Endlich findet er die korrekte Richtung, lässt sich mit einem lauten ›Flatsch‹ in die Schlammpfütze kippen und suhlt sich grunzend darin. Piet wird einen vorbildlichen Eindruck bekommen: Schwein im Schlammloch!

Hinter dem Haus ertönt ein lautes Hupen und sowohl Manni, als auch ich erschrecken. Ich stolpere über den Zaun und Manni springt quiekend aus der Pfütze, um wieder dusselig und nun eingesaut in der Gegend herumzustehen. Na dann Pech, Manni. Ich rücke den Rock meines Blümchenkleids zurecht, fahre mir durch die Haare und wende mich mit einem strahlenden Lächeln im Gesicht meiner alternativen Zukunft entgegen. Hinter mir höre ich Mannis wuchtigen Körper wieder in der Schlammpfütze aufschlagen, unmittelbar darauf breitet sich warme Feuchtigkeit auf meinem Po aus. Irgendwo vernehme ich Rike, gefolgt von einem glockenhellen Lachen.

Klick. Klick. Klick-klick-klick. Jessis Kameraobjektiv klebt an mir, egal, ob ich mich vorbeuge oder mit verkniffenem Gesicht ins Sonnenlicht blinzel. Ein Blogartikel für die Firmenwebseite, ganz nah am Menschen (mir) und den bemitleidenswerten Wesen, die ich betreue (die Tiere). Piets Idee. Ich kann mir denken, was Jessis Vorstellung des Beitrags ist: mich im denkbar schlechtesten Licht darzustellen.

In mir rumort die Enttäuschung darüber, dass Piet meine Konkurrentin zu unserem Treffen mitgebracht hat, die leider so aussieht, wie ich mir ursprünglich meinen Landstyle vorgestellt hatte: Eine coole Mischung aus Aussteiger-Bohemian und englischer Duchess à la

Downtown Abby. Ausgerüstet mit einer teuer aussehenden Digital-Kamera stolziert sie über Rikes Hof und gibt ›Ahs‹ und ›Ohs‹ und ›och nein, das Arme› von sich, begleitet von Piets Dauernicken und seinen zu einem bekümmerten Dreieck zusammengezogenen Augenbrauen. Wusste gar nicht, dass er so ein Gesicht machen kann.

Ich trabe vorweg, berichte von meinem Hofalltag und nehme widerwillig Jessis Anweisungen entgegen. Mehr nach rechts. Beug dich doch mal zur Katze vor. Halte die Ente hoch. Höher. Och, das Arme, jetzt hat's gekackt. Mehr ins Sonnenlicht. Ist das noch lebendig? Was ist denn das für eine süße Jacke? Hast du die gestrickt Antonia, ha-ha-ha-ha-ha.

Rike trottet hinter uns her und kickt zwischendurch Steine weg. Ich bilde mir ein, dass sie dabei auf Jessis blitzeblanken Echtleder-Reitstiefel zielt. Als wenn die schon mal ein Pferd von Nahem gesehen hat.

Oh, halt, welch grandiose Idee!

Ich biege auf der Zielgeraden zum Lama ab und führe den Trupp zum Pony, das ausnahmsweise im schönsten Weiß erstrahlt. Mit einem anerkennenden Blick würdige ich Rikes Putzkünste. Die kickt einen weiteren Stein Richtung Jessi und trifft. »Was ...?«, fragt die und sieht sich irritiert um.

»Das ist Mathilda«, lenke ich sie ab. Meine Kollegin mustert das Pony, dann dreht sie sich begeistert zu mir um.

»Kann man die reiten?«

»Klar«, sage ich. Rike Augen werden zu Schlitzen und sie klappt den Mund auf.

»Wie cool, dass du schon Reitklamotten anhast«, komme ich ihr zuvor. Meine Halbschwester stutzt und schließt den Mund wieder. »Mathilda wird viel zu wenig bewegt, stimmt's, Rike?« Die nickt brav. »Und ich kann ja leider nicht reiten.«

»Nicht?«, fragt Jessi und klopft Mathilda vorsichtig mit der flachen Hand an den Hals. Ich schüttele bedauernd den Kopf.

»Und mal draufsetzen für ein Foto?«

»Super Idee!«, rufen Rike und ich gleichzeitig. »Soll ich dir helfen?«, biete ich an.

»Also, eigentlich, dachte ich, dass du ...«

»I wo«, sagt Rike, »Frau Jessi ist doch bestimmt Profi, dann sieht man doch sofort. Tolle Stiefel übrigens.«

Alle schauen auf Jessis Schuhe, inklusive der Trägerin. »Danke, die hab' ich schon ewig«, murmelt sie.

Ja genau, und der Osterhase bringt die Babys.

»Ist doch 'ne gute Idee, oder Piet? Ich mache Fotos von Jessi und die könnt ihr dann dem Blogbeitrag zufügen! Ganz nah am Menschen.«

»Und am Tier«, fügt Rike hinzu. Unschuldig lächele ich Piet an, der wiederum erwartungsvoll seine zweite Assistentin anblickt. Deren Gesicht ist zu einem panischen Lächeln eingefroren. »Ist Mathilda nicht zu ... krank dafür?«

Rike schüttelt den Kopf. »Die ist nicht krank. Ne, Mathilda?«

Das Pony macht ›brrrr‹.

»Na ja, aber ... was ist der Grund dafür, dass sie hier ist?«

»Kleine Kinder, keine Erfahrung, große Kinder, lange Weile, Schlachter oder Gnadenhof.«

Mit offenem Mund sieht Jessi Rike an.

»Die Kurzfassung. Du, normalerweise ist die ganz brav. Du arbeitest ja nicht mit Sporen, oder?«

»Mit was?«

»Sind das nicht Westernreitstiefel?« Rike beugt sich zu Jessis Stiefeln vor.

»Äh«, ratlos sieht Jessi an sich herab.

»Ohne Peitsche, ohne Sporen. Dann kann nichts schief gehen.«

»Ja, die buckelt ganz selten«, nicke ich.

»Fast nie«, nickt Rike. »Also?«

Hilflos sieht Jessi zu Piet. »Ich wusste gar nicht, dass du reitest«, sagt der. SIE gibt einen verzweifelten Laut von sich. »Ist auch ziemlich lange her.« Sie wendet sich Rike zu. »Ich möchte Mathilda wirklich nicht überlasten. Sie ist doch bestimmt schon ganz alt?« Wieder tätschelt sie das Pony am Hals. Das zuckt zurück. »Och, das Arme!«, ruft Jessi. »Die hat ja Angst!«

»Hätte ich auch, wenn ich sie wäre«, murmelt Rike leise.

»Ja, dann lassen wir das vielleicht besser«, sagt Piet.

»Hatschi«, macht Mathilda und spritzt uns alle nass. Jessi unterdrückt ein Quieken und meinem Chef entgleiten kurzfristig die Gesichtszüge. Rike und ich, die wir es ja gewohnt sind, streichen uns Mathildas Spucke von den Armen. »Ist nur Wasser«, sagt Rike und wuschelt durch Mathildas Mähne.

»Okay.« Jessi schüttelt ihre nasse Hand aus. Das Pony zieht die Oberlippe hoch, als wenn es lacht. Ein wahres Schauspieltalent.

»Hat irgendwer Interesse am Lama«, frage ich, »wo wir schon beim Spucken sind?«

»Gute Idee«, nickt Rike. »Kommen Sie Frau Jessi, Sie wollen doch bestimmt das Lama sehen.« Bevor die antworten kann, zieht meine Halbschwester sie am Ärmel mit sich. »Keine Sorge, Lamas sind nicht reitbar. Sie wiegen nur zwischen zwanzig und vierzig Kilos, wussten Sie das, Frau Jessi?«

»Würden Sie mich bitte ...«

»Tu ich doch, Frau Jessi, tu ich doch.«

Jessi sieht zu Piet zurück und hebt hilflos die Schultern. Unser Chef unterdrückt ein Grinsen und wartet, bis sie außer Sichtweite sind.

»Das ist also deine Schwester.«

»Halbschwester.«

»Ziemlich burschikos.«

Ich zucke mit den Schultern.

»Bringt wohl der Job mit sich.« Piet sieht umher. »Was machst du eigentlich den ganzen Tag?«

»Füttern, Ställe ausmisten, jäten, Rasen ...« Ich stoppe, weil Piet mir stirnrunzelnd auf den Kopf sieht. Ich drehe die Augen nach oben. »Oh, nee.«

»Die isst deine Haare.«

»Keine Sorge, die saugt nur daran«, winke ich ab und lächle, um zu zeigen, dass ich kompetent bin und mich in jeder noch so absurden Situation einfinden kann. Hilfe wäre aber auch nicht schlecht.

»Kannst du, also ...« Ich zeige nach oben. Mathilda macht Schlürfgeräusche. »Einfach rausziehen, bitte?«

Mit spitzen Fingern streckt Piet die Hand aus und hantiert kaum spürbar über meinem Kopf.

»Nur Mut«, weise ich ihn. »Haare festhalten und kräftig aus dem Maul ziehen.«

Das Einzige das sich irgendwo hinzieht, und zwar nach unten, ist Piets Gesicht.

»Okay, weg.« Ich schiebe seine Hand zur Seite, umfasse die Haare, an denen Mathilda genüsslich nuckelt und ziehe sie ihr aus dem Maul. Über mir macht es ›Schlurp‹ und ich halte eine patschnasse Strähne in der Hand.

»Ein Föhn hast du nicht dabei, oder?«, scherze ich. Den Blick starr auf meine angesabberten Haare gerichtet schüttelt Piet den Kopf. Räuspernd lasse ich die Strähne los, die mir nass über das linke Ohr hängt. »Soll ich dir noch was zeigen?«, lenke ich ab. »Es gibt noch Schafe, Ziegen, das Lama ...«

»Passt, reicht«, sagt Piet.

»Okay.«

»Dann vielleicht einen Kaffee? Es gibt auch Americano.«

Piet bläst die Wangen auf. »Du, ich glaube, dafür haben wir gar keine Zeit mehr.« Suchend sieht er in die Richtung, in die Rike und Jessi verschwunden sind.

»Ach so.«

Piet lächelt mich an. »Ich finde es schön, dich mal wieder zu sehen. Du fehlst uns in der Firma.«

»Ich kann es auch kaum erwarten zurückzukommen.«

»Ist ja nicht mehr lange«, sagt Piet.

»Na ja ...«

»Ich möchte mich übrigens bei dir bedanken.«

»Wofür?«

»Wie du dich für MaBuGo einbringst. Egal wie blöd das Ganze lief, aber das du das hier mitmachst, für die Firma, weiß ich wirklich zu schätzen.«

»Für MaBuGo alles«, scherze ich. Er sieht sich um. »Wenn ich ehrlich bin, war mir nicht bewusst, was für eine krasse Nummer das ist. Ich dachte, das sei mehr so ein Streichelzoo und nicht so ...« Sein Blick bleibt an Manni hängen, der neben seiner Pfütze liegt und tot aussieht. »Geht's dem gut?«

»Och, das Arme!«, imitiere ich Jessi. »Keine Sorge, der macht nur Mittagsschlaf. Schau, er sucht sich immer genau den einen Fleck Schatten aus. Er ist zwar dement, aber dass er Schutz vor der Sonne braucht, weiß er offenbar noch.«

»Ist es das, was man hier so lernt?«, fragt Piet.

»Eine Welt voller Nischenwissen. Ein Paradies für Tiernerds«, grinse ich.

Piet mustert mich mit einem leichten Schmunzeln und mir wird ein bisschen warm.

»Du siehst übrigens toll aus.« Er macht einen Schritt auf mich zu. »Von hinten ein bisschen schmutzig, aber ansonsten sehr, sehr süß.«

»Ja, das Timing zwischen eurem Ankommen und dem Schlammbad von Manni war nicht ideal«, sage ich.

»Manni?«

Ich zeige auf den Eber.

»Hm, haben hier alle Tiere Namen?«

»Außer dem Lama. Das heißt Lama.«

»Also ich finde, dir steht dieser Bäuerin-Look ausgezeichnet. Gibt es hier nicht eine Scheune voller Heu, oder so?« Er zupft an meinem Blümchenkleid.

»Ich hätte den Fut-ter-schupp-en im Angebot.«

Piet lacht. »Okay, das was jetzt ein Insider, oder?«

»Das war die Stimme meiner Halbschwester, auch bekannt als der Schrecken von Osterlinteln.«

»Ich sehe, du hast dich schon gut integriert.« Er zieht mich an sich heran und späht fast unmerklich über meine Schulter. »Das nächste Mal komme ich alleine, okay? Und dann zeigst du mir alle geheimen Plätze auf diesem Gna-den-hof.« Er betont das letzte Wort in einer Mischung aus Drohung und Verführung. Ich lehne mich an ihn an. Wow, es ist Tag, wir sind weder betrunken, noch an einer Hotelbar, ich habe Schlammflecken am Po und wir flirten. Wenn das nicht der Beweis dafür ist, dass dies keine einseitige Nummer ist. Das wäre jetzt der perfekte Zeitpunkt für Rike und Jessis Rückkehr. Ich dränge mich etwas dichter an Piet heran, der allerdings zurückweicht und die Nase rümpft. »Also mich würde ja der Gestank auf Dauer fertig machen.«
Vorsichtshalber rücke auch ich ab, nicht, dass der Geruch von meinem Kleid, aka Mannis Schlammpfütze auf diesem, ausgeht.

Die dreibeinige Katze Fluppi humpelt maunzend heran und lässt sich mitten auf dem Weg fallen, um ihre drei Gliedmaßen genüsslich im Sonnenschein auszustrecken. Piet zieht bei ihrem Anblick eine Grimasse. »Boah, auch nicht so richtig geil zum Ansehen, oder?«

Ungeachtet seiner Beleidigung schließt Fluppi die Augen und schnurrt wie ein alter, kaputter Motor.

»Wie lief es eigentlich mit Boven un Beneden?«, fragt Piet. Ich löse meinen Blick von der Katze, die ich normalerweise jetzt streicheln würde und wende mich ihm zu. »Du hast die Sendung nicht gesehen, oder?«

»Ich wollte es mir längst in der Mediathek ansehen, aber nach einer Woche wird's schon rausgenommen.«

»Ah, verstehe.«

»Bist doch nicht etwa böse, oder?«

»Quatsch.«

»Wirklich?« Neckend zupft er wieder an meinem Kleid. Ich sollte diesen Look fürs Büro in Betracht ziehen, wenn er ihm so gut gefällt. Blümchenkleid und gelbe Gummistiefel, wer weiß, vielleicht löse ich einen Trend aus.

»Wirklich«, nicke ich und hoffe, dass er mir nicht die Haare hinters Ohr streichen will. Links bestimmt nicht, wegen Mathildas Spucke, aber rechts würde er sonst den abheilenden Blumenkohl entdecken. Piets Hände wandern zupfend an meinem Kleid aufwärts. Ich mache einen Schritt zurück. »Ich bin nicht böse. Wirklich nicht.«

Piet kommentiert mein Zurückweichen mit einem Stirnrunzeln. »Gut. Übernächste Woche würde der Weserkurier vorbeischauen. Der Aufhänger ist unser Engagement hier, von wegen, lokales Unternehmen, Tier und Umwelt, bla, bla, blubb, aber es wäre geil, wenn du ein paar Hintergrundinfos zu MaBuGo einflechten kannst. Kriegst du das hin?«

»Klar, also ... schwebt dir da etwas Bestimmtes vor?«

»Setz den Fokus einfach ein bisschen auf die großen Namen, okay?«

»Die bösen Jungs?«

Piet nickt. »Zumindest die, die jetzt brav sind, dank uns.« Er steckt die Hände in die Taschen seiner dunkelblauen Anzughose und atmet demonstrativ tief durch. »Ah, frische Landluft.«

Ich wiege den Kopf. Sagte er nicht eben, dass es hier stinkt?

»Ich muss sagen, ein bisschen beneide ich dich ja um deine Auszeit«, fährt Piet fort. »In der Krise steckt auch immer eine Chance, findest du nicht? Sag ich auch unseren Kunden.«

»Ich weiß«, sage ich. War schließlich mein Vorschlag. Jetzt wo der Spruch bei mir angewendet wird, finde ich ihn nur noch so semi.

»Hey, Antonia!«

Ein kleiner Elektrostoß durchfährt mich. Hektischer als erwünscht drehe ich mich zu Tom um, der sein Fahrrad an Mannis Zaun abstellt. Flüchtig nimmt er Piet in Augenschein und krault dann Manni am Rüssel. »Ist Rike da?«

»Lama«, antworte ich und nestel nervös an meiner Mathilda-feuchten Haarsträhne herum. Tom hebt dankend die Hand und entfernt sich. Ich wende mich wieder Piet zu, der in der Zwischenzeit sein Handy hervorgeholt hat und mit zusammengezogenen Brauen eine Nachricht liest.

»Alles okay?«

»Hm?«, fragend hebt er den Blick. Ich nicke zu seinem Handy.

»Ach so, ja, nichts Wichtiges«, er steckt es in seine Gesäßtasche.

»Wie läuft es denn bei MaBuGo?«

Piet lächelt breit. »Immer nach oben.« Er deutet mit der Hand eine Rampe an. »Fuhhh.«

Ich verspüre einen kleinen Stich. »Okay, wow, cool.«

Piet zögert. »Es ist noch nicht ganz in trockenen Tüchern ... ach, was soll's, schließlich gehörst du zum engen Team.«

Der Stich verflüchtigt sich.

»Also, nachdem Jessi und ich Heralds Inc. eingesackt haben, interessiert sich nun auch die Personal-Energy AG für unsere Beratung.«

Jessis und er? Piet hat anscheinend ein Gedächtnisproblem. Meine Vorarbeit hat zu dem Deal mit Heralds Inc. geführt, meine Recherche, meine Datenanalyse, meine Vorschläge zur Umstrukturierung. Hätte er nur sich selber genannt, hätte ich es noch verstanden, schließlich ist er der Boss. Aber Jessi? Was bitte stellt die mit dir an, dass du das nicht checkt?

»Der Stromriese?«, frage ich.

Piet klopft sich auf die eigene Schulter. »Genau der.«

»Wow.«
»Ja, ich weiß.« Nickend holt er wieder sein Handy heraus. »Mensch, schon zwei. Langsam sollten wir mal zurück.«

Er legt mir eine Hand in die Taille. »Pass auf, wenn das Interview übernächste Woche gut läuft, besprechen wir, wie es weitergeht. Vielleicht reicht das schon, vielleicht braucht es noch den einen oder anderen Artikel, das sehen wir uns dann genau an, okay?«

»Okay.«

Piet beugt sich vor und ich denke schon, dass ich endlich einen Kuss bekomme, und hoffe sehr, sehr, dass Jessi zurückkommt und es sieht, aber stattdessen lehnt Piet seine Stirn an meine und blickt mir tief in die Augen. »Danke«, flüstert er. Ich starre zurück in das Blau, oder Grün seiner Iris – irgendwie ist das eine ganz undefinierbare Farbe, aber sehr hell – und bin verwirrt. Piet streicht mit dem Daumen sanft über meine Unterlippe. »Schade, dass wir nicht alleine sind«, wispert er. Ich nicke, was dazu führt, dass er ebenfalls nickt, weil ja Stirn an Stirn, und spitze die Lippen. Abrupt weicht Piet zurück. »Können wir?«, ruft er Jessi entgegen. Die hält die Digitalkamera hoch. »Alle Tiere sind fotografiert.«

Lächelnd kommt sie näher. »Ich bin soweit. Danke, Antonia, dass du uns alles gezeigt hast. Das ist so schön hier!«

Na, die legt sich ja ins Zeug, um Piet zu beeindrucken. Säuerlich mustere ich sie. Hinter ihr tauchen Rike und Tom auf und bleiben im Gegenlicht der Sonne stehen, was sie in zwei Silhouetten vor einer grünen Weide und blauem Himmel verwandelt und mich an die Romantik-Poster aus den Teenager-Zeitschriften erinnert, die ich mir als Zwölfjährige in mein Zimmer hing. Rike hat die Arme verschränkt und lässt den Kopf hängen. Tom streckt eine Hand aus und streicht ihr über die Schulter. Langsam kippt ihr Oberkörper vor, bis ihre Stirn Toms Brust berührt. Er macht einen Schritt auf Rike zu und hüllt sie in seine Arme ein. Die Silhouetten verschmelzen zu einer Figur und ich muss unwillkürlich an die Person aus Toms Traum denken.

»Antonia?«

»Ja?«

»Wir fahren jetzt.«

Ich reiße mich von Toms und Rikes Scherenschnittbild los. »Ja, danke, dass ihr gekommen seid.«

»Du hast es toll hier!«, sagt Jessi nochmal und macht ein ehrliches Gesicht. Piet gibt mir rechts und links Küsschen auf die Wange. Kurz denke ich, dass Jessi es ihm nachmachen will, dann entscheidet sie sich, mir die Hand hinzuhalten.

»Tschüss, Antonia. Wir sehen uns bei MaBuGo.« Bevor sie die Hand zurückzieht, fällt mir ihr Verlobungsring mit dezentem Brillanten hinter dem Ehering auf.

Wenige Minuten später fährt Piets neues E-Auto davon und mit ihm meine Hoffnung auf ein vorzeitiges Ende auf Rikes Hof. Ich warte auf die Enge im Hals und die schlagartig einsetzende schlechte Laune. Stattdessen: nichts.

Langsam trotte ich zurück, verrenke mir den Nacken, um den Fleck an meiner Rückseite zu begutachten, was mir bei seiner Größe problemlos gelingt, und ziehe aus einer Laune heraus sowohl Gummistiefel als auch Strümpfe aus um barfuß weiterzulaufen. Im kühlen Haus hole ich mir kaltes Zitronenwasser aus dem Kühlschrank und lasse mich auf der Terrasse auf einen der Gartenstühle plumpsen. Auf der Wiese blökt eines der Schafe, ansonsten herrscht eine Stille, die selten ist. Es gibt kaum einen Tag, an dem nicht irgendwer seinen Rasen mäht. Von wegen ländliche Ruhe, gegen Dauermähbeschallung ist Stadtlärm ein Sanatorium.

An meinem Glas nuckelnd lasse ich den Blick schweifen und warte weiterhin auf das Unglücksgefühl, das sich jetzt mal langsam einstellen sollte, wenn es noch ernst genommen werden möchte. Hinter mir nähern sich Schritte.

»Wo sind Dunja und Marco eigentlich«, frage ich, ohne mich umzudrehen.

»Haben frei.« Rike geht mit Tom, der sein Rad schiebt, an der Terrasse vorbei und mir entgeht nicht, wie eng sie nebeneinander herlaufen.

Ich nippe wieder am Zitronenwasser und spüre schlechte Laune wie Bodennebel um meine Füße wabern. In der Einfahrt bleiben Rike und Tom stehen und sprechen so leise miteinander, dass ich sie nicht verstehen kann. Dann sehen beide zu mir. Meine Halbschwester lächelt übertrieben, während Tom eher unbehaglich schaut. Kurz nimmt er Rike in den Arm und schwingt sich auf sein Rad. Seit wann umarmen die beiden sich eigentlich? Wenn da mal nichts läuft!

Ich schütte mir den Rest Zitronenwasser in den Mund – zu schnell, zu kalt – und es zieht mir in den Zähnen. Der Bodennebel erreicht die Knie und Oberschenkel. Meine Mundwinkel gehen gen Süden.

Während Tom auf der Kopfsteinpflasterstraße davon holpert, späht Rike über die Schulter zu mir, schiebt die Hände in die Hosentasche und geht mit gesenktem Kopf davon. Ja, ja, keine Sorge, ich stelle schon keine unangenehmen Fragen. Ist doch euer Bier, ob ihr eure Beziehung nach zehn Jahren wieder aufwärmen wollt.

Ich stehe auf und trage eingehüllt im Schlechte-Laune-Nebel das Glas ins Haus, um zu telefonieren. Es gibt nur einen Menschen, der das Chaos in meinem Kopf ordnen kann.

17

Was ich mir merken muss:

- Vorsicht vor alten Menschen auf Seniorenmobilen.
- Vorsicht vor Dorfbewohnerinnen um die fünfzig.
- Es gibt auch nette Menschen hier – siehe Ole.
- Für gutes Rasenmähen gibt es Lob. Oha!
- Ich stehe auf Piet. Exklusiv und ohne Wenn und Aber.

Gretchen und ich einigten uns auf den neutralen Boden von Hamburg. Sie wollte eh mal wieder hin, hat sie behauptet und die hundertzweiundzwanzig Kilometer pro Strecke auf sich genommen. Ich wollte nicht nach Bremen, dort wo Piet und Jessi hin verschwunden sind und in den Straßen alle Erinnerungen an das Leben kleben, das ich eigentlich führe, beziehungsweise führen sollte. Da auch ich achtzig Kilometer wieder zurückfahren muss, verhindert Gretchen durch ihren Vorschlag außerdem, dass ich meine miese Laune in Aperol Spritz ertränke. Stattdessen sitzen wir brav bei Chai Latte in einem Café nahe der Binnenalster und essen Kuchen.

»Eigentlich war es schon gut und er wirkt interessiert, ehrlich, andererseits ist er so ...« Ich schnaufe und hebe ratlos die Hände.

»Unverbindlich?« Gretchen sticht mehrmals mit der Kuchengabel in den Topfkuchen, der unter den Zinken zerbröselt. Sie gibt auf und nimmt das Kuchenstück in die Hand.

»Ja. Schon.«

»Ihr seid halt Kollegen.«

»Vielleicht hat er Angst mit mir alleine zu sein. Warum sonst sollte er Jessi mitbringen?«

»Um Fodos su machen?«, sagt Gretchen mit vollem Mund.

»Und wenn das nur ein Alibi war?« Ich sehe auf meine noch unangerührte Marzipan-Nuss-Sahneschnitte. »Die hätte er doch auch machen können.«

Gretchen wiegt nachdenklich den Kopf und beißt wieder von ihrem Topfkuchen ab. Noch ein Happs in der Größe und der Kuchen ist weg, bevor ich angefangen habe. »Seit der Nacht im Hotel werde ich nicht mehr schlau aus ihm. Er sagt, dass er es nicht bereut, gleichzeitig verhält er sich aber ... pffff.«

»Indifferent«, nickt Gretchen und killt ihr restliches Kuchenstuck. Mit der Gabel zeigt sie auf meine Marzipan-Schnitte. »Isdudenich?«

»Wie bitte?«

»Hm«, macht Gretchen, bedeutet mir mit einem Handwedeln, dass sie erst schlucken muss. Ich warte, während sie ihren halben Chai auf Ex hinterher kippt. Sie zeigt wieder auf meine Schnitte. »Ob du den nicht isst?«

»Äh, doch. Gleich. Hast du's eilig?«

»Nein, gar nicht. Ich dachte nur, falls du nicht ... Warte mal kurz, kannst gleich weitererzählen.« Sie winkt der Kellnerin, einem jungen Mädchen mit dickem, rotem Haar, fast durchsichtiger Haut und Sommersprossen. »Ich hätte gern noch so eine Marzipan-Schnitte. Ach, und haben Sie auch Suppen?«

»Möchten Sie nochmal die Karte sehen?«

»Oh, ja gerne!«, freut sich Gretchen. Ich mustere sie verwundert. Die Kellnerin nickt und geht wieder. Mit einem entschuldigenden Lächeln wendet sich Gretchen mir zu. »So, jetzt.« Erwartungsvoll stützt sie die Ellenbogen auf den Tisch und bettet ihr Kinn auf die gefalteten Hände.

»Geht's dir gut?«, frage ich.

»Ja, ja, los erzähl weiter.«

»Ähm, ja ... ach so genau. Ich kann ihn nicht lesen. Keine Ahnung, was er über uns denkt.«

»Mhm«, nickt Gretchen, »oder ob er überhaupt an ein uns denkt.«

»Also, so hatte ich das eigentlich nicht gemeint.«

Sie senkt schnell den Blick, was mir nicht entgeht.

»Okay, du denkst, ich bilde mir nur ein, dass er mich mag?«

»Das habe ich nicht gesagt.«

»Aber du denkst es?«, bohre ich nach.

Gretchen seufzt leise, bevor sie aufschaut. »Ich finde, dass sich Piet ziemlich blöd verhält. Erst schickt er dich in die Pampa, dann macht er sich rar und bringt zum Treffen auch noch deine Kollegin mit.«

»Ja, ja, das weiß ich ja alles, aber was hat das zu bedeuten?«

»Ehrlich?«

»Na klar, ehrlich.«

»Ich finde, dass macht keinen guten Eindruck.« Sie seufzt wieder und sieht untypisch streng aus.

»Aber er flirtet mit mir. Ganz sicher! Er meinte sogar, dass es schade sei, dass wir nicht alleine sind.«

»Da-a!«, sagt Gretchen und rollt mit den Augen.

»Hä?«

»Ja, eben! Wenn er mit dir alleine sein will, warum kommt er dann mit der Schnepfe?«

»Das frag ich doch dich!« Ich stöhne. Die Kellnerin bringt die Marzipan--Nuss-Sahneschnitte und die Speisekarte. Gretchen wartet, bis sie weg ist.

»Antonia. Ich sag jetzt etwas, das dir nicht gefallen wird, aber ...« Sie zögert.

»Was aber?«

»Aber ich glaube, dass du leider nicht von alleine darauf kommst.«

»Okay, jetzt machst du mir Angst.« Ich lehne mich im Stuhl zurück.

»Gut, wie sage ich das?« Sie räuspert sich. »Es kommt mir, also manchmal! Kommt es mir so vor, als würdest du dir unbewusst immer wieder Kandidaten suchen, bei denen das Scheitern vorprogrammiert ist.«
Baff sehe ich sie an.

»Tut mir leid, Antonia. Ich weiß, du bist verliebt und machst dir Hoffnungen und vielleicht ist dein Chef auch in dich verknallt, aber ... ich weiß nicht«, sagt sie kläglich.

»Du glaubst also, dass das zum Scheitern verurteilt ist? So wie ... immer.« Den bissigen Unterton kann ich mir leider nicht verkneifen. Das Blut rauscht so schnell durch meinen Kopf, dass glatt das Blumenkohl-Ohr wieder anfängt zu pochen.

»Ach Mensch, bei dir ist immer alles so, als wäre das Ganze ein Wettbewerb.«
Ich schiebe Gretchen meinen Teller mit der unangetasteten Marzipan-Nuss-Sahneschnitte rüber.

»Kannst du doch essen, mir vergeht gerade der Appetit.«

»Okay, hör zu, lass mich nochmal von vorne anfange, irgendwie nimmt das hier eine komische Richtung ein.«

Ich verschränke die Arme.

»Du weiß, dass du mein Lieblingsmensch bist, Antonia. Neben Sven.« Sie wiegt entschuldigend den Kopf.

»Weil du lustig bist und liebenswert und klug und clever.«

»Aber?« Ich spüre, wie meine Lippen zu einem Strich werden.
»Gleichzeitig habe ich manchmal«, sie betont das Wort auf eine Weise, dass es nervt, »das Gefühl, als sei dir das nicht bewusst. Ich glaube, du denkst, du hast Liebe nicht verdient und suchst dir Männer aus, die dir genau das beweisen.«
Ich starre Gretchen an. »Und das ist dir in deinem letzten Workshop für Küchenpsychologie aufgefallen, oder was?«
Getroffen senkt sie den Kopf und sieht auf ihren Teller. Für einen Moment habe ich Sorge, sie fängt an zu weinen, aber stattdessen beginnt sie die Marzipan-Schnitte zu essen.
»Hallo?«, sage ich.
Gretchen hält inne, dann lässt sie langsam ihre Gabel sinken. »Ich bin schwanger. Ich glaub, ich hab Hormonstau.«
»Was?«
»Ja, ich versteh plötzlich Sachen, von denen ich gar nicht wusste, dass sie da sind.«
»Ne, das andere.«
»Ich bin schwanger«, wiederholt Gretchen. »Wir bekommen ein Baby, Sven und ich.«
»Oh. Krass.«
»Ja.«
Wir sehen uns an und ich hasse den Schlechtes-Gewissen- Blick, den Gretchen dabei hat.

»Freust du dich? Ich meine, freut ihr euch?«

Sie schaut verdutzt. »Natürlich freuen wir uns.« Ihr Gesichtsausdruck wechselt zu verletzt.

Die Sekunden tropfen vor mir auf den Tisch, bis ich endlich meine Sprache wiederfinde. »Wow! Toll! Herzlichen Glückwunsch!« Ich höre mich an wie ein Roboter. »Seit wann wisst ihr es?«

»Seit drei Wochen.«

»Und du wolltest noch nichts sagen, weil es noch so früh in der Schwangerschaft ist?«, mutmaße ich.

Gretchen atmet tief ein und aus. Langsam fällt bei mir der Groschen.

»Oh.«

Sie streckt die Hand über den Tisch aus und legt sie auf meine. »Bei dir war alles so ...«, sie lacht hilflos auf, »Na ja, so crazy. Ich wollte einfach nicht, dass du glaubst, dass ich jetzt nicht mehr für dich da bin.«

In meinem Hals breitet sich der Kloß aus, der eigentlich für Piet reserviert war. Was bin ich für eine Freundin, wenn Gretchen Angst haben muss, dass ich mich durch ihr Baby zurückgesetzt fühle? Was ich de facto tue. Beschämt schlage ich die Augen nieder.

»Antonia, bitte nimm es mir nicht übel. Das Timing war einfach scheiße!«

»Du sollst aber nicht Angst haben, mir schöne Dinge zu berichten, weil bei mir mal wieder Chaos ist. Das ist furchtbar!«

»Du kannst ja nichts dafür. Also, fast nichts.«

Ich zucke beschämt mit den Schultern.

Die rothaarige Kellnerin kehrt zurück. »Haben Sie sich entschieden?«

Gretchen fixiert mich, als wolle sie fragen, ob wir bleiben.

»Wir brauchen noch«, sage ich und auf ihrem Gesicht breitet sich Erleichterung aus. Wenn das so weitergeht, ersticke ich an meinem Kloß im Hals. Die Kellnerin entfernt sich wieder.

»Bitte sei mir nicht böse.«

Ich bin böse, aber nicht auf Gretchen, sondern auf mich. Ich schüttele den Kopf. »Ich bin hier die Blöde.«

»Ich lieb dich so, wie du bist.«

»Weil du ein Herz für Problemfälle hast.«

Sie schmunzelt. »Bild dir nichts ein, ich nähre mich lediglich von deinen Katastrophen. Was soll ich sonst später meinen Enkeln erzählen?«

Ich ziehe halbherzig die Mundwinkel hoch, weil ich immer noch verwirrt bin. »Nur, um es abzuschließen: Du bist also der Meinung, dass ich mir Piet aus dem Kopf schlagen soll?«

»Nein, ich meine, du sollst aufhören, ihm auf Teufel komm raus gefallen zu wollen.«

»Und, wenn ich nicht weiß, wie es anders geht?«

»Sei einfach du selbst. Mehr musst du gar nicht machen.«

Toller Tipp, wenn ich denn wüsste, wer ich bin. Woran erkennt man das? Und wer agiert, wenn ich nicht ich bin? Definitiv eine Frage für *Wissen macht schlau*. Ich nicke zu ihrem Teller. »Na los, hau rein. Bring gefälligst einen dicken Brummer zur Welt, dünne Babys sind gruselig.«

Gretchen grunzt zustimmend.

»Ich freue mich für euch, Gretchen. Und für mich natürlich auch. Ein Baby, huuu!«

Sie kraust skeptisch die Stirn.

»Wirklich! Ich muss mich nur daran gewöhnen, dass eine weitere Person dazukommt.«

»Hey, ich bin die reichste Frau der Welt, ich habe drei Number Ones.«

»Du weißt, dass das nicht geht?«

Gretchen lächelt ein bisschen debil. »Mehr Menschen, mehr Liebe.«

Ich schnaube. »Hm, etwas Ähnliches sagt Rike über ihre Tiere.«

»Wo sie Recht hat.« Gretchen öffnet die Speisekarte und späht zu mir hoch. »Entschuldige, ich muss nur kurz ... dieser Appetit ist unnormal.«

»Alles gut.«

Gretchen überfliegt das Angebot und hebt begeistert die Brauen. »Oh, es gibt Ochsenschwanzsuppe!«

»Du bist Vegetarierin«, erinnere ich sie. Meine Freundin winkt ab. »Vergiss es. Wenn ich nicht einmal am Tag eine Kuh oder ein Schwein verdrücke, werd ich zum Tier.«

»Ich hoffe, das geht wieder weg.«

»Bestimmt.«

Ich ziehe meinen Teller zu mir. »Dann mach ich lieber mit, bevor ich den Anschluss verliere.«

»Ich brauch das, immerhin esse ich für zwei.«

»Du weißt, dass das nicht stimmt, oder?«

»Nicht?«

Ich schüttel den Kopf. »Hab ich bei Wissen macht schlau gelernt, musst du mal reinhören, kommt montags bis freitags um fünf vor acht.«

»Muss ich gucken, ob das nicht mit meinen Küchenpsychologie-Workshop kollidiert.« Sie steckt sich ein großes Stück Marzipan-Nuss-Sahneschnitte in den Mund.

»Willst du ein paar Katastrophen hören?«, frage ich versöhnlich.

»Unbedingt!«

»Okay, wahlen Sie zwischen den Begriffen Rotwein, Rasentraktor, Eber oder Fernsehen aus.«

»Rasentraktor.«

»Das ist eine gute Wahl«, nicke ich. Kauend bedeutet mir Gretchen, loszulegen.

Auf der Rückfahrt hat es angefangen zu regnen. Das wird Manni freuen, oder eher Rike, die jetzt keine Schlammpfützen mehr bauen muss. Ich stehe mit verschlossenem Deck am Straßenrand vor Toms

Grundstück und fühle mich wie ein ausgesetzter Clown. Ich weiß, dass Gretchen mich liebt, aber heute hatte ich das erste Mal den Eindruck, dass ich ihr zuweilen eine Last bin. Wie viele Liebesgeschichten musste sie sich schon von mir anhören? Ich nehme an, dass sie aufgehört hat zu zählen. Eine Menge rumgekommen ist dabei bisher nicht, Jan ist mit seinen neun Monaten mein trauriger Rekord. Danach folgten Urlaubsflirts (Mexiko, Portugal und Finnland), zwei Kommilitonen (einer suchte nach der Formel für die perfekte Frau, der andere wollte sich nicht festlegen) wiederholte Anläufe mit Benjamin (der heimlich mit einer Amerikanerin verlobt war) und viele, viele unerwiderte Verliebtheiten, die ich gerne mal ein Jahr lang pflegte, bevor ich einsah, dass es nichts mehr wird. Gott bin ich ein Loser.

Seufzend starre ich auf Toms Haus, das selbst im Regen nach ›Home & Garden‹ aussieht. Ich sollte ein Foto machen, damit ich nicht vergesse, wie ich einmal wohnen möchte. Wer braucht schon eine Beziehung, wenn man so leben kann? Schließlich ist Tom auch Single.

Ich halte inne. Wer sagt eigentlich, dass das so ist? Nur, weil er nicht mehr mit Rike zusammen ist, muss er ja nicht alleinstehend sein. Zumal die beiden momentan den Eindruck machen, als würden sie wieder aneinander andocken.

Die Verärgerung kommt so plötzlich wie unerwartet. Was halte ich mich ständig mit Gedanken an oder über

Tom auf? Mach ein Foto vom Haus, Antonia und gut ist. Genervt wühle ich in der Handtasche, bis ich in den Tiefen mein Handy finde. Ich schieße ein paar Fotos durch die Windschutzscheibe, aber wie es immer so ist mit Handybildern, sie zeigen einfach nie die wahre Schönheit und außerdem ist der Rand der Scheibe im Weg. Ich schnalle mich ab, lehne mich zum Beifahrersitz und drücke das Handy mit der rechten Hand direkt an die Beifahrerscheibe. Um mit der linken auf den Auslöser zu tippen muss ich mich bäuchlings auf den Schaltknüppel legen, der ziemlich arg reindrückt. Ich hebe den Po wie eine Raupe in Bewegung. Ächzend mache ich ein paar Bilder von Toms Haus und Vorgarten. Halb liegend kontrolliere ich, ob sie diesmal besser geworden sind.

Hinter mir klopft es an die Fahrerscheibe. Vor Schreck ramme ich mir den Schaltknüppel in den Bauch. »Au!« Das Handy verschwindet vor mir zwischen Beifahrertür und Sitz. »Mann!« Umständlich komme ich auf Knie und Hände, drehe mich im Vierfüßlerstand um und blicke direkt in Toms Gesicht hinter der Seitenscheibe. Er hält einen verbogenen Blümchenschirm über seinen Kopf, von dem es auf seine Schulter tropft. Kurz überlege ich, nur zu winken und schnell loszufahren, das erscheint mir dann aber doch etwas unhöflich und ich kurbele das Fenster herunter.

»Hi.«

»Observierst du mich?«

»Äh, nee!«

»Mhm. Sah aus, als wenn du mein Haus fotografierst.«

»Nee, ach, Quatsch. Ich hatte kein Netz und da habe ich versucht und da, also da ...«, ich zeige zum Beifahrerfenster, »... ist das Netz super. Alle Balken.«

»Aha.« Tom späht von mir zum Beifahrerfenster. »Gut zu wissen. Und du hattest es eilig? Mit dem Telefonieren?«

»Wieso?«

Er zeigt nach links die Straße hinab.

»Weil du nur fünfhundert Meter Fluglinie von hier entfernt wohnst und W-Lan hast?«

»Äh, ja. Hat aber nichts genützt, weil ich ja hier saß und das Netz da ...«

Toms Augenbrauen berühren gleich seinen Haaransatz.

»Okay. Ich hab dein Haus fotografiert.«

Er mustert mich mit komplett neutralem Gesichtsausdruck. Und schweigt.

»Aber nicht wegen dir!«

»Ist das gut oder schlecht?«

»Äh, weder noch. Ich observiere dich nicht. Das heißt es.«

»Also ist es gut.«

Ich hebe die Hände. »Ja, anzunehmen. Ich bin keine Stalkerin.«

»Du magst einfach Häuser?«

Seufzend wende ich ihm das Gesicht zu. »Deins. Mir gefällt deins so gut. Und damit ich mich eines Tages, falls ich mal selber ein Haus kaufe, daran erinnere, wollte ich in paar Fotos haben.«

»Uh, ein Kompliment.«

»Hä?«

»Wenn du es so schön findest, dann geht das als Kompliment durch.«

»Meinetwegen. Du hast ein ganz tolles Haus, Tom.« Ich senke das Kinn. »Zufrieden? Habe ich mich jetzt genug zum Affen gemacht?«

»Vielleicht solltest du die Fotosession bei Sonnenschein wiederholen.«

Ich ziehe die Brauen zusammen.

»Das meine ich ernst. Im Sonnenschein ist es noch schöner.«

»Ich weiß.«

Tom nickt und richtet sich auf, so dass ich nur noch sein schwarzes T-Shirt sehe. Dann beugt er sich wieder zum Fenster.

»Hast du morgen schon was vor?«

Ich hebe die Schultern. »Füttern, Stallausmisten, knechten, wieder füttern ...«

»Und danach? Um zwanzig Uhr?«

Skeptisch sehe ich ihn an.

»Ich brauche eine Partnerin. Und Rike hat abgesagt.«

»Aha.«

»Nix Schlimmes.«

»Sondern?«

»Ein Quiz. Im Dorfkrug. Mit dem Zweiten rät's sich besser.«

Ich runzle die Stirn.

»So heißt das Spiel.«

Ich sehe auf das Lenkrad. Ein Quizabend. Im Dorfkrug. Wo sind nur die Zeiten von *Mikes* Afterhour hin?

»Das macht wirklich Spaß. Das halbe Dorf macht mit und die Gewinner kriegen einen Preis.«

»Lass mich raten: Heizdecken.«

»Im Sommer?«

»Kühlpads?«

»Ist okay, du musst nicht, ich dachte, es würde dir vielleicht Spaß machen und weil mir Rike abgespru ...«

»Ich komme«, sage ich schnell und starte den Wagen, bevor ich es mir anders überlegen kann. Tom stutzt und lächelt. »Gut. Dann bis morgen.« Er klopft auf das Stoffdach des Cabrios und tritt einen Schritt zurück. Ich nicke ihm zu und fahre mit offenem Seitenfenster los. Ohne Toms Schirm als Schutz klatscht der Regen zu mir herein und kühlt mein erhitztes Gesicht. Hoffentlich war das mit morgen keine vorschnelle Entscheidung.

18

Punkt zwanzig Uhr klappe ich Rikes Regenschirm vor dem Dorfkrug zu und ziehe die Tür auf. Im Vorraum schlägt mir aus der Gaststube ein dumpfes Stimmengewirr entgegen. Anscheinend ist wirklich das halbe Dorf versammelt. Mein Herz rutscht Richtung Magen und aktiviert meinen Fluchtinstinkt. Menschenansammlungen mag ich nur in der Anonymität der Großstadt, nicht an Orten, wo jeder deine Familiengeschichte kennt, inklusive Todes – und Beziehungs(un)fälle.

Die Gaststubentür fliegt auf und der bärtige Barmann vom Dorffest stolpert heraus. Für zwei, drei Schrecksekunden stehen wir voreinander, dann rauscht er mit einem Grummeln, das mit ganz viel Fantasie und Wohlwollen als ›Moin‹ auslegbar wäre, an mir vorbei. Bevor die Tür zufällt, sehe ich, wie er sich eine Zigarette zwischen seinen Bart schiebt, dorthin, wo sich sein Mund befinden müsste. Na, das fängt ja gut an. Mit einem mulmigen Gefühl betrete ich die Gaststube. Fast jeder Tisch ist mit zwei bis fünf Personen besetzt und für einen Moment scheint mir das Stimmengemurmel leiser zu werden, bevor es wieder anschwillt und von Gläserklimpern und Schlagermusik untermalt wird.

Rechts erstreckt sich eine dunkelbraune Holztheke, darüber leuchten die Werbeschilder der Brauereien, die diese Gaststätte bis zum bitteren Ende unter Vertrag halten. Norddeutsch, was auch sonst. Wobei es lustig wäre zu sehen, was passiert, wenn sich Paulaner in so ein Nest setzt.

Am Ende der Theke ist ein Durchgang, vermutlich zum ›Tö‹, wie Opa die Toilette gerne bezeichnet. Vor diesem, also mitten im Weg, sind zwei Tische nebeneinander aufgestellt, dahinter jeweils zwei Stühle. In der Lücke zwischen den Tischen steht Ole und blättert durch große Karteikarten. Er entdeckt mich und nickt mir freundlich zu. Juhu, ein bekanntes und mir gegenüber zumindest neutral eingestelltes Gesicht. Die Freude währt kurz, denn nun spüre ich von rechts einen Blick auf mir kleben, der so kalt ist, dass ich Lust habe ›Let it Go‹ zu singen. Langsam drehe ich den Kopf der Theke zu und sehe mich der Frau von dem Landwirtschaftsfahrzeuge-Betrieb gegenüber. Sie verengt die Augen und wendet den Blick von mir ab, um sich wieder auf das Bier zu konzentrieren, das unter dem Zapfhahn bereits überläuft. Wenn sie mich nicht anstarrt, schaut sie eigentlich ganz nett aus. Blonde, halblange Locken umrahmen ihr ovales Gesicht, um ihre Augen fächern sich Lachfältchen.

Ich atme einmal durch und sehe mich unauffällig nach Tom um. Er hat zehn Sekunden sich zu zeigen, sonst bin ich raus aus dieser Nummer und er kann alleine verlieren. Neben Ole erkenne ich weitere bekannte Gesichter, so Omas Schwipscousin und ein paar der Männer, die auf dem Dorffest bei Rike saßen. An einem Tisch sitzt eine Horde Jugendlicher, die sich erst mal nicht sonderlich von Stadtteenies unterscheiden: Ein paar Kids Typ Skater, der obligatorische Alternative in Wollpulli, trotz Sommer, die geschniegelte und manikürte Schulschönheit. Endlich entdecke ich Toms Blondschopf von hinten und bin nicht sicher, ob das eine gute Sache ist. Heißt, ich muss da jetzt durch. Tom wendet sich von seiner Gesprächspartnerin ab, eine schlecht blondierten Ende Fünfzigjährigen und strahlt mich mit seinen großen, weißen Zähnen an. Unpassenderweise schlägt mein Herz eine Spur schneller. Ich hebe grüßend die Hand und schlängele mich zu seinem Tisch durch, bemüht niemanden zu berühren, oder aus Versehen irgendwelche Hüte und andere Accessoires von den Stuhlrücklehnen zu fegen. Ein jüngeres Paar lächelt neugierig zu mir auf, am Fenster grüßt Omas Schwipscousin durch den Gastraum.

»Hi.«

»Hi!« Tom steht auf und wir stehen unbeholfen voreinander. Schließlich lehnt sich Tom vor und drückt mir Wangenküsse auf, von denen einer knapp mein verheilendes Blumenkohlohr verpasst und mich unwillkürlich zusammenzucken lässt. »Schön, dass es klappt.«

»Ja.«
Ich nehme schnell Platz, weil die schlecht Blondierte um Tom herum lugt und mich unverhohlen mustert.
»Okay, ich bin heute also Rike.« Unauffällig studiere ich die anderen Gäste. Im Gegensatz zum Dorffest sehen sie mir leider nüchtern aus. Wer von ihnen sich wohl an die ›Punkerin‹ vom Fasching ’97 erinnert? Schade, dass ich mit Rikes Position nicht ihr Äußeres für die nächsten paar Stunden mit übernehmen kann.

»Wie funktioniert das hier heute?«

Tom zeigt zu den Tischen, zwischen denen Ole steht und noch immer mit gerunzelter Stirn seine Karten studiert.
»Zwei Teams kommen nach vorne. Es werden zwei Fragen gestellt, das Team, das gewinnt, bleibt sitzen, das Verliererteam wird ausgetauscht. Wer am Ende noch vorne ist, hat gewonnen.«

»Und kriegt nen Gutschein.«

»Zum Beispiel«, nickt Tom. »Hast du schon mal bei so etwas mitgemacht?«

Ich schüttle den Kopf. »Nur vorm Fernseher bei Jauch.«

»Alles klar. Hier ist es mehr wie bei Pilawa, weil wir zu zweit antreten, aber die Hauptsache ist, du oder ich wissen die Antwort.«

»Hast du schon mal gewonnen?«

Tom greift in die Schale Erdnüsse auf dem Tisch und wirft sich eine Handvoll in den Mund. »Was für eine

Frage! Ich bin Team Rike, die Frau ist ein wandelndes Lexikon.«

»Ist sie?«

»Kaum zu glauben, dass ich das ihrer Schwester erzählen muss.«

»Halbschwester.«

»Aber dass sie immer alles besser weiß, weißt du schon, oder?«

»Sie hat aber selten Recht.«

Tom grinst. »Ich sehe, ich werde auch mit dir gewinnen.«

Vorne räuspert sich Ole und wartet, bis es im Raum still wird. Ich muss an meinen ersten Klassenlehrer Herr Schüske denken, der, wenn wir zu laut waren, an seinem Pult zur Salzsäule erstarrte, bis wir alle ruhig wurden und gebannt nach vorne sahen. Funktioniert auch bei Ole eins A. Der Raum schweigt, Ole ebenso. Es wäre problemlos möglich, die berühmte Stecknadel fallen zu hören, während die Sekunden dahintropfen. Worauf warten wir?

»Willkommen zu unserem legendären Quizabend im Dorfkrug«, flüstert Ole geheimnisvoll.

Stirnrunzelnd sehe ich Tom an. Der schüttelt leicht den Kopf und schließt besänftigend die Lider. »Zwei gegen zwei, weil ...« Ole weist mit beiden Händen in den Gastraum.

»Mit dem Zweiten rät's sich besser!«, antworten ein paar Gäste. Ein Freudestrahlen überzieht Oles Gesicht. »Richtig!«

Ich seufze, wohl lauter als gedacht, denn neben mir grinst Tom vergnügt.

»So, hier ist der schlaue Hut« Ole hält zum Beweis eine umgedrehte Schiebermütze hoch. »Kommen wir zur Wahl der ersten beiden Teams.« Mit einer ausholenden Bewegung greift er in die Mütze, wühlt zwischen zusammengefalteten Zetteln herum und zieht zwei heraus. Umständlich faltet er ihn auf. Wenn das so weitergeht, schlafe ich ein, bevor die erste Runde beginnt. Ich rutsche tiefer in den Stuhl und strecke meine Beine lang aus. Eine Cola wäre jetzt gut.

»Team eins: Nele und Karsten!«

Unter dem Gejohle ihrer Freunde steht eine der Teenies auf. An einem anderen erhebt sich schwerfällig ein Mann, den ich als ihren Vater identifiziere. Dasselbe lange Gesicht, dieselbe spitze Nase. Das Mädchen späht zu dem Jungen in Wollpulli, der heimlich zur Schulschönheit linst und schlurft mit hochgezogenen Schultern und im Schneckentempo nach vorne.

Ole faltet den zweiten Zettel auf. Ich unterdrücke ein Gähnen.

»Team zwei: Rike und Tom.«

Es wird geklatscht. Jemand ruft »Rike!«, eine andere Person murmelt »Oh, nee.«

Tom stupst mich mit dem Ellenbogen an. »Los, das sind wir.«

»Was?« Erschrocken sehe ich auf.

»Wir wurden gezogen.«

»Oh.« Mir steigt Hitze ins Gesicht.

»Hm?«, lächelt Tom.

Schluckend raffe ich mich auf. Das Schaben der Stuhlbeine tost, meine Schritte hallen über den alten Holzboden. Sicher starren alle. So wie früher.

»Ist Rike nicht da?«, höre ich Ole fragen.

»Nee, die hat zu tun. Antonia, Rikes Schwester springt ein«, erklärt Tom und steht plötzlich dicht neben mir. Aus den Augenwinkeln spähe ich umher. Manche unterhalten sich leise, andere sehen erwartungsvoll nach vorne. Niemand starrt.

»Sach ihr Mal, dass sie ruhig auch in Bremen grüßen kann«, ruft einer von Rikes Freunden.

»Mach ich, Kalle.« Tom sieht ihn bedeutungsvoll an.

Ich schleiche neben ihm zum Teamtisch. »Was meinst der denn damit?«, flüstere ich.

»Du, ein andern mal, okay?«, wispert Tom und rückt mir einen Stuhl zurück. Verwundert sehe ich von ihm zu Kalle. Von der Theke fühle ich wieder die eisigen Blicke auf mir, aber ich zwinge mich, sie nicht zu erwidern. Neben Tom bin ich sicher und der Rest in diesem Laden scheint neutral zu sein. Soll sie doch ›Let it Go‹ singen. Ich bin Anna!

»Na denn, Team zwei Antonia und Tom«, lächelt Ole. Er bemerkt den leeren Tisch vor mir und dreht sich zur Bar um. »Antonia hat noch nichts zu trinken.«

»Dann soll se das nächste Mal rechtzeitig kommen«, sagt die Barfrau.

Hä? Jetzt sehe ich sie doch an.

»Dann sach das auch mal deinen Mann, Ulla«, antwortet Ole und zeigt zum Bärtigen, der in die Gaststube zurückkehrt.

»Kein Stress, kein Stress«, grummelt der.

»Ich möchte nichts erst mal«, sage ich schnell. Habe ja nicht vor hier lange zu bleiben, schon gar nicht unter dem Drachenblick von Ulla.

»Dass du man nich'n trockenen Mund bekommst«, sorgt sich unser Quizmaster. Ich schüttele brav den Kopf und bin froh, dass sich Tom jetzt ebenfalls setzt. Notfalls verstecke ich mich hinter ihm.

»So, dann wollen wir mal. Runde eins. Ihr wisst, wer sich meldet, muss antworten! Zwei Fragen, drei Antwortmöglichkeiten. Wer vor dem Vorlesen der Antworten die richtige Antwort weiß, bekommt einen Extra-Punkt. Alles klar?«

»Hä?«, sage ich leise zu Tom. Er lehnt sich zu meinem Ohr. »Einfach nur dann melden, wenn du dir ganz sicher bist.«

»Gut, die erste Frage kommt aus der Welt der Tiere. Welche besonderen Eigenschaften hat der Wombat. A ...«

Ah, das kam neulich bei *Wissen macht schlau*. Ich strecke meinen Arm in die Luft. Irritiert sieht Ole von seiner Fragenkarte auf. »Äh, ja Antonia?«

»Der Wombat ist das einzig bekannte Tier, das in Würfelform kotet.«

Ein paar lachen. Verblüfft dreht Tom mir das Gesicht zu.

»Ja, das ist ganz schräg«, fahre ich fort. »Wombats können nämlich ziemlich schlecht sehen und kommunizieren unter anderem über den Geruch ihres Kots, den sie in verschieden großen Klötzchen an gut sichtbaren Stellen aufeinanderstapeln.«

Mit offenem Mund sieht Ole auf seine Quizkarte. »Äh, ja, stimmt. Antwort b) wäre richtig, der Kot der Wombats ist würfelförmig. Den Rest weiß ich jetzt auch nicht, aber ist ja auch egal. Runde eins geht an Team Antonia-Tom.«

Das Publikum klatscht und Tom hält mir seine Hand zum Abklatschen hin. Ich treffe nicht richtig, was mir ein bisschen peinlich ist.

»Hier kommt die zweite Frage:Wo wurde Winston Churchill ...«

Mein Arm schießt nach oben.

Karsten schaut stutzend zu Ole, Nele verbirgt ihr Akne-geplagtes Gesicht hinter einem Vorhang aus Haaren.

»Darf ich die Frage noch zu Ende vorlesen?«, fragt Ole. Ich nicke verlegen.

»Also, wo wurde Winston Churchill geboren?«

Ich hebe wieder die Hand.

»Ich weiß, dass du die Antwort weißt, Antonia, du kannst den Arm runternehmen«, sagt Ole im gleichen Ton wie Herr Schüske.

Brav verschränke ich die Hände vor mir auf dem Tisch.

»Also?«

»Er wurde in einer Damenumkleide geboren, weil bei seiner Mutter die Wehen während eines Tanzes im Blenheim Palace eingesetzt hatten.«

Tom sieht auf seine Karte und nickt. »Jo-u, wieder richtig.«

Anerkennender Applaus der Zuschauer. Langsam fängt das an, Spaß zu machen, und ich merke, wie meine Mundwinkel hochgehen. »Yeah«, sage ich leise und balle die Fäuste. Tom gluckst neben mir.

»Das heißt dann wohl, dass Team Nele und Karsten raus sind«, stellt Ole fest.

Mit einer Handbewegung komplimentiert er sie von ihren Stühlen. Unter Höflichkeitsapplaus trotten die beiden wieder an ihre Plätze – Karsten an seinen Tisch und Nele zu ihren Freunden, die ihr ein Trostbier hinhalten. In der Zwischenzeit hat Ole das nächste Team – Omas Schwipscousin, der weder Lucki, Kalli oder Ditti heißt, sondern Rudi – und seinen Kumpel Heiner ausgelost. Breit grinsend lässt sich Rudi auf dem Platz rechts von Tom fallen.

»Die Dame«, grüßt er mich höflich.

»Der Herr«, antworte ich.

»So-u, aufgepasst: Durch was lassen sich weiße Haie anlocken? A) Death-Metal-Mucke, b) blutiges Nackensteak oder c) die Schwimmbewegungen von Silikon-Taucherflossen?«, fragt Ole.

»Weißt du es«, frage ich Tom flüsternd. Der lehnt mir seinen Kopf entgegen. Der Geruch seines Shampoos (minzig) und der Duft seiner Haut (Sommer, Palmen, Sonnenschein) steigen mir in die Nase.

»Death-Metal-Mucke?«, wispere ich, werde umhüllt von seinem Geruch und bekomme das dringende Bedürfnis an seinem Ohrläppchen zu lutschen. Schnell weiche ich zurück und sehe ihn verwundert an. Cremt der sich mit Pheromonen ein?

Tom zeigt mir seinen hochgestreckten Daumen.

Ole sieht von uns zum anderen Team. »Wer will? Heiner, Rudi, könnt ihr antworten?«

»Jo. Wir sind uns einig, dass es sich um Antwort b) blutiges Nackensteak handeln muss.«

»Immer schön von euch auf andere schließen, näch?«, ruft der Bärtige und alle lachen.

»Das ist leider falsch«, sagt Ole. »Tom, Antonia, was ist eure Antwort?«

»A) Death-Metal-Mucke.« Tom grinst mich an und streckt Zeigefinger und kleinen Finger zum Devils-Horn aus. Ole macht es ihm beidhändig nach und schüttelt die ausgestreckten Arme über dem Kopf. »Death-Metal!«, brüllt er.

Lachend applaudieren alle. Ole legt den Zeigefinger an die Lippen. Es wird wieder still. Vielleicht ist er mit Herrn Schüske verwandt? Oder selber Lehrer?

»Wie viel Gramm Gold befinden sich im menschlichen Körper?«

Tom sieht mich fragend an, ich schüttele den Kopf. Zufrieden senkt Ole den Blick auf seine Karte und liest die Antwortmöglichkeiten vor. Heiner und Rudi besprechen sich leise, an den anderen Tischen wird ebenfalls gewispert. Tom lehnt sich wieder zu mir. »Und dein Tipp?«

»Maximal 0,8 sonst hätte doch schon jemand ein Geschäftsmodell daraus gemacht«, flüstere ich zurück.

»Oh, gut herbeigeführt«, nickt Tom. »Massaker, um an Gold zu kommen.«

Ich nicke.

»Null Komma zwo, oder null Komma acht?« Minz- und Stranddufṫ steigen mir wieder in die Nase und mein Herz fängt an zu galoppieren. Abwartend sieht Tom mich an und dabei direkt in meine Augen.

»Null Komma zwo«, sage ich mit trockenem Mund.

Rudi meldet sich. »Null Komma zwo.«

»Null Komma zwo. Das ist richtig! Is ja mal'n richtiges Kopf an Kopf rennen hier«, freut sich Ole. »Dann gibt es eine dritte Frage.« Ole durchforstet seine Karten »Wie alt wurde Fred, der älteste bekannte Goldfisch?«

Ich melde mich wieder. Neben mit unterdrückt Tom ein Lachen.

»Die muss sich aber mit ihrem Partner absprechen«, ruft der Bärtige.

»Sacht der Richtige«, kontert Ulla an der Theke.

»Goldfisch Fred wurde einundvierzig Jahre alt«, gebe ich die Antwort.

»Jo-u, Team Tom-Antonia hat schon wieder gewonnen«, bestätigt Ole.

»Sollen wir den Platz frei machen?«, fragt mich Tom leise. Ich nicke.

»Wir möchten unseren Platz an ein neues Team abgeben. Wird ja sonst langweilig.«

»Is halt n' schlaues Mädel«, sagt Rudi in meine Richtung und zwinkert mir beim Aufstehen zu. Auf dem Weg zu seinem Platz legt er mir seine Pranke auf die Schulter. »Deine Schwester, die Rike, die gewinnt auch immer. Macht alle wahnsinnig.« Er schmunzelt schelmisch. »Ihr solltet euch zusammentun.«

Tom und ich kehren an unsere Plätze zurück, während Ole vier Namen aufruft. Die schlecht Blondierte, Carina, nimmt meinem Platz am Teamtisch ein, neben sie setzte sich ein Hagere mit kurzen Haaren. Kommt mir auch irgendwie bekannt vor. Vielleicht eine frühere Freundin von Mama. Auf jedem Fall lächelt sie mir zu, während sie sich setzt. Das zweite Team besteht aus Ulla und ihrem Mann, dem bärtigen mürrischen Barmann, der Gunnar heißt.

Tom rückt seinen Stuhl so hin, dass wir wie im Kino nebeneinandersitzen und sich ab und zu unsere Oberarme berühren. Ich muss an seine gebräunte Haut unter seinem Langarmshirt denken und daran, ob sie genauso gut riecht wie die sein Nacken. Er dreht mir das Gesicht zu, so dass es plötzlich nah vor meinem ist. Kurz stutzt Tom, dann lächelt er. »Und macht Spaß?«

Ich nicke und versuche, nicht auf seinen Mund zu starren.

»Gut zu wissen, dass ich, mit egal welcher Schwester, nicht verlieren kann.«

»Halbschwester«, murmle ich und starre doch auf seinen Mund. Tom schiebt sein Bierglas zwischen uns beide, was meinen Blick auf seine Augen lenkt.

»Wusstest du, dass in den meisten Kulturen nicht geküsst wird?«

Tom verschluckt sich und hebt die Brauen. »Bitte?«

Über seinen rechten Mundwinkel hat er eine kleine sichelförmige Falte, die ihm einen verschmitzten Ausdruck verleiht. Ich möchte sie berühren.

»Ja, es ist so, dass aus hundertachtundsechzig untersuchten Kulturen nur siebenundsiebzig für erotisch sexuelle Zwecke die Lippen aufeinanderlegen, der Rest findet das wohl eher unappetitlich.«

Zwischen Toms Lippen kommt ein prustender Ton heraus. »Das ist ja schade für die.«

»Ja, aber die Datenlage ist völlig klar. Wir sind in der Unterzahl.«

Wieder grunzt Tom.

»Selbst in Europa, küssen sich von zehn beobachteten Kulturen nur sieben.«

»Immerhin die Mehrzahl«, sagt Tom.

»Hallo!«, ruft Ole. »Hier spielt die Musik!«

Tom grinst mich breit an und blickt mir dabei eindeutig auf den Mund. Mit hochrotem Kopf wende ich mich Ole und den Spielern zu, die ihre erste Frage erhalten, doch die Worte rauschen an mir vorbei. Ich sehe grübelnde Gesichter und Ulla, die mit verschränkten Armen neben ihrem Mann sitzt und dabei den Eindruck macht, sie müsse ihre Hände unter den Achseln einklemmen, damit sie sie nicht um seinen Hals legt. Neben mir lacht Tom, dann klatscht er und ich kapiere, dass irgendwer richtig geantwortet hat, und applaudiere zombimäßig mit.

»Hättest du es gewusst?«, fragt mich Tom. Ich schüttele den Kopf. Needless to say, dass ich keinen Schimmer habe, was die Frage war. Tom zuckt fröhlich mit den Schultern. »Ich auch nicht.«

Er dreht sich wieder nach vorne und ich bemühe mich, meine Ohren auf Aufnahme und den Orkan der Verwirrung in mir unter Kontrolle zu bekommen.

Die Tür des Dorfkrugs fällt zu und Tom und ich stehen in der Dämmerung, obwohl es bereits zweiundzwanzig Uhr ist. Der Regen hat sich verzogen, aber unseren Köpfen hängen dicke, dichte Wolken. Tom zieht sich eine ausgewaschene Jeansjacke an und ich ärgere mich, dass ich nur in T-Shirt und Rock bin. Ist doch etwas frisch geworden. Vom Schweinebauern zieht ein strenger Geruch durchs Dorf, von dem ich als Kind fälschlicherweise glaubte, dass er vom Friedhof am Dorfrand käme und der Geruch von Verwesung sei. Damals ein weiterer Minuspunkt auf meiner Werteskala für Osterlinteln. Irgendwann erwähnte Mama dann den Maststall und dass der Gestank, wenn der Wind aus der falschen Richtung weht, unerträglich wäre, und klärte so das Missverständnis auf. Ich muss ein bisschen kichern, bei der Erinnerung.

Fragend hebt Tom die Brauen. Ich schüttele den Kopf. »Mir fiel nur gerade was ein.«

»Danke«, sagt Tom. »Das war richtig lustig!«

»Fand ich auch. Danke, dass du mich in dein Team eingeladen hast.« Ich verschränke die Arme, weil mir kalt ist.

»Sollen wir ein paar Schritte zusammen gehen?«

Ich nicke.

»Woher wusstest du so viele Antworten?«

»Ich bin die Königin des unnötigen Wissens«, scherze ich. »Nee, Zufall. Ich höre da so eine Sendung im Radio und bin generell anfällig für Nischenwissen.«
»Hm«, macht Tom. Wir spazieren eine Weile schweigend nebeneinander her, was erstaunlicherweise gar nicht peinlich ist. Toms Schritte sind leise, trotz seiner festen Arbeitsschuhe.
»Darf ich dich was fragen?«, durchbricht er die Stille.
»Kommt drauf an, was es ist.«
»Warum hast du dich unbenannt? Ich fand Autri immer schön und vor allem besonders.«
Unter mir glitzert das feuchte Kopfsteinpflaster im fahlen Licht, das aus dem Bäckerfenster fällt.
»Ich mag ›besonders sein‹ nicht so gerne.«
Tom wirft mir einen Blick zu.
»Besonders, anders, merkwürdig, bäh«, erkläre ich.
»Das ist aber eine sehr besondere Sicht der Dinge.«
»Pff.« Ich stupse ihn mit dem Ellenbogen an. Er grinst. »Ich fand eure Familie immer genau deswegen toll. Deine nonkonforme Mutter, die intellektuelle Irene, Rike – ungestüm und immer kontra alles. Autri mit dem ungewöhnlichen Namen.«
»Das ist alles, was dir von mir in Erinnerung geblieben ist?«
»Hm, wirklich gesagt war ich die meiste Zeit bekifft und du warst dann doch ein ganzes Stück jünger. Für damalige Verhältnisse«, setzt er nach.

»Warum ist das eigentlich auseinandergegangen? Mit dir und Rike? Ihr wart ja echt lange zusammen.«

»Ja, sechseinhalb Jahre.« Tom seufzt. »Ich glaube, wir kamen an einen Punkt, wo es hieß, zusammenbleiben, oder noch was erleben. Ich wollte die Welt sehen, Rike den Hof übernehmen.«

»Also gab es gar keinen richtigen Grund?«

»Also keinen Streit, oder so, aber irgendwie hat es nicht mehr gereicht. Tja und dann bin ich nach Australien und habe mich da verliebt.«

»Oh.« Obwohl er vom Beziehungsende mit Rike spricht, fühlt es sich plötzlich an, als habe er damals mit mir Schluss gemacht.

»Nelly ist dann mit hierhergekommen und als das auseinanderging, sind Rike und ich beste Freunde geworden.«

»Wie lange ist das mit Nelly her?«

»Drei Jahre.«

»Wow, du bist ja wirklich treu.«

Tom stutzt. »Bei dir hört sich das irgendwie nach ›langweilig‹ an.«

»Was? Nee, Quatsch, so habe ich das nicht gemeint.«

»Und bei dir so?«

»Ich bin das Gegenteil von langweilig.«

»Hm, was kann ich mir darunter vorstellen?«

»Kein gutes Händchen für die Liebe. Der Apfel fällt halt nicht weit vom Stamm.«

Mir fällt Gretchens Analyse ein, dass ich mich nicht genug mag und so.

»Das hätte jetzt von Rike sein können.«

»Ja, das Zusammenwohnen färbt auf Dauer ab«, grinse ich. Wir erreichen die Hofeinfahrt meiner Halbschwester.

»Du warst übrigens ein hervorragender Ersatz.«

»Danke.«

»Ihr solltet das nächste Mal ein Team bilden.«

»Und die ganze Veranstaltung sprengen? Lieber nicht, du weißt ja, ich steh nicht so auf besonders sein.«

Tom mustert mich. »Ich fürchte, da kannst du gar nicht so viel gegen tun.«

Plötzlich verunsichert spähe ich hoch zu ihm. »Ich nehme das jetzt mal als Kompliment?«

Tom lächelt und beugt sich vor. »Unbedingt, Autri, unbedingt.« Er küsst mich sanft auf die Wangen und wendet sich zum Gehen. Ich stehe wie vom Donner gerührt da und atme erst wieder aus, als er hinter einer Biegung verschwunden ist.

19

Fünf verwirrende Tage lang versuche ich, alles zu verdrängen und jedem aus dem Weg zu gehen, der nur ansatzweise mit Tom zu tun hat. Das beinhaltet sowohl Rike, was nicht schwer ist, denn sie ist mittlerweile so etwas wie ein Hausgeist geworden, tiefergehende Gespräche mit Dunja und Marco, so wie Einkaufsausflüge zum Dorfladen. Wenn ich mir den Inhalt des Kühlschranks ansehe, bedeutet dies, dass ich mich zukünftig entweder von Matildas Hafer ernähren oder eines der Hühner schlachten muss. Rikes kulinarischer Service aus der Anfangsphase ist komplett eingeschlafen. Ob und wie sie sich ernährt, ist mir ein Rätsel. Ebenfalls neu in meinen hiesigen Alltag sind tägliche Nachrichten von Piet, die meisten unverfänglich und freundlich, manche durchaus spicy wie diese:

Vorschlag: Du, ich, Hotel, Blümchenkleid und Gummistiefel, Essen aufs Zimmer. Wann hast du frei?

Vor einer Woche wäre ich deswegen noch ausgeflippt, doch mittlerweile gab es dieses enervierende Gespräch mit Gretchen (enervierend, weil es mir nicht mehr aus dem Kopf geht) und die Pheromonschleuder Tom. Ich habe mindestens zehn Versuche gestartet, auf Piets Nachricht zu antworten, die entweder klangen wie aus einem billigen Porno oder nach schlechter Ausrede.

Mittlerweile bin ich zumindest so klug im Zweifel gar nicht zu reagieren. Lange kann ich ihn aber nicht mehr hinhalten, ohne dass es nach Spielchen aussieht. Unnötigerweise hat Tom ebenfalls angefangen, mir zu texten, was das Ignorieren seiner Person schwierig macht. Wie Piets Nachrichten knüpfen seine an unsere letzte Begegnung an:
Wie heißt ein Selfie, dass nur die Schuhe zeigt? a) Shoepix b) Footlover c) shoefie?
Oder auch:
Wie viele Pflaster verbrauchen rund 100 Tänzer des New York Balletts pro Woche? a) 5, b) 1111 c) 334?
Zumindest das Antworten ist in diesem Fall leichter, weil es sich auf a, b oder c beschränkt. Dennoch nicht hilfreich im Verdrängungsprozess.

Hinter dem Küchenfenster kommt ein Kombi auf den Hof gefahren, auf dessen Seite ›Malina Müller, Tierpsychologin & Coach‹ steht. Ist mir bei letztem Mal gar nicht aufgefallen. Inwiefern bitte lassen sich Tiere coachen? Auf Zehenspitzen sehe ich der brünetten Schönheit mit den Mandelaugen nach, die aus dem Wagen steigt und mit einer prallgefüllten Ikeatüte auf Rike zugeht, die ihr entgegen trottet. Sie scheint nicht nur das Essen aufgegeben zu haben, sondern auch das Duschen und Schlafen. Wenn sie nicht so ein Grumpy Cat wäre, könnte sie mir glatt leidtun.

Sie und Malina Müller begrüßen sich und gehen in Richtung Ställe davon. Ich habe Mannis Therapeutin zwar schon mal gesehen, bisher aber nicht das Vergnügen gehabt ihrer Arbeit beizuwohnen. Na, wenn das mal nicht ein abwechslungsreiches Ereignis für meinen wohlverdienten Feierabend ist!

Im strömenden Regen stehe ich in Mannis Gehege und überlege abwechselnd, ob ich lachen oder beeindruckt sein soll. In Malinas Ikeatüte sind ein Haufen Spielzeuge, die gut in eine Kita passen würden und die sie ›Therapie-Equipment‹ nennt.

»Sehr gut, Rike, genau so«, weist Malina meine Halbschwester an. Die hält einen weißgepunkteten, roten, kleinen Ball, bereit ihn Manni zuzuwerfen, in der Hoffnung, dass der ihn zurück in ihre Richtung stupst. Der Eber schielt auf das Spielzeug.

»Vielleicht doch ein bisschen weiter weg von ihm.« Sanft zieht Malina Rike am Handgelenk nach hinten. »So, Rike. Trau dich.«

Die wirft zaghaft den Ball. Er landet auf Mannis Rüssel, prallt ab und fällt in eine Pfütze. Interessiert schnüffelt der Eber ihn ab.

»Seht ihr?«, fragt Malina erfreut.

»Was genau?«, frage ich.

»Wie gut er interagiert hat.«

Ich finde Mannis Kickerkünste durchaus verbesserungswürdig, aber er ist ja Anfänger.

»Bei Hunden haben wir mit neuen Lernaufgaben sehr gute Erfahrungen gemacht. Man denkt bei Demenz immer an eine Einbahnstraße, das stimmt aber nur bedingt. Willst du es mal versuchen?« Malina lächelt mich durch den bindfadenartigen Regen an, der mittlerweile sämtliche Schwachstellen von Irenes alten Regenmantel gefunden hat und sich in meinen Nacken genüsslich in einer Pfütze breitmacht.

»Okay.« Ich hebe den Ball auf und positioniere mich vor Manni. Der fixiert den Ball.

»Super, Manni«, lobt Malina ihn, obwohl er noch gar nichts gemacht hat.

»Ganz sachte.« Das war an mich gerichtet, vermutlich der Coaching-Teil der Sitzung. Ich nicke und werfe ebenso zurückhaltend wie Rike. Der Ball plumpst zu Boden, bevor er den Eber erreicht. Manni schaut überrascht umher, wo das wundersame Ding hin ist.

»Ein bisschen fester ...« Fragend sieht die Tiertherapeutin mich an.

»Antonia«, antworten Rike und ich gleichzeitig.

»Ein bisschen fester, Antonia«, sagt Malina wieder.

Meine Halbschwester fischt den Ball aus der Pfütze und wiederholt das Spiel, diesmal aus geringerer Entfernung. Manni starrt den Ball an und stupst ihn tatsächlich mit dem Rüssel leicht zurück.

»Woah!«, ruft Malina begeistert. Rike und ich applaudieren spontan.

»Ich will auch nochmal!«

Malina nickt.

»Okay, Manni, gut aufpassen.« Ich stelle mich vor ihn und lassen den Ball in einem kurzen Bogen auf seine Nase segeln. Manni wirft den Kopf zurück, trifft wie Maradona und das Spielzeug saust an mir vorbei. Wir drei Frauen jubeln, der Eber grunzt.

»Das tut dir gut, was?« Liebevoll schubbert Malina ihm die Flanken und schaut zu uns auf. »Bei Demenz ist es ganz wichtig zu beobachten, was das individuelle Tier braucht.«

Manni presst seinen wuchtigen Körper an Malinas Beine und schmatzt. »Ja, das gefällt dir, hm? Wenn es euch möglich ist, nehmt euch die Zeit ihn mindestens einmal am Tag so richtig durchzuknuddeln. Ganz wichtig ist außerdem die geistige Förderung, wie zum Beispiel das Ballspiel.«

»Denkt man gar nicht bei so einem Schwein, dass die das auch brauchen«, sage ich.

»Du, Schweine gelten als hochintelligente Tiere, intelligenter als Hunde sogar. Warum sollten sie dann weniger Förderung brauchen? Es wird sogar davon ausgegangen, dass Schweine mehr Kommandos lernen können, als Hunde.«

»Oh, das wäre was für Wissen macht Schlau«, sage ich.

»Stimmt«, nickt Rike.

»Äh, hörst du die Sendung etwa auch?«

»Mhm«, macht Rike. Ich verzichte darauf sie zu fragen, wo sie die Sendung hört, denn die fällt ja in ihre mysteriöse Morgenzeit.

»Hey, wollen wir Manni nicht ein paar Kommandos beibringen?«, frage ich und drehe mich dem Eber zu. »Sitz!«

»Woher soll der wissen, was Sitz ist?«, fragt Rike.

»Sitz!«, versuche ich es wieder. Manni bleibt stehen. »Wie wäre es mit einem Gruppen-Training? Dann lernen die Hunde auch nochmal Kommandos.«

»Ja, ist gut, Antonia.« Leicht genervt dreht Rike sich Malina zu. »Okay, einmal am Tag körperliche Zuwendung...«

»Genau. Ich maile dir ein paar Übungen, zwischen denen du variieren kannst. Außerdem wären soziale Interaktionen gut. Hast du die Möglichkeit, ihn tagsüber irgendwo zuzustellen?«

»Wie wäre es bei den Schafen?«, schlage ich vor.

»Ich kann mich aber nicht ausschließlich um den Eber kümmern.« Rike krault ihn zwischen den Ohren.

»Wie wäre es, wenn ich einen Part übernehme?«

Verwundert sieht sie mich an.

»Also, so lange ich da bin, meine ich natürlich.«

»Das ist doch super«, sagt Malina.

»Ich könnte ihn zu den Schafen bringen und den Weg durch einen Spaziergang verlängern.«

»Das ... ja, das wäre super.« Rike senkt den Blick und krault Manni intensiver. Sie wird ja wohl nicht weinen, vor lauter Rührung?

»Gut, gibt es noch Fragen?«

Irritiert löse ich den Blick von meiner Halbschwester, die heute Grumpy Cat versteckt hat, und sehe zu Malina. »Erstmal nicht, danke.« Rike streckt ihr die Hand hin. »Und tut mir leid, ich hätte das gerne weitergeführt, aber...« Sie lässt den Satz in der Luft hängen.

Malina schüttelt ihre Hand. »Mach dir keinen Kopf. Wenn sich etwas ändert, lass es mich wissen. Und ruf an, wenn du Fragen hast. Das gehört noch zum Service.« Sie lächelt Rike aufmunternd an.

»Danke.«

»Tschüss Antonia und schön, dass du Rike unterstützt.« Malina zeigt um uns herum. »Das ist eine tolle Sache hier. So etwas sollte nicht untergehen.«

»Was meinte sie damit?«, frage ich Rike, als die Tiertherapeutin außer Hörweite ist.

»Ach, sie hat zu viel zu tun, deswegen muss ich das jetzt alleine wuppen.« Sie schiebt ihre Hände in die Hosentaschen und stapft los. »Danke fürs Helfen«, ruft sie, ohne sich umzudrehen. »Bitte«, sage ich in ihren Rücken und schließe sorgsam Mannis Gatter.

Beim Aufwachen kann ich es kaum erwarten, mit dem Füttern durch zu sein und meine erste Gassirunde mit Manni anzugehen. Ich muss zugeben, dass mir der Eber besonders ans Herz gewachsen ist, vielleicht weil er mich an Oma erinnert und daran wie sie zum Schluss immer tüdeliger wurde. So, wie Manni manchmal vor der Wand steht und sich wundert, dass der Eingang weg ist, wunderte sich Omi darüber, warum ihr Portmonee nicht im Kühlschrank zu finden war oder dass aus der Kaffeemaschine keine Musik kam. Eines vergaß sie aber nie, nämlich wie gut es sich anfühlt, seine Wangen aneinanderzulegen. Das hat sie gerne mit mir, Opa und Mama gemacht und war ein verlässliches Mittel zur Beruhigung, wenn die Panikschübe kamen.

Im Schnelldurchgang dusche ich, kippe mir den Americano hinter die Binde, der sonderbarerweise heute wieder vorbereitet auf dem Esstisch stand und flitze im Affenzahn von Stall zu Stall. Ausnahmsweise bin ich sogar schneller als die Hühner. Lediglich vereinzelte ›Boaks‹ dringen aus dem Stall, während ich schon mit dem Heuballen auf dem Weg zu Gerd bin. IIa!

Eine halbe Stunde vor meiner üblichen Zeit bin ich durch mit Füttern. Megamotiviert verdrücke ich drei Rühreier und zwei Brötchen, dann mache ich mich auf den Weg.

Schon von Weitem sehe ich, dass etwas nicht stimmt. Mannis Gehege ist leer und er geht niemals nach der

Fütterung direkt in seinen Stall zurück (denn nicht nur Malina findet, dass er Struktur braucht, da ist er schon von ganz alleine draufgekommen).
Argwöhnisch nähere ich mich und entdecke, dass das kleine Gatter offensteht. Ich renne unnötigerweise ins Gehege, das ja offensichtlich leer ist, schaue in den ebenfalls verwaisten Stall und komme wieder heraus. Verdammter Mist! Ich habe das Gatter doch zugemacht! Oder?

Ich weiß es nicht mehr.

Hektisch laufe ich zu der alten Schweinestallruine, wo ich ihn das letzte Mal fand.

Kein Manni.

Ich kehre zu seinem Gehege zurück und begutachte den feuchten Boden vor dem Gatter. Vorgebeugt folge ich Mannis Schweinepfoten Abdrücken an Gerd vorbei bis zum Lama, das mich einäugig beobachtet, bis zu einer Wiese. Hier enden die Spuren. Hier hat sich Manni in Luft aufgelöst oder hat seinen weiteren Weg fliegend fortgesetzt. Links geht die Wiese in die Schaf- und Ziegenweide über, auf der friedlich, nur von vereinzeltem Blöken unterbrochen, gegrast wird.

Kein Manni nirgends, auch nicht als Schaf verkleidet.

Rechts der Acker vom grummeligen Nachbarnbauern, mir gegenüber ein Wald. Entschlossen marschiere ich darauf zu und suche hier den Boden nach Spuren ab.

Stattdessen entdecke ich Brombeersträucher, die weit in den Wald hineinreichen.
Gerd. Tom. Pheromone. Genervt schüttele ich diese der Situation völlig unangemessene Assoziationskette ab und konzentriere mich auf meine Aufgabe. Das verlorene Schwein finden, und zwar pronto.

»Manni? Manni! Maaaaannnniiiiii!«
Ich lausche. Kein Grunzen oder Rascheln. Das Einzige, was sich rührt, sind die Blätter in den Baumkronen über mir.

Seufzend stakse ich über die Brombeeren los. Trotz aller Vorsicht zerkratzt das Gestrüpp meine Waden, weil ich unverbesserliche Romantikerin mir für unseren ersten Bonding-Spaziergang einen Rock angezogen habe. Zum Glück trage ich wenigstens meine Gummistiefel. Nach etwa zwanzig Metern Brombeermassaker bleibe ich wieder stehen, rufe »Maaaannnniiii!«, und lausche ich in den Wald hinein, der sich verschwiegen wie ein Mafioso gibt.

Schwer atmend sehe ich mich um. In der Ferne höre ich das Rauschen einer Schnellstraße. Für einen Moment setzt mein Herzschlag aus und hängt wie ein Standbild in der Luft. Fuck! Das muss die B 71 sein! Oh Gott, Manni! Wenn er überfahren wird, bringt Rike mich um.

Vor meinem inneren Auge sehe ich den Eber blutüberströmt auf der Schnellstraße liegen, seine Augen hilfeflehend auf mich gerichtet. Schnell verscheuche ich das grässliche Bild.

»Manniiiii! Manniiiii!!!« Ich kämpfe mich etwas weiter Richtung Straßenrauschen, bleibe wieder stehen, rufe und versuche etwas anderes als Autos wahrzunehmen, aber mein Gehirn blendet alle weiteren Geräusche aus.

Ich schlage die Hände vors Gesicht. Wie konnte mir das nur passieren? Man kann mir auch nichts, gar nichts anvertrauen! Kein Auto, keine Tiere, keine Männer. Alles geht kaputt. Oder läuft weg. Meine Augen füllen sich mit Tränen und ich sehe den Wald durch einen Schleier.

»Maaaanniiii!« Fix und fertig lasse ich mich auf einen moosbewachsenen Baumstumpf nieder. Wie bitte, soll ich Rike erklären, dass ich ihren Eber verloren habe? Und das nach seiner gelungenen Therapiestunde?

»Manni«, schluchze ich erschöpft und dann höre ich ihn, ganz leise, wie er genüsslich vor sich hin mampft.

»Nie wieder« schimpfe ich Manni, »nie wieder tust du mir das an.« Der Eber trottet brav hinter dem Büschel Brombeerblättern her, die ich ihm vor die Nase halte. »Weißt du eigentlich, welche Ängste ich ausgestanden habe? Du hättest tot sein können. Und ich auch«, setze ich nach. »Schau dir meine Beine an, wenn sich das entzündet!«

Manni öffnet sein Maul und ich ziehe die Brombeerblätter soweit weg, dass er sie zwar berühren, aber nicht essen kann. Auf diese Weise lotse ich ihn durch den Wald zurück zur Wiese, die wir schräg überqueren, bis wir das Gatter zu Schaf-und Ziegenweide erreichen.

Die Brombeerblätter lasse ich auf der Außenseite des Zauns fallen. Manni schnuffelt meine Hand ab und wendet sich enttäuscht um. Eigentlich wäre jetzt noch durchknuddeln angesagt, aber mir sitzt der Schreck zu tief in den Knochen. »Später«, erkläre ich ihm, doch Manni zeigt keinerlei Interesse an einer weiteren Interaktion mit mir, sondern sieht den paar Schafen und Ziegen entgegen, die neugierig näher kommen.

»Genau, geh brav soziale Kontakte pflegen«, rufe ich ihm hinterher. Ich seufze lang und erleichtert, dann schlüpfe ich schnell durch das Gatter und kontrolliere dreimal, ob es wirklich, wirklich zu ist. Vom Boden sammel ich die Brombeerblätter auf, die nur ganz wenig Manni-Spucke abbekommen haben.

»Was ist dir denn passiert?« Rike sieht stirnrunzelnd auf meine zerkratzten, blutenden Waden und Knie. Ich sollte lügen, Ausreden erfinden oder einfach stumm gehen, stattdessen füllen sich meine Augen erneut mit Tränen. Unsicher tritt Rike einen Schritt näher, streckt die Hand aus und lässt sie wieder sinken.

»Manni war we-eg, und dann wa-aren da Brennnesseln, ach Blödsinn, Brombe-e-eren, ganz vi-iele und Wa-ald und die B71 ...«, schniefe ich.

Alarmiert sieht Rike an mir vorbei. »Manni ist weg?«

Ich schüttele den Kopf. »Ist wie-i-ider da. Bei den Scha-a-afen.« Mit dem Kopfschütteln schüttelt es auch gleich den ganzen Rest von mir.

»Okay«, sagt Rike und sieht sehr ratlos aus. »Danke.«

»Bi-itte«, antworte ich und wische mir über die Augen.

»Im Kühlschrank ist Heilsalbe.«

Ich nicke und komme mir extrem blöd vor. Rike legt mir im Vorbeigehen die Hand auf den Arm. Sie zögert einen Moment, dann nickt sie mir zu und läuft weiter. Ich stehe eine Weile mit den Brombeerblättern in der Gegend herum, bis sich das Gefühl von Scham und Versagen soweit gelegt hat, dass ich wieder arbeitsfähig bin.

20

Was ich mir merken muss:

- Manni bringt mich ohne Hilfsmittel zum Weinen.
- Tom aus dem Weg gehen und an Piet denken.
- Wenn ich mich bei Pilawa anmelde, werde ich reich.
- Sei einfach du selbst, der Rest ergibt sich. (Okay, das kann ich mir so lange merken, wie ich will. Solange ich nicht weiß, wer ich bin und wie verdammt nochmal ich mich ausfindig mache, nützt mir das gar nichts!)

»Hallo?«

»Ah, gut, du lebst noch«, sage ich und sehe aus dem Fenster auf den amputierten Kletterbaum. Vielleicht könnte man Trittbretter annageln? Ich spähe nach oben in die Astgabeln. Rikes, Rubens und meine favorisierten Plätze sind ja noch vorhanden und die Aussicht war super.

»Schön, dass du dich meldest, mein Schatz«, antwortet Mama. »Wie geht es dir?«

»Gut. Ich hab mir Sorgen gemacht.«

»Um mich?«

Nee, um den Papst, was denkt sie, warum ich sie anrufe? Meine Mutter und ihr Talent, abzulenken. Pff.

»Ja, um dich.«

Schweigen am anderen Ende der Leitung.

»Mama?«

»Das brauchst du nicht.«

»Und warum meldest du dich nicht mehr?«

»Du, ich dachte, du bist so beschäftigt und hier ist ja auch immer viel los.«

»Aha. Und was?«

»Ach, bei der Tafel haben sie gerade mehr Bedarf, da helfe ich öfter aus.«

Die Ausrede kenne ich. Es gab Zeiten, da war ich neidisch auf die Menschen, die zur Tafel kommen, weil ihnen die Aufmerksamkeit meiner Mutter immer sicher war – im Gegensatz zu mir. Probleme in der Beziehung? Sorry Schatz, die Tafel braucht mich. Ärger mit der Lehrerin? Du weißt doch, die Tafel…

»Außerdem nervt dich das doch, wenn ich so oft anrufe«, sagt Mama.

Stimmt, ihre täglichen Anrufe bei Bedürftigkeit nerven, aber einmal die Woche wäre dann doch ganz schön.

»Die Betonung liegt auf oft.«

»Also, mir geht's gut! Wirklich. Das Wetter ist ja gerade auch so schön. Und wie ist es so bei dir?«, zwitschert sie leicht over the top.

»Mama, du benimmst dich echt merkwürdig. Kannst du mal sagen, was los ist?«

Ich höre ihr ein paar Momente beim Atmen zu, bevor sie antwortet.

»Antonia, ich hab Mist gebaut.«

Oha, wenn sie mich von alleine Antonia nennt, muss es was Schlimmes sein. Mein Magen zieht sich zusammen, während ich auf weitere Informationen warte.

»Das Dorffest nahm ein etwas anderes Ende, als geplant.«

Vor meinem inneren Auge taucht der bärtige Barmann auf.

»Oh, nein«, sage ich. »Gunnar.«

Mama seufzt am anderen Ende. »Du weißt es schon.«

Ich stöhne laut auf. Soll sie ruhig hören.

»Leider kam Ulla früher aus dem Urlaub als erwartet.«

»Und sonst wäre es okay gewesen, oder was?«

»Es ist aber gar nicht zum Äußersten gekommen, zwischen Gunnar und mir.«

»Kam ja auch Ulla dazwischen«, sage ich sarkastisch.

»Ich bin gar nicht so sicher, ob wir miteinander ...«

»Lalalalalala!«, übertöne ich sie. Mama seufzt. »Du weißt schon, dass es beleidigend ist, wenn du mir jegliche Sexualität absprichst?«

»Ich spreche dir überhaupt nichts ab, ich möchte einfach nur nichts von ihr mitbekommen. Ist ja wohl nicht zu viel verlangt als Tochter.«

»Ich bin auch ein sexuelles Wesen.«

»Lalalalalala!«

»Antonia, hör auf damit. Und du musst mich nicht immer gleich verurteilen.«

Ich stöhne wieder laut und hörbar. Warum kann sie sich nicht wie eine normale Mutter verhalten? Ich sollte mir ein Schild umhängen: Frauen, sperrt eure Männer weg, Alma kommt zu Besuch.

»Gunnar meinte, sie seien praktisch nur noch zum Schein verheiratet.«

»Und das hast du geglaubt?«

»Ich war betrunken«, verteidigt sich Mama.

»Ja, wieder mal.«

Betroffen schweigt sie. Ich kaue auf meiner Lippe herum und sehe ich auf den Kletterbaum. Steht im Futterschuppen nicht eine Klappleiter?

»Ist es sehr schlimm?«, fragt Mama schließlich. Ich schüttele den Kopf, was sie natürlich nicht sehen kann.

»Autri? 'Tschuldigung, Antonia?«

»Passt schon«, sage ich. »Autri, meine ich. Hört ja keiner.«

»Und im Dorf?«

»Ja, geht schon. Ulla und Gunnar behandeln mich wie ein Aussätzige, aber das kenn ich ja.« Ich weiß, wie scharf meine Stimme klingt, aber ich bin echt sauer.

»Es tut mir wirklich leid, ich wollte es dir nicht noch schwerer machen.«

»Warum tust du es dann immer wieder?«

»Ich ... Ich weiß es nicht, Schatz. Ich weiß nicht, warum ich mich immer wieder in solche Situationen bringe. Und dich«, sagt sie hilflos.

»Hm«, grummel ich.

»Ich möchte doch auch nur Glück finden. Bin halt nicht gut darin.«
Ich starre zu Rubens Ast. Viel dicker, als der, auf dem ich immer saß. Das wird jetzt meiner. Ruben ist weg, da braucht er gar nicht meckern.

Mama ist anderen Ende still und ich sehe sie förmlich vor mir, wie sie in den Hörer lauscht, um erlöst zu werden. Ich atme tief durch. »Hast du Lust zu kommen?«

»Heute?«

»Egal, heute, morgen, wann du möchtest.«

Sie zögert. »Ich weiß nicht, ob das eine gute Idee ist.«

»Du sollst ja nicht Ulla besuchen, sondern mich.«
»Hm«, macht Mama.

»Ich hol dich am Bahnhof ab.«

»Na gut. Aber keine Ausflüge ins Dorf.«

»Na, da bist du bei mir auf der sicheren Seite«, sage ich.

»Gib Bescheid, wann dein Zug ankommt.«

»Mach ich. Bis später Schatz. Ich freu mich.«

Ich lasse das Handy sinken und sehe weiter in den Garten. Die dicke Wolkendecke hat sich verzogen, nur vereinzelt bedecken weiße, fluffige Flecken den blauen Himmel. Die Luft verändert sich. Milde Spätsommerwärme hat die stickig-trockene Hitze der letzten Wochen abgelöst. Sicher kann man ganz weit blicken, wenn man nur hoch genug ist. Ich werfe mein Handy auf das Bett und mache mich auf die Suche nach einer Leiter.

Zweifelnd sieht meine Mutter hinauf zur Baumkrone. »Ich weiß ja nicht Schatz, meinst du nicht, ich bin zu alt dafür?«

»Ach Mama, du bist einundfünfzig, hör mal auf, wie siebzig zu tun«, sage ich.

Vorsichtig stellt sie einen Fuß auf die unterste Strebe der Leiter und schaut zweifelnd über die Schulter zu mir.

»Das hä-ält!«

Sie rafft ihren bunten Rock und steckt den hinteren Saum vorne ins Bündchen, so dass es aussieht, als trage sie eine Pumphose und steigt langsam wie eine Schildkröte die Leiter hoch. Ächzend hangelt sie nach einem Ast und zieht sich stöhnend in den Baum hinauf.

»Und jetzt nach links rüber.« Ich zeige zu dem Ast, auf dem früher ich hockte und der niedriger liegt als die anderen beiden ›Sitzäste‹. Wackelig lässt sich Mama dort auf dem Kissen nieder und klammert sich am Stamm fest. Ich klettere an ihr vorbei und setze mich auf Rubens Platz, der definitiv die beste Aussicht hat. Vor mir breiten sich Wiesen und Felder bis zum Horizont aus. Darüber spannt sich der blaue, nur leicht bewölkte Himmel. Was für ein Sommer!

»Und?«, frage ich.

»Mhm«, kommt es aus Mamas zusammengepressten Lippen.

»Hunger?« Ich werfe ihr eine Tüte Gummibärchen zu, die auf ihrem Schoß landen. Erschrocken quiekt sie auf. »Antonia, ich weiß nicht, ob ich das hier gut finde.«
»Find ich gut, dass du mich in deiner Angst beim richtigen Namen nennst«, grinse ich.

»Du bist eine Tyrannin, weißt du das? Das warst du schon als Kleinkind.«

»Iss ein paar Gummibärchen, dann geht es dir besser.« Sie späht nach unten, um dann melodramatisch den Kopf in den Nacken zu legen und die Lider zusammenzukneifen. »Das ist ziemlich hoch.«

»Mhm«, stimme ich zu.

»Wenn ich runterfalle, bin ich eventuell tot.«

Ich schätze die Entfernung zwischen ihr und Boden ab. Etwa drei Meter. »Ich glaub nicht.«

»Und was machen wir jetzt hier?«

Ich zucke mit den Schultern. »Was hätte uns Osho wohl geraten? Wahrscheinlich ›nach dem Glück Ausschau halten‹, oder so.«

Meine Mutter sieht nicht amused aus.

»Mensch Mama, jetzt guck dich doch mal um!« Ich zeige mit ausgestrecktem Arm über die flache, sommerliche Landschaft unter fast wolkenlosem Himmel. Sie lässt zaghaft den Blick umherschweifen und ihre Gesichtszüge entspannen sich etwas. »Seit wann bist du denn so philosophisch?«

Ich stecke mir aus meiner Tüte eine Handvoll Gummibärchen in den Mund. »Philosophie beiseite, jetzt reden wir über Gunnar.«

Aus Mamas Mund kommt ein gequälter Laut. Ich lache. »War'n Spaß.«

»Autri, ich wundere mich. Erst der Porsche, dann die Drogen und nun kletterst du auf Bäume.«

»Wann geht es endlich in deinen Kopf, dass ich keine Drogen nehme?«

»Mir macht das ja nichts aus.«

»Mir aber.«

»Ja, ich weiß, dir ist dein Ruf sehr wichtig.«

»Warum wohl?«, murmle ich und sehe wieder über die grünen Felder und dunklen Äcker. Nach einer Weile höre ich Mama an ihrer Gummibärentüte rumhantieren und schließlich kauen. »Eigentlich mache ich ja Diät.«

»Bringt doch eh nix.«

Verärgert sieht sie zu mir auf.

»Nicht wegen dir, sondern wegen Diäten allgemein«, sage ich.

»Irgendwie bist du wirklich sehr anders gerade. Was ist denn passiert?« Ich zucke mit den Achseln. Mama mustert mich mit diesem typischen Mutter-Blick.

»Das Landleben?«

Wieder hebe ich die Schultern.

»Peter?«

Ich löse meinen Blick vom Horizont. »Wieso?«

»Du bist so ... weich. Die Liebe bewirkt ja manchmal wundersame Dinge.«

»Bin ich sonst hart, oder was?«

»Streng. Nicht hart.«

»Pff.«

»Das habt ihr beide. Du und Rike.«

Ich verdrehe die Augen.

»Dieses streng mit euch und der Welt sein.«

Ich erhebe mich von meinem Ast. »Okay, war doch eine blöde Idee hier zu sitzen.« Ich kraxel an Mama vorbei. Sie streckt versöhnlich die Hand nach mir aus, um mich zu streicheln. Ich habe aber keine Lust auf eine Schmuseeinheit und weiche zurück. Mein linker Fuß rutscht vom unteren Ast ab und trifft die Leiter, die mit einem ›Klong‹ auf dem Rasen unter uns aufkommt.

Ich seufze. »Oh, nee.«

Mama gibt einen erschreckten Laut von sich, dann sieht sie mich entsetzt an. »Und wie kommen wir jetzt wieder runter?«

Eine halbe Stunde später sind mir beide Beine eingeschlafen und ich sorge mich ernsthaft über den Zustand meiner Arme.

»Warum ist denn auch keiner da heute?« Mama umklammert mit Armen und Beinen ihren Stamm und ist ungewöhnlich blass.

»Weil Dunja und Marco schon frei haben und Rike keine Ahnung wo, mal wieder ist.«

»Was macht die denn immer?«

»Ja, wenn ich das wüsste.«

»Warum hast du denn auch kein Handy dabei?«

»Auf'm Baum?! Außerdem hättest du deins ja auch mitnehmen können.«

»Ich wollte nicht, dass es runterfällt und kaputt geht.«

»Siehste!« Finster sehe ich sie an.

»Nun ist sie dahin, die Quality time«, sagt Mama. Wir seufzen unisono. In meinen Fingerspitzen kribbelt es verdächtig. Springen ist bei eingeschlafenen Beinen definitiv keine Option mehr und drei Meter sind mir eh zu hoch. Ich trau mich ja nicht einmal den Dreier im Schwimmbad.

»Wie bist du überhaupt auf diese Idee gekommen? Das passt gar nicht zu dir.«

»Ich dachte halt, ich mach was, wo wir beide eine schöne Erinnerung dran haben können.«

»Das ist dir ja gelungen. Zumindest was die Erinnerung angeht. Schön, weiß ich ja nicht.«

»Hallooooo!«, rufe ich. »Wir sind hier ooooben!«

»Siehst du jemanden?«

»Nein«, sage ich grimmig.

»Gibt es noch Gummibärchen?«

»Ich dachte, du machst Diät.«

»Ich verliere die Kilos gerade über Angstschweiß.«

Widerwillens muss ich lachen. »Hier«, ich ziehe meine Tüte aus der Hosentasche. Mama greift beherzt rein. »Wein wäre jetzt auch nicht schlecht.«
»Auf'm Baum?«
»Der geht überall.«
Ich starre Richtung Hofeinfahrt. »Findest du nicht, dass der dich eher in Schwierigkeiten bringt?«
»Ja. Wahrscheinlich«, antwortet Mama. »Aber der macht das Leben leichter.«
Ich drehe ihr den Kopf zu. »Weißt du, was das Leben leichter macht? Wenn man es ordnet.«
Kauend mustert Mama mich. »Irgendwas macht das Landleben mit dir. Du sagst plötzlich so kluge Dinge.«
Ich sehe wieder zur Einfahrt und mein Herz hüpft schneller. »Oh! Haaaaalllllloooo! Wir sind hier ooooben!«
Mama folgt meinem Blick. »Huhuuuu, hier ooooben!« Aufgeregt winkt sie.
»Fall jetzt nicht noch runter«, ermahne ich sie und winke ebenfalls. »Haaaalllooooo!«
In der Einfahrt sieht Tom sich suchend um, dann entdeckt er uns und lehnt sein Rad an den Zaun. Mit leicht verengten Augen kommt er näher. »Antonia, Alma?« Er erreicht den Kletterbaum und sieht zu uns hinauf, dann zur Leiter. »Oh. Alles gut da oben?«
»Tom, du bist die Rettung«, sagt Mama. »Antonia hat die Leiter umgestoßen.«
»Weil du mich festgehalten hast.«

»Gestreichelt habe ich dich, gestreichelt.«

Tom stellt die Leiter unter unseren herabbaumelnden Füßen auf. »Wie lange sitzt ihr denn schon da?«

»Stunden«, behauptet Mama.

Tom streckt ihr die Hand entgegen und hilft ihr auf die Leiter, die sie wackelig herunterklettert. Jetzt bewegt sie sich wirklich wie eine Siebzigjährige. »Das war ja mal ein Abenteuer.«

Vorsichtig setzte ich einen Fuß auf den obersten Tritt und klammere mich unelegant an einem Ast fest.

»Brauchst du Hilfe?«, fragt Tom.

»Nee, mir sind bloß die Beine eingeschlafen.«

»Eigentlich ist sie ganz sportlich und gelenkig«, sagt Mama. »Hat schon mit fünf mit Yoga angefangen.«

»Respekt.«

Prüfend sehe ich über die Schulter, aber Tom scheint es ernst zu meinen, auf jeden Fall kann ich nichts Gegenteiliges in seinem Gesicht festmachen. Langsam klettere ich mit kribbelnden Beinen herunter. Ich spüre Tom hinter mir und würde mich am liebsten rücklings in seine Arme fallen lassen. Offenbar kann er Gedanken lesen, denn als ich die drittletzte Stufe erreiche, hebt er mich einfach von der Leiter und setzt mich wie ein Kätzchen im Gras ab.

»Ich wollte eigentlich fragen, ob du Lust aus Freiluftkino hast.« Er sieht unsicher von mir zu Mama. Die winkt ab.

»Geht mal. Ich muss mich erst davon erholen.« Sie zeigt nach oben.

»Wirklich?«, frage ich.

»Ja, ja, ich setz mich auf die Terrasse und hör den Vögeln zu.«

»Okay.« Skeptisch mustere ich sie. »Mach aber keinen Blödsinn.«

»Ich bin deine Mutter«, sagt sie würdevoll, »nicht dein dreijähriges Kind.«

»Ja, vergesse ich manchmal.«

»Habt ihr noch Wein?«

»Ist in der Küche, aber lass was übrig.«

»Die Frau ist ein Tyrann, lass dir das gesagt sein, Tom.«

»Joa, liegt wohl in der Familie.«

Mama lacht herzhaft, ich verziehe das Gesicht. Tom lächelt mich an. »Fertig?«

»Hab ich noch Zeit zum Umziehen?«

»Klar.«

Im Weggehen drehe ich mich nochmal um. »Wohin fahren wir eigentlich?«

»Rotenburg.«

»Und was läuft?«

»Vertigo.«

»Oh, Hitchcock«, freue ich mich. »Ich liebe Hitchcock.«

Tom lächelt. »Gut. Ich auch.«

Ich gehe weiter und muss mich sehr zusammenreißen nicht kleine Freudensprünge einzubauen.

Als wir den Pferdemarkt in Rotenburg erreichen, kann ich meinen Augen kaum trauen. Statt des etwas schmucklosen, mit modernen Bauten umringten Platz, der ohne Wochenmarkt und Trubel für mich sonst ›leer‹ wirkt, begrüßen uns bunte Lampions, Liege- und Campingstühle, einige Holzbänke und Sitzsäcke zum Fläzen. Drei Imbisswagen bieten Getränke, Leckereien, so wie Fingerfood und Süßigkeiten an, ein Café am Rand des Platzes hat seine Fensterfronten geöffnet, in der eine kleine mobile Theke zum steht. Dahinter bedienen zwei junge Frauen mit Down-Syndrom. Tom bemerkt, dass mein Blick kurz an ihnen hängen bleibt.

»Martina und Jennifer«, erklärt er.

»Aus den Werken?« Die Werke sind eine Einrichtung für Menschen mit Behinderungen, Schule, Werkstätten, Therapieangebote und Ähnliches. Daher ist der Bevölkerungsanteil von Menschen mit Behinderungen ebenso wie die Toleranz diesen gegenüber in dieser Kleinstadt ungewöhnlich hoch.

»Die beiden sind die toughesten Kellnerinnen beim Epressita. Überlege dir gut, was du bestellen willst, sie haben null Verständnis für Verzögerungen.«

»Okay.«

»Übrigens das einzige Café weit und breit, das spanischen Cortado anbietet.«

»Uh«, rufe ich aus. »Nichts wie hin!«

»Sollen wir erst Plätze reservieren?«

Ich nicke und folge Tom durch die bunten Lichter durch, bis wir uns für einen Liegestuhl (er) und einen Sitzsack (ich) entscheiden. So einen wollte ich als Jugendliche immer haben. Wir werfen unsere Jacken auf die Plätze und klären kurz mit den Sitznachbarn, dass sie ein Auge auf die Sachen haben, dann schlendern wir an Popcorngerüchen und Menschentrauben vorbei zum Espressita.

»Hallo Jennifer«, grüßt Tom die kleinere der beiden Kellnerinnen.

»Und?«, fragt sie zurück.

»Zwei Cortados«, bestellt Tom.

Jenny mustert mich. »Und die kann nicht sprechen?«

»Äh, doch«, sage ich.

»Also zwei – zwei, oder jeder einen?« Jennifer zeigt zwischen uns hin und her.

»Jeder einen«, beeilen Tom und ich uns, zu sagen.

»Geht doch« nickt Jennifer und gibt die Bestellung an einen großen, schlaksigen Mann mit auffallend langem Gesicht weiter. Der marschiert strammen Schrittes auf den Tresen im Café zu und beugt sich über die Theke einer Dunkelblonden zu. Die beginnt an einer Siebträgermaschine zu hantieren.

»Kommt«, ruft der mit dem langen Gesicht in Jennifers Richtung, die einem Standbild gleich gewartet hat und sich erst jetzt wieder in Bewegung setzt. Präzise wie ein General nimmt sie die nächsten Bestellungen entgegen.

Mit den Cortados arbeiten Tom und ich uns zurück über den sich zunehmend füllenden Pferdemarkt und lassen uns auf unseren Plätzen nieder. Ich bemerke, dass unter den Zuschauern ebenfalls einige Bewohner der Werke dabei sind. Niemand starrt sie an, keiner tuschelt. Sehr sympathisch.

Wir stoßen mit unseren Tassen an und Tom sieht mir für einen Moment in die Augen. Schnell blicke ich auf meinen Löffel, mit dem ich die karamellisierte Milch heraufbefördere. »Superlecker«, murmele ich.

Über uns dämmert es, spanische Gitarrenmusik plätschert aus Lautsprechern, der süße Kaffee zergeht mir auf der Zunge und ein leichter Wind streichelt meine nackte Haut an den Armen. Versonnen schließe ich die Augen und atme durch die Nase ein. Toms Sommer-Palmen-Sonnenschein Duft weht von seiner linken Schulter, die mir ganz nah ist, herüber. Sonst hab ich es gar nicht so mit Spanien, aber diese Mischung transportiert mich an einen sehr schönen Ort. Ich geh mit dir, wohin du willst, auch bis ans Ende dieser Welt ...

Tom bewegt sich in seinem Liegestuhl und seine nackte Haut am Arm berührt kurz meine. Ich öffne die Augen und sehe ihn an. Fragend lächelt er, in meinem Kopf singt Nena.

»Was summst du?« Tom betrachtet mich interessiert.

»Summe ich?«

»Mhm«, nickt er.

»Hab ich gar nicht gemerkt«.

In den Lautsprechern knackt es kurz, dann werden die spanischen Klänge von orchestralen Tönen abgelöst. Die Scheinwerfer um den Platz werden gedimmt und vor uns erscheinen auf der Leinwand die Sterne von Paramount Pictures, die auf einen Berggipfel. Dahinter geht die Sonne auf. In mir meine eigene, die mich auf eine fast übertriebene Weise mit Glücksgefühlen überschwemmt. Ich unterdrücke den Impuls nach Toms Hand zu greifen. Er rückt wieder etwas in seinem Stuhl herum und diesmal bleibt sein nackter Ellenbogen gegen meinen gedrückt.

21

Auf der Rückfahrt sehe ich aus dem Seitenfenster in die Nacht hinaus und versuche über den Baumkronen der Birken am Straßenrand Sterne zu erkennen. Mit etwas Glück sogar eine Sternschnuppe. Dabei weiß ich gar nicht, was ich mir wünschen würde. Vor ein paar Wochen wäre das leicht gewesen: mein altes Leben zurück, Peter in meinem Bett (Peter??? Piet!!!), Afterhours im *Mikes*, eine nicht-schwangere Gretchen zum Cocktails schlürfen. Herrje, ist es das, was ich vom Leben wollte? Mit etwas Abstand kommt mir das banal vor. Auf der anderen Seite habe ich jetzt gar keine Wünsche mehr. Ist das besser oder habe ich kapituliert? Wie würde Malina das bei Manni beurteilen? Und ist es überhaupt sinnvoll mich mit einem Eber zu vergleichen?

»Möchtest du direkt nach Hause, oder ...?«

Ich wende Tom den Blick zu und schüttele den Kopf. Flüchtig sieht er zu mir rüber. »Hast du Lust, noch was zu trinken?«

»Wo?«, frage ich.

»Du hast die Auswahl zwischen Dorfkrug und einem Gin bei mir.«

»Darf ich Fotos machen?«

»Im Dorfkrug?«

»Bei dir.«

»Wenn du sie nicht im Netz veröffentlichst.«

»Deal«, sage ich.

Tom schmunzelt und biegt nach Osterlinteln ab. »Nicht, dass du enttäuscht bist.«

»Vom Gin oder deiner Inneneinrichtung?«

»Oh, der Gin ist gut, keine Sorge!«

Er parkt den Kombi vor der Garage und dreht sich zu mir. »Sag mal, was hast du eigentlich mit dem Rasentraktor angestellt?«

»Äh«, mache ich.

»Der fährt plötzlich viel flüssiger. Vorher hatte der immer so gestottert.«

»Tatsächlich?«

Tom fixiert mich. »Vielleicht sollte ich ihn auch mal in den Graben fahren, vielleicht kann er danach fliegen.«

Ich hebe beschämt die Hände an meine Wangen. »Es tut mir leid. Der Opa war schuld.«

»Werner?«

»Genau! Der Mann von Hilde. Sagt Ole zumindest.«

»Oh ja, Werner ist berühmt berüchtigt.«

Toms Zähne leuchten im Licht der Straßenlaterne.

»Es tut mir leid«, wiederhole ich. »Weil der Traktor noch ging, habe ich gehofft, dass es keiner merkt.«

Tom lehnt sich zu meinem Sitz vor, bis unsere Gesichter nah voreinander sind. »Hätt ich auch gemacht.«

Unsere Blicke verhaken sich und mir wird warm. Und dann küsst er mich. Auf eine Art, bei der ich sofort den

Sitz nach hinten kippen will, um mich hier und auf der Stelle zu ergeben. Ich taste nach dem Rädchen, das die Rücklehne bewegt.

Tom löst seine Lippen von mir. »Komm«.

Ich lasse das Rädchen los und kletter mit weichen Knien aus dem Auto. Zum Glück nimmt Tom mich in Empfang, umfasst meinen Po und hievt mich hoch. Ich umklammere ihn wie ein Koalabär seinen Eukalyptusbaum – und da fällt es mir wie Schuppen von den Augen: Eukalyptus, nicht Minze – stecke meine Nase in sein gut riechendes Haar und lasse mich ins Haus tragen. Vielleicht hat seine Tür einen Automatismus, auf jeden Fall braucht er keine drei Sekunden sie zu öffnen.

Aus den Augenwinkeln sehe ich eine weiße holzverkleidete Diele, einen dunkelbraunen, halbhohen Schubladenschrank, eine Wohnküche, dann höre ich Treppenstufen knarzen und Tom leise schnaufen und auch lachen glaube ich, aber ich atme weiter seinen Geruch ein und habe die Lider nur halboffen und fühle mich so, als hätte ich den Gin bereits getrunken und nicht nur Cortado.

Dann lande ich rücklings auf etwas Weichem und erkenne aus den Augenwinkeln, dass es sich um ein Bett handelt. Tom ist mit seinem Gesicht nahe über meinen und mustert mich mit einer Mischung aus Zärtlichkeit und Sorge. »Geht es dir gut?«, fragt er leise. Ich nicke und ziehe seinen Kopf zu mir heran. Wenn ich es vorher nie verstanden habe – jetzt kapiere ich, was der Satz ›jemanden zum Fressen gern haben‹ bedeutet. Ich möchte Tom verschlingen und erschreckenderweise fühlt sich das gar nicht verrückt an.

Stattdessen küsse ich ihn, während seine Hände über meinen Körper streichen. Und egal, wo sie sind, lösen sie die gleichen Explosionen aus wie in der Garage neulich. »You have magic hands«, flüstere ich und Tom lacht leise. »Same, same«, antwortet er. Dann entledigen wir uns unserer Kleidung, ohne ein Sekündchen zu unterbrechen, was wir sonst gerade tun und ich pfeif auf Afterhour, Hotels und all das, was ich bisher für Luxus hielt.

Vogelgezwitscher hinter einem gekippten Fenster. Leinenstoff unter der Wange. Meine Waden schauen unter der Bettdecke hervor. Ein Arm ruht auf Toms Rücken, der mit dem Gesicht abgewandt von mir liegt. Ich bin nackt. Er auch. Nehme ich an. Vorsichtig taste ich über seine warme Hüfte. Schlagartig fällt mir Piet und seine noch immer unbeantwortete Nachricht ein. Unwillig ziehe ich die Hand von Toms fester, glatter Haut zurück, beuge mich aus dem Bett und fingere aus der Gesäßtasche meiner Hose das Handy. Mit einem raschen Blick zu Tom tippe ich.

Hi Piet, entschuldige meine späte Antwort. Ich habe sehr viel zu tun zur Zeit, die Hilfsarbeiter reisen bald ab ... Ich melde mich. Au

Ich lösche die letzten zwei Zeichen weg und schreibe ›Antonia‹. Seit wann fühlt sich das so fake an?

Ich lege das Handy auf den Boden und drehe mich wieder zu Tom um. Seine gebräunten Arme schauen unter der Decke hervor, die zu den Schultern hin heller werden und dort, wo die Ärmel seiner T-Shirts anfangen, einen Abdruck haben. Ich fahre mit den Fingerspitzen über seine Haut. Er rührt sich und dreht mir den Kopf zu.

»Guten Morgen.«

»Morgen«, flüstere ich.

»Wie spät ist es?«, murmelt Tom verschlafen und mir fährt der Schreck in die Glieder. »Fuck!«

Schnell beuge ich mich wieder zum Handy. »Fuck! Fuck! Fuck! Fuck!«

Tom richtet sich auf.

»'Tschuldigung, aber ich muss sofort los, es ist schon sechs.«

»Oh, ich hab vergessen, dass du früh raus musst.«

Ich springe aus dem Bett und versuche, alles gleichzeitig anzuziehen. Tom schaut mir dabei verschlafen zu, und ich fühle mich pudelwohl unter seinem Blick.

»Soll ich mitkommen und helfen?«

Mit halb angezogenem T-Shirt und Jeans küsse ich ihn. »Alles gut, ich schaff das.«

»Du, ich müsste noch wegen etwas mit dir sprechen ...«

»Später, okay?«, antworte ich und hüpfe mit einem Ballerina am Fuß in Richtung Tür.

»Meld dich«, sagt Tom.

»Mach ich«, rufe ich und rumpel die Treppe runter. An der Haustür bekomme ich auch endlich den zweiten Schuh an den Fuß und schließe den Reißverschluss der Jeans. Jetzt aber! Ich reiße die Tür auf und renne, als hinge mein Leben davon ab, zu Rikes Hof.

Hühner überall, die kopflos umherirren, dazwischen empörtes Blöken, Bellen, Maunzen und Gerds herzzerreißendes I-aaaaa. An dem ist wirklich ein Bühnentalent verloren gegangen.

Irre gut gelaunt arbeite ich mich durch das entstandenen Chaos. Soll noch jemand sagen, Menschen brauchen Struktur – der oder die hat nie Tiere erlebt, die eine Stunde auf ihr Futter gewartet haben.

»Ja, ist ja gut«, beruhige ich nach links und rechts und verteile dabei Körner, Hafer, Heu, Katzen- und Hundefutter. Die Hühner sind ganz durcheinander, picken erst die Körner, rennen dann zu Gerd, um ihm sein Heu streitig zu machen, von dort zu Mathildas Hafer und zurück zu ihrem Futter, über das sich die Enten und Gänse hermachen. Ich tänzele zwischen ihnen herum, das Herz und den Kopf voller Musik und mit einem Lächeln von einem Ohr zum anderen.

»Tom, Tom, Tom, Tom«, summe ich vor mich hin, spüre nach, wo seine Hände waren, bilde mir ein, seine Eukalyptus-Strand-Mischung in der Nase zu haben und kann mich nicht erinnern, wann ich zuletzt so glücklich war. Vielleicht auf dem Foto mit Papa und Mama vor dem Wohnwagen. Letztere hat scheinbar einen siebten Sinn, denn sie kommt vom Haus hergeeilt. »Gott sei Dank, du bist da!«

Ich hebe fröhlich die Hand. »Moin, Mama.«

Die stutzt. »Wurdest du von Außerirdischen entführt?«

»Wieso?«

»Gute Laune am Morgen, das Benutzen des Begriffs Moin plus deine nächtliche Abwesenheit?«

»Nee, ich war ... bei Tom.«

Mama hebt die Brauen bis zum Haaransatz. »Bei Tom?«

»Jup.«

»Und was ist mit diesem Peter?«

»Das ist mein Chef«, sage ich. »Sonst nichts.«

»Aha.«

Ich greife nach Mamas Hand und drücke sie aufgeregt zusammen. Verwundert sieht sie runter, dann wieder hoch in mein Gesicht.

»Wir waren im Bett.«

Mama legt den Kopf schief. »Willst du wirklich, dass ich das weiß?«

»Nein, ich meine: BETT«, betone ich.

»Ja, das habe ich schon verstanden.« Dann geht ihr ein Licht auf. »Ah, im Bett.«

Ich nicke. Mama betrachtet mich und nimmt mich fest in den Arm. »Antonia, bist du sicher, dass das eine gute Idee ist, immerhin ist Tom Rikes Ex-Freund.«

»Ja, ich weiß und das ist ... komisch, aber ich spreche mit ihr.«

Mama nickt ebenfalls. »Bitte tu das.«

»Versprochen.«

»Hast du schon gefrühstückt?«

»Nee.«

»Dann komm, aber Kaffee musst du machen, ich komme mit diesen italienischen Dingern nicht klar.«

»Soll ich's dir zeigen?«, biete ich an. Mama stutzt wieder und legt lächelnd den Arm um meine Schulter. »Gut, dann zeig mal deiner alten Mutter, wie man Kaffee kocht.«

»Du bist nicht alt.«

»Das war ein Witz, Autri-Antonia.«

»Nee wirklich, du musst damit aufhören, Mama. Du bist in der Blüte deines Lebens. Schau dir Madonna an, die ist zehn Jahre älter und tritt noch beim Superbowl auf.«

»Hm.«

»Wirklich, das liegt ganz in deiner Hand, wie du lebst und dich fühlst.«

Lächelnd streichelt mir Mama über die Wange.

Wir gehen Arm in Arm zum Haus, gefolgt von Tusnelda, die sich nicht unzufrieden mit ihrem Frühstück zeigt.

»Ich finde, du solltest daten. Probier es doch mal mit einer Dating-App.«

»Sicher, dass es nicht doch Außerirdische waren?« »Was passt dir daran nicht?«

»Hui, ich hab ganz vergessen, wie viel du quasseln kannst, wenn du gut gelaunt bist.«

Ich bleibe stehen und sehe sie böse an.

»Okay, okay, ich lade mir eine Datingapp runter.« Mama hebt abwehrend die Hände. »Da musst du mir aber bei helfen.«

»Alles klar, erst bring ich dir Kaffee bei, dann Daten in Zeiten digitaler Devices.«

»Und dann bringst du mich zum Zug.«

»Geht erst mittags, ich muss noch ausmisten.«

Sie nickt ergeben. »Gut, ich helf dir. Hab schon länger kein Sport mehr gemacht.«

»Siehste, dann brauchst du auch keine Diät mehr.«

Sie schüttelt den Kopf. »Gott, bist du gut gelaunt, ist ja kaum zum Aushalten.«

Pünktlich um eins sind Mama und ich dabei in den Porsche steigen, als Rike auf den Hof fährt. Ich warte, bis sie ausgestiegen ist.

»Ich fahr nur kurz Alma zum Bahnhof.«

Rike schlägt ihre Autotür zu. »Kann es sein, dass es gestern ziemlich spät wurde?«

Ich versuche mich an einer Mischung aus Nicken und Kopfschütteln. Rike schaut irritiert, dann macht sie »Oh.«

Ich werfe einen Blick auf mein Handy. »Können wir später reden? Alma verpasst sonst den Zug.«

Rike schüttelt den Kopf. »Nein, da müssen wir nicht drüber reden. Das ist okay. Ich wundere mich nur, dass er so ... weit geht.«

Jetzt bin ich irritiert. Sie winkt ab. »Vergiss es. Wirklich, alles in Ordnung, Antonia.«

»Sicher?«

»Sicher!« Sie sieht zu Mama im Wagen. »Tschüss Alma, war nett mit dir gestern Abend. Bis bald.«

»Tschü-üss«, ruft meine Mutter aus dem Auto. Ich setze mich ans Steuer und fahre das Dach ein. »Was habt ihr denn gemacht?«

Mama hebt die Schultern. »Eigentlich gar nichts. Sie hat ein bisschen von dir geschwärmt, und wir haben ein Glas Wein getrunken.« Sie späht zum Landfahrzeugbetrieb, dem wir uns nähern und rutscht in ihrem Sitz nach unten.

»Mama, komm hoch, das ist albern.«

»Sagst du! Du hättest sie mal erleben sollen, an dem Morgen.«

»Was erwartest du? Sie hat dich mir ihrem Mann im Bett erwischt.«

»Nein, ich habe auf dem Sofa geschlafen. Du weißt doch, dass ich lieber alleine schlafe.«

Das stimmt, Mama hat selbst mich aus dem Bett geschmissen, weil ich ihr immer den Platz weggenommen habe, wie sie meinte und sie meine kalten Füße gestört haben, die ich zwischen ihre Beine geschoben habe.

»Warum habt ihr dann nicht behauptet, dass gar nichts lief?«

»Haben wir doch.«

»Aber?«

»Ulla ist meine Nachfolgerin. Bei Gunnar.«

»Nachfolgerin? Ach, ihr wart mal zusammen?«

»Ja, er war in Verden mit mir in der Oberstufe, bevor ich deinen Vater kennenlernte.«

»Ist aber schon lange her.«

»Eben. Aber für Ulla bin ich ein rotes Tuch, war es immer, werd es immer sein. Na ja, ist ja auch nicht nett, dass Gunnar sie ausgerechnet mit mir betrügen wollte.«

»Vielleicht steht er noch auf dich.«

»Ja.«

Ich linse zu ihr. »Und du auf ihn?«

»Ach was. Ich habe doch jetzt die Datingapp.«

Ich pruste aus. »Richtig so. Volle Auswahl.«

»Mir würde einer schon reichen.«

Ich greife zu ihrer Hand und drücke sie. Mama lächelt. »Schön, wenn es dir so gut geht, Schatz.«

»Finde ich auch«, sage ich und gebe auf der Landstraße Gas. »Und jetzt nochmal zu Rike. Sie hat von mir geschwärmt? Hat sie gekifft?«

»Als wenn, deine Schwester ist in solchen Dingen genauso prüde wie du. Auf jeden Fall ist sie froh, dass du sie unterstützt, vor allem, wenn Marco und Dunja bald wieder zur Uni müssen.«

»Ja, aber da hat sie doch gar nichts mehr von, dann bin ich doch auch wieder weg.«

»Ich hatte ehrlich gesagt den Eindruck, dass sie denkt, du bleibst länger.«

»Hä?« Mit gerunzelter Stirn werfe ich Mama einen Blick zu.

»Na ja, wer weiß, jetzt wo Tom auch eine Rolle spielt?«

»Also, das ist noch ganz frisch und wer weiß, was daraus wird. Oder überhaupt was«, wehre ich ab, obwohl Nena schon wieder anfängt zu singen. Ich geh mit dir, wohin du willst, auch bis ans Ende dieser Welt ...

Ich kann Mamas Augen auf mir spüren. Meine halte ich starr auf die Straße gerichtet. Der Fahrtwind streicht mir durch die Haare, die Sonne brennt auf meine Schultern. Am Meer am Strand, im Sonnenschein ... Schnell schalte ich das Radio an, bevor Nena mir noch über die Lippen kommt.

»Live ist life«, singt Opus und Mama macht fröhlich »Na, na, na, na, na.«

»Da, da, da, da, da life«, stimme ich mit ein und wir lachen. »Life is live!«

Ja, Life is good, und heute insbesondere. Ich sehe Mama von der Seite an, die inbrünstig mitsingt und beschließe, eine gute Tat zu vollbringen.

Nachmittags habe ich Dunja beim Unkrautjäten geholfen und danach gefühlte hundert Gläser Mirabellen-Marmelade eingekocht, da es sich bei Rikes Mirabellenbaum um ein echtes Monster handelt.

»Jedes Jahr der gleiche Mist«, schimpfte die. »Man kann keinen Meter laufen ohne den Matsch über dem ganzen Hof zu verteilen.« Was eine absolut korrekte Beobachtung ist. Der Baum lässt seine Früchte nicht einfach fallen. Wie es aussieht, holt er, wenn ihn niemand beobachtet, mit den Ästen aus und schleudert die kleinen gelben Pflaumen in alle Richtungen. Selbst in Mannis Gehege habe ich welche entdeckt, was Zauberei gleichkommt.

»Die Schlacht ist gewonnen«, verkünde ich. Am Esstisch sieht Rike vom Tischdecken auf. »Die nächste Ladung würde ich verfüttern.«

»Ich habe immer Sorge, dass die Tiere Bauchweh kriegen.«

»Meinst du nicht, die hören auf zu fressen, wenn es ihnen nicht guttut?«

Rike sieht ich mit diesen ›Yeah, right‹ Blick an.

»Okay, nicht unsere«, gebe ich zu. »Äh, deine.«

Sie stutzt und deckt weiter den Tisch.

»Rike?«

»Mhm?«

»Ist es wirklich okay mit Tom, ich meine ...«

Sie richtet sich auf. »Ich lieb ihn nicht mehr. Falls du das wissen möchtest.«

Ich nicke.

»Es gab eine Frau nach mir.«

»Nelly«, sage ich.

»Nelly«, wiederholt Rike. »Danach gab es kein Zurück mehr. Ist auch okay.«

»Hast du mit ihm, ich meine ...«

»Wir sprechen über alles.« Sie lächelt knapp. »Wie das eben so ist mit besten Freunden.«

»Okay«, sage ich und weiß nicht genau, wie ich das jetzt finde.

Es klingelt. »Machst du auf?«, fragt Rike. Einen Moment sehen wir uns an und ich frage mich, ob sie traurig aussieht, oder einfach nur erschöpft, wie die letzten drei Wochen schon, dann gehe ich zur Tür.

»Indisch.« Tom hält eine Stofftasche vor meinem Gesicht hoch.

»Hm, lecker«, sage ich. »Ich dachte schon, ich muss Marmelade essen.«

Tom tritt ein und gibt mir einen langen, intensiven Kuss, der Wellengang in meinem Bauch auslöst. Ich bin gerne bereit, auf das Essen zu verzichten, aber da höre ich Rike im Wohnraum.

»Ich hab Hunger!«

»Oh, sie erwartet dich?«, flüstere ich.

»Rief vorhin an, ob ich Lust habe zu kommen. Komisch?«

Ich schüttele schnell den Kopf. »Quatsch. Beste Freunde, ich weiß schon.«

Tom zögert kurz. »Ich muss dir noch was erzählen.«

Verwundert sehe ich in sein ernstes Gesicht. »Was Schlimmes?«

»Ich möchte nur, dass alles gut ist«, sagt er ausweichend.

Ich lächle. »Es ist alles gut.«

»Hunger!«, kommt es wieder aus dem Wohnzimmer.

Ich sehe kurz über die Schulter. »Okay, wir sprechen. Jetzt essen wir aber, bevor Grumpy Cat noch was kaputt macht.«

Tom sieht über meinen Kopf hinweg. »Ja, besser is.«

22

Obwohl heute der Weserkurier-Mensch kommt, habe ich darauf verzichtet mir mit meinem Aussehen Mühe zu geben. Erfahrungsgemäß haut das ja eh nicht hin. In gelben Gummistiefeln, Lederhose (an der nach wie vor die Fransen hängen) und meinem Chanel T-Shirt, das sündhaft teuer war und jetzt aussieht wie von der Diakonie, stehe ich kreuzigungsbereit vor dem Hof und erwarte ergeben auf die Bremer Tageszeitung. Sollen sie berichten, was sie wollen. Hauptsache, der Hof kommt gut dabei weg.

Ein roter Kleinwagen fährt auf den Hof, so unscheinbar, dass es mich fast anrührt. Daraus klettert ein dünner Hüne, mit schmalem Gesicht und beeindruckend großer Nase, der zunächst seine Gliedmaßen auseinanderfalten muss.

»Frau Taum?«, fragt er. Nickend strecke ich ihm meine Hand hin.

»Metzger«, stellt er sich vor.

»Hui, sagen Sie das nicht den Tieren«, scherze ich, was Herr Metzger seinem Gesichtsausdruck nach zu urteilen, nicht lustig findet. »Kommen Sie, ich führe Sie herum, und Sie können mir unterwegs die Fragen stellen«, schlage ich vor.

»Mhm«, macht Metzger und folgt mir zu den Ställen und Gehegen.

»Meine Schwester Rike gründete das Unternehmen 2011, als sie den Hof von ihrer Mutter, einer Tierärztin, übernahm. Seither hat sie rund einhundert Tiere aus schlechter Haltung und vor dem Tod bewahrt«, referiere ich.

»So viele?«, staunt Metzger. »Wo passen die alle hin?«

»Nun ja, viele Tiere sind ja schon alt bei ihrer Ankunft, und sogenannte Nutztiere aus der Massenhaltung haben eine wesentlich kürzere Lebensspanne als Tiere, die artgerecht gehalten werden. Eine Kuh kann beispielsweise locker zwanzig werden. In Irland soll es sogar mal ein Rind mit dem biblischen Alter von achtundvierzig gegeben haben.«

»Biblisches Alter?«, fragt Metzger, der vermutlich Ende vierzig ist.

»Biblisch für Tiere. Auf jeden Fall leben nicht alle Tiere, die hierherkommen, noch Jahrzehnte weiter und dazu kommt noch, dass viele Tiere ja sehr klein sind.«

Ich zeige zur Verdeutlichung auf Tussi, die gerade vor uns hektisch den Weg kreuzt. »Moment«, sage ich und hechte hinterher, um ihr die Puppenjacke zurechtzurücken.

»Was ist mit dem passiert?«

»Wurde in der falschen Reihenfolge behandelt.«

Fragend zieht Metzger die Brauen hoch.

»War wohl eine sehr alte Bäuerin, mit sehr schlechten Augen. Auf jeden Fall hat sie Tusnelda mit dem bereits geschlachteten Huhn verwechselt und sie bei lebendigem Leib gerupft.«

»Hat die sich nicht gewehrt?«

»Nee, die ist in Schockstarre gegangen. Sehen Sie?« Ich schnelle zu Tusnelda mit den Händen vor, die sich mit ausgebreiteten Flügeln steif macht und einen toten Blick bekommt. »Sorry, Tussi«, sage ich und weiche von dem Huhn zurück. Metzger lacht und hört sich an wie Rikes blinder Hofhund, wenn er bellt.

Ich führe den Journalisten weiter an Mannis leerem Gehege vorbei, erkläre, dass dessen Therapeutin meint, er müsse soziale Kontakte pflegen, berichte, wie Gerd sein Ohr verlor und dass das Lama sich immer versteckt und nicht checkt, dass man es sieht, wenn es einen auch sieht. Metzgers bellendes Lachen begleitet meine Ausführungen bis zur Schafweide. Erschöpft wischt er sich über die Wange. »Schon mal überlegt einen Stand-Up Gig daraus zu machen?«

Verwundert sehe ich ihn an. »Nee, wieso?«

Metzger bellt wieder. »Danke, das war herrlich.«

»Bitte.«

»Und Sie? Wie sehen Sie Ihre Arbeit hier? War ja nicht ganz freiwillig.«

»Es ist das Beste, was mir passieren konnte«, antworte ich wahrheitsgemäß. »Ich liebe meine Arbeit bei MaBuGo und ich bin überzeugt, dass MaBuGo einen wichtigen Beitrag für unser aller Leben leistet, aber die Arbeit hier ist unmittelbar und echt. Jedes Tier, das hier ein Zuhause bekommt, ist ein gerettetes Wesen und wenn man so will, ist das auch das Ziel von MaBuGo: durch nachhaltiges Wirtschaften so viele Wesen wie möglich zu retten.«

Metzger zückt sein Handy und tippt darauf herum. »Das ist doch ein schönes Schlusswort. Würden Sie das für mich wiederholen, Frau Taum?«

»Sehr gerne.« Ich beuge mich zu seinem Handy vor und sage meinen Spruch erneut auf. Piet wird zufrieden mit mir sein. Unter diesem Gedanken bemerke ich ein schlechtes Gewissen und die große Unlust Peter weiter Piet zu nennen.

Mit einer Hand voller frischer, saftiger Brombeerblätter stehe ich an Gerds Gatter und wedel mit einem guten Meter Abstand damit herum. Langsam dreht der Esel seinen Kopf und sieht in meine Richtung. Seine Nüstern blähen sich auf und ziehen sich zusammen, dann geht sogar das eine Ohr nach vorne. Zögerlich tapst Gerd mit den Vorderhufen zur Seite und sieht aus wie eine Banane auf vier Beinen. Ich schwenke die Blätter hin und her. Die Vorderhufen trippeln weiter und ziehen den Rest des Körpers mit sich. Nun außer Reichweite seiner Hinterläufe trete ich näher und strecke meine Hand aus.

Gerd spitzt seinerseits die Lippen. Nüstern auf, Nüstern zu.

»Na los, trau dich«, flüstere ich. Der Esel streckt seinen Hals länger, während ich das gleiche mit meinem Arm mache und mich dabei einbeinig im schönsten Yoga-Schwan vorstrecke. Endlich erreichen Gerds spitze Lippen die Brombeerblätter, um sie sie mir aus der Hand zu rupfen. Puh, ein kleiner Schritt für einen Menschen, ein Meilenstein in unserer Beziehung.

Zufrieden klopfe ich mir die Hände ab und schaue zu, wie Gerd sein Leckerli vertilgt.

»Lief super mit dem Weserkurier«, rufe ich Rike im Vorbeigehen zu und inspiziere unsere Vorräte. »Lust auf Butterkuchen?« Horchend hebe ich den Kopf, aber keine Reaktion meiner Schwester.

Ich finde sie auf der Terrasse stehend, wo sie gedankenverloren in die Ferne blickt.

»Hast gehört? Lief gut mit dem Metzger vom Weserkurier.«

»Wieso Metzger?«

»Weil der so heißt.«

»Echt? Schräg.«

»Ich habe ihn gebeten am Ende des Artikels einen Spendenaufruf zu starten, dafür bräuchte ich aber noch die Daten des Spendenkontos.«

Rike sieht mich verwundert an. »Gibt es nicht.«

»Wie, gibt es nicht?«

»Na, ein Spendenkonto«, antwortet sie unwirsch.

»Hä? Aber wie finanziert sich der Hof denn?«

»Kann dir doch egal sein, oder?«

Die alte Unbehaglichkeit kehrt zurück.

»Okay, und was sag ich jetzt dem Metzger? Wo zahlt Peter denn seine Spende ein?«

»Auf mein Konto.«

»Dein Privates?«, frage ich entsetzt.

»Ist ja eins bei mir, geschäftlich und privat«, zuckt Rike die Achseln.

»Ey, das musst du ganz schnell ändern. Wenn du morgen zur Bank gehst und ein Spendenkonto eröffnest, kann ich dem Metzger das noch nachreichen. Das ist eine gute Chance, Rike, und wie immer du das hier wuppst, schadet ja nicht einen Puffer zu haben, oder? Es darf nur nicht so aussehen, als wenn die Spende zweckentfremdet wird.«

Sie nickt.

»Okay«, sage ich, weil meine Halbschwester nicht gerade vor Freude sprüht. »Wie wäre es mit Butterkuchen? Ich kann schnell welchen holen.«

Rike dreht sich um und schlurft ins Haus. Ich muss dringend mit Irene sprechen, was mit ihr los ist. Oder hat es doch was mit Tom zu tun? Schon wieder kratzt mich das schlechte Gewissen.

»Machst du uns ne Tass Kaff?«, rufe ich ihr nach,

»Jo«, antwortet Rike von drinnen. Gut, dann mal los, bevor der Dorfbäcker ausgeräubert ist.

Im Geräteschuppen habe ich neulich ein altes Hollandfahrrad entdeckt, das schiebe ich nun in die Sonne, kneife in die Reifen und stelle zu meiner Zufriedenheit fest, dass beide prall gefüllt sind.

In Osterlinteln City, wie Opa sagen würde, radel ich erstmal am Bäcker vorbei, denn nicht weit entfernt ragt der Giebel von Toms Haus empor und mich befällt ein spontaner Anfall von Sehnsucht.

Vor der Garage parke ich das Fahrrad und laufe die Stufen zur Haustür hoch. Auf mein Klingeln gibt es keine Reaktion. Ich wandere um das Haus und durch den verwunschenen Garten bis zur Werkstatt. Wie beim letzten Mal steht das Tor offen, aber weder Musik noch Hämmern kommen mir entgegen, dafür ein leises Schaben.

Tom sitzt auf einem hochgeschraubten Holzhocker vor einer menschenähnlichen Figur, deren sanften Gesichtsausdruck er mit einem kleinen Meißel bearbeitet. Leise trete ich ein, um ihn nicht zu stören, und schaue einige Momente zu, wie er sanft und beharrlich winzige Schichten von den Wangen des Gesichts abträgt. Ein paar Strähnen fallen ihm in die Stirn, seine Arme sind von einem dünnen Schweißfilm bedeckt, was ihn glänzen lässt wie eine Bronzestatue. Tom pustet dem Kunstwerk den Holzstaub aus dem Gesicht und sieht auf. Bei meinem Anblick wandern seine Mundwinkel nach oben. »Hey!«

»Hi.«

Er zieht mich am T-Shirt zu sich, schlingt die Arme um meine Hüften und versenkt seine Nase in meinem Bauch. »Hm, du riechst gut«, kommt es dumpf von dort. Damit ich den Butterkuchenplan nicht über Haufen werfe, drücke ich ihn sanft weg. Fragend sieht er mich an. »Ich bin auf dem Weg zum Bäcker und das wird sonst nichts mehr.«

»Und den Bäcker hast du nicht gefunden?«

»Doch, wollt mir nur einen Kuss abholen.«

Tom gibt mir einen auf die linke Brust.

»Die Figur aus dem Traum?« Ich zeige auf die Holzskulptur.

»Mhm«, nickt er.

»Wer ist sie?«

»Ich weiß nicht genau, wie jemand, der einem etwas mitzuteilen hat.«

»Wie der Geist eines Verstorbenen oder so?«

»Eher wie etwas aus dem Unterbewusstsein. Körperlos, aber das lässt sich ja schlecht mit Holz umsetzen.« »Stimmt.« Ich sehe mich um. »Wo sind die Koalas und Kängurus hin?«

»Die hatten ausgedient. Ich hab sie hinter der Werkstatt aufgestellt und versuche ein paar zu verkaufen.« Er bemerkt meinen fragenden Blick. »Ist ganz gut, die Vergangenheit mal Vergangenheit sein zu lassen. Meint die hier auch.« Tom nickt zur neuen Holzskulptur.

Ich streiche ihm durch die verwuschelten Haare, die voller Holzstaub sind.

»Lust auf Butterkuchen?«

Er schüttelt den Kopf. »Ich mach hier lieber weiter. Aber heute Abend?«

»Butterkuchen?«

»Treffen?«

Ich nicke und gebe ihm einen Kuss auf die Nasenspitze.

»Und dann reden wir, okay? Ich muss da wirklich noch was loswerden, was mir wichtig ist.«

»Okay.«

»Autri?«

»Ja?«

»Schön, dass du da bist.«

Quietschend bleibe ich vor dem Schaufenster der Bäckerei stehen, winke Frau Kramer, die mal Herr Kramer war, aber in den 70ern den Wehrdienst verweigerte und seither als Frau lebt, zu und betrete beschwingt ihr Geschäft. Interessanterweise wird und wurde über Frau Kramer nie gelästert oder viel getuschelt, jeder weiß, dass sie mal Herr Kramer war, doch im kollektiven Schweigen beschloss man, es so hinzunehmen und nicht weiter darüber zu reden.

Ich habe Glück, in der Auslage befindet sich noch ein halbes Blech Butterkuchen und aus einer Laune beschließe ich alles zu kaufen, um Dunja und Marco zum Kaffee einzuladen.

Mit meiner Beute im Arm drehe ich mich um und pralle fast mit Ulla zusammen. »Phhhrr«, macht sie und geht in einem demonstrativ großen Bogen an mir vorbei zur Verkaufstheke.

Draußen bleibe ich an meinem Fahrrad stehen und warte, bis Ulla mit ihrem Einkauf fertig ist. Offenbar wollte sie ebenfalls Butterkuchen, denn Frau Kramer zeigt auf mich und schüttelt bedauernd den Kopf. Grimmig sieht sie durch das Schaufenster zu mir und lässt sich etwas anderes einpacken. Ich atme tief durch, fühle mich aber durch Liebe, Tier- und Zeitungserfolge gewappnet genug, um ihr gegenüberzutreten. Es wird Zeit, Ordnung in die Dinge zu bringen.

Als Ulla aus dem Laden kommt, bekomme ich dann doch kurz Angst.

»Ulla«, sage ich schnell, bevor ich den Moment verpasse. Sie bleibt stehen und dreht sich langsam zu mir um. »Für dich noch immer Frau Geiger.«

»Klar, Entschuldigung. Frau Geiger! Hätten Sie einen Moment.«

»Nein.«

»Warte! Warten Sie!«, rufe ich. »Es tut mir leid. Ich weiß, warum Sie mich nicht mögen, und glauben Sie mir, das verstehe ich voll und ganz. Immerhin war Alma ja mal ...«

Ullas Gesicht verfinstert sich.

»... und das bedeutet ja gar nichts!«, biege ich ab. »Pfh, da waren sie ja noch Kinder ... praktisch.« Ich glaube, gleich bin ich tot. Verdammt, wo ist meine Faden hin? »Was ich eigentlich sagen will ...«

»Ja, bitte komm zum Punkt!«, unterbricht mich Ulla.

»Es tut mir leid, wie rücksichtslos Alma manchmal ist. Aber ich bin anders! Von mir geht keinerlei Gefahr aus, nicht dass du das denkst, nur vorsichtshalber, und ich bitte dich, mich nicht für die Fehlleistungen meiner Mutter zu verurteilen.« War doch gar nicht so schlecht. Etwas wirr, aber ich denke, sie wird schon verstanden haben.

Ulla mustert mich. »So, so, du denkst also, das ist so einfach, hm? Einen Monat hier und schon drin in der Dorfgemeinschaft? Kannst alles geradebiegen, weil du einmal beim Quiz warst?«

»Äh, nee, aber ...«

Sie streckt das Kinn vor. »Jetzt hör mal zu. Kein Mensch will euch hier. Ich nicht, Gunnar nicht, keiner im Dorf legt Wert auf dich oder deine Schlampenmutter.«

Mit offenem Mund starre ich sie an.

»Und wenn du glaubst, dass Tom dir deinetwegen schöne Augen macht, dann empfehle ich dir mal ein Gespräch mit deiner Schwester.« Sie wendet sich zum Gehen, ich halte sie fest. »Spuck's aus, Ulla«, sage ich drohend. Sie sieht auf meine Hand an ihrem Arm. Ich lasse los.

»Er macht es für Rike. Wie immer. Am Ende kommt Gunnar immer zu mir zurück und Tom wird am Ende immer an Rike hängen bleiben.«

»Das ist Quatsch«, sage ich. »Sie liebt ihn gar nicht mehr.«

»Mhm«, macht Ulla nur bedeutungsvoll.

Ich klemme fahrig den Butterkuchen auf dem Gepäckträger fest. »Und das macht überhaupt gar keinen Sinn.« Ich schiebe das Rad los. »Was hätte sie denn davon?«

»Du bleibst, wenn die Polen weg sind.«

»Hä?«, ich sehe über die Schulter zu ihr zurück.

»Deine Schwester ist pleite. Übrigens auch etwas, das jeder weiß. Außer dir.«

»Ich hatte ehrlich gesagt den Eindruck, dass sie denkt, du bleibst länger«, höre ich Mama sagen.

Ulla schüttelt den Kopf. »Eigentlich sollte man euch dafür bedauern, wie naiv ihr durch die Welt lauft. Dich und Alma. Eigentlich, würdet ihr nicht ständig andere Ehen damit anfahren.« Sie seufzt, als wäre sie eine schwere Tasche losgeworden »Und wenn Rike fragt: Von uns kriegt sie nichts mehr. Die soll endlich mit dem

Unsinn aufhören, bevor alles weg ist. Gnadenhof. Phhhffr.«

Überrumpelt sehe ich ihr nach. Und dann taucht Rike in meinem Kopf auf: »Ich wundere mich nur, dass er so … weit geht.«

23

Was ich mir merken muss:

- ICH. BIN. HIER. NICHT. GEWOLLT.
- Ich war hier nie gewollt.
- Ich werde hier nie gewollt sein.

Benommen ist kein Ausdruck mehr für das, was sich in mir auftut. Irgendwer hat den Stecker gezogen. Es wäre ein Leichtes zu sagen ›Ulla‹ – oder für mich Frau Geiger – doch das trifft es ebenfalls nicht. Gretchen und unser Gespräch flattern mir durch den Kopf und jetzt kann ich sie nicht anrufen, weil ich verpasst habe ihr von Tom zu erzählen. Und wegen des ganzen Piet und *ich lieb mich nicht genug* Gedöns. Ich habe ihr nicht von Tom berichtet, da ich ahnte – tief in meinem Chaos-Hirn - dass Negativberichte über ihn sich tausendmal schlimmer anfühlen würden als sämtliche vorherigen gescheiterten Beziehungsversuche zusammen. Aber was habe ich erwartet? Tom ist Teil meiner Vergangenheit, die mir heute zum x-ten Mal einen Korb gegeben hat. »Keiner im Dorf legt Wert auf dich oder deiner Schlampenmutter.« Als wenn ich es nicht gewusst hätte. Nein, benommen trifft es nicht. Eher: Mit Kopf und Herz richtig lange in einen Eisbottich getaucht.

Ich lasse die Fransenhose am Boden liegen, ziehe das Blümchenkleid an, das ich fünfmal neu knöpfen muss, weil meine Finger ebenfalls taub geworden sind und lasse es am Ende schräg geknöpft. Scheißegal, Hauptsache weg hier.
Die Sporttasche erscheint mir leerer als bei der Ankunft – auch das ist nebensächlich, was immer fehlt, ich will es nicht mehr. So wenig wie alles andere, das mich an diesen Hof, meine Halbschwester, die ich ab jetzt nur noch ›Halb‹ ohne Schwester nenne, oder an Tom erinnert.

Draußen I-at Gerd, ich höre ein paar Hühner vor sich hingackern, ein Maunzen. Unten klappert wer, vermutlich die Halb, die den Kaffeetisch deckt. Ich schnappe mir die Tasche, bevor der Eisklumpen in meiner Brust anfängt zu tauen, renne die Treppe hinunter, an der offenen Küche vorbei, in die ich den Butterkuchen geschleudert habe, der nun ganz wehleidig halb vom Tisch hängt, und haste aus dem Haus. Die Tasche werfe ich auf den Rücksitz, mich vor das Steuer, rase los, ohne in den Rückspiegel zu schauen, oder einen Blick über die Schulter zu wagen. Will nicht wissen, ob die Haustür aufgeht. Ob die Halb nach draußen kommt, ob Manni auf der Weide den Kopf hebt, Tusnelda vor Aufregung ihren Mantel verliert. Ich will nicht sehen, ob der Himmel blau ist, die Sonne gelb, der Klatschmohn rot oder die Acker braun sind. Mit halbgeschlossenen Augen fahre ich durchs Dorf und drücke dem Opa die Daumen, dass er nicht ausgerechnet jetzt mit dem Seniorenmobil auf die Hauptstraße biegt, weil ich ihn sonst umfahren muss, ohne zurückzublicken.

Ab dem Bäcker verenge ich die Augen zu Schlitzen, damit mir Toms Haus erspart bleibt, und erkenne gerade noch die Straße vor mir. Mit jedem Holperer auf dem Kopfsteinpflaster springt ein Splitter von dem Eis ab, das sich bei meinem Tauchgang um das Herz gelegt hat und beim Ausfahrtschild von Osterlinteln sehe ich praktisch nichts mehr, obwohl ich die Augen wieder auf habe, aber nun schwimmt Salzwasser in ihnen herum. Halbblind und mit verkniffenem Mund rase ich die birkengesäumte Allee entlang. Fatalistisch, kindisch, zutiefst getroffen und unfassbar traurig.

Durch die bodentiefen Scheiben der Balkontür fällt das Licht der Spätnachmittagssonne in mein Wohnzimmer. Das Work-and-living steht als einsame Insel im Sonnenschein. Rechts das so wenig bestückte Ikea-Regal, links die Kommode ohne Bilder oder Nippes darauf. Sauber, kalt, charakterlos.

Ich lasse die Sporttasche los, die dumpf auf dem Parkett aufschlägt, schlurfe zum Sofa und setzte mich in den Sonnenstrahl. Die Wärme berührt mein Gesicht, ich schließe die Augen und verharre unbeweglich, wie eine von Toms Figuren. Beim Gedanken an ihn kommen mir gleich wieder die Tränen. Ich spüre seine Hände auf meinem Körper, unsere Lippen aufeinander, sehe seine

braunen Augen vor mir, in denen sich ein Schleier hebt, damit ich dahinter blicken kann. Alles Fake? Alles gespielt?
Ich taste nach meinem Handy in der Rocktasche, öffne Gretchens Kontakt, schließe ihn wieder. Was soll ich ihr schon sagen? Übrigens, es gab in der Zwischenzeit einen neuen Drama-Kandidaten? Was, du hast Schwangerschaftsübelkeit? Sorry, kein Platz für deine News, ich muss mich ausheulen.
Whatsapp zeigt fünf neue Nachrichten an. Ich lösche die App, ohne nachzusehen. Kann mir schon denken, wer es ist: die Halb, die fragt, wo ich bleibe. Vorausgesetzt, der Buschfunk hat sie noch nicht erreicht. Ich öffne einen anderen Messenger und schreibe Piet, dass ich morgen in die Firma zurückkehre, der Weserkurier-Termin gut lief und er sich keine Sorgen machen muss, wegen Image etc. Dann schalte ich das Handy ab, schleppe mich zum Eisfach, in dem auch ich immer Gin vorrätig habe, und setzte mich mit der eingefrorenen Flasche auf den möbellosen Balkon in einen Sonnenfleck. Prost auf die Eiseskälte innen und außen.

Ich nuckel den Gin direkt aus der Flasche, bis mich die Müdigkeit übermannt und ich ins Bett kriechen kann. Nein, benommen ist nicht das richtige Wort. Eher scheintot.

All the things you said, running through my head ...

Mit dem Popsong im Ohr wache ich auf. Orientierungslos sehe ich mich um. Dann fällt der Felsbrocken von der Zimmerdecke und zielgenau auf meinem Brustkorb. Nach Luft japsend setzte ich mich auf, greife mir wie eine Neunzigjährige ans Herz und schleiche einer geprügelten Hündin gleich ins Badezimmer. Duschen, eincremen, anziehen – ersetzt mich mit einem Roboter, es wird niemandem auffallen.

Im Flurspiegel sieht mir die alte Antonia entgegen, im feschen Businesskostüm und mit geföhnter Meg-Ryan-Frisur, eine Schauspielerin, die ich nur kenne, weil Harry und Sally Mamas Lieblingsfilm ist und wir ihn früher immer statt Weihnachtsfilmen anschauen mussten. Der Film stellt die Frage, ob Freundschaften zwischen Männer und Frauen möglich sind oder ihnen zwangsläufig der Sex dazwischenkommt. Wie ist das bei Ex-Paaren, die beste Freunde werden? Übertragen auf Rike und Tom fühlt es sich an, als würde jemand mein Herz mit einer Käsereibe bearbeiten.

»Schluss damit«, befehle ich dem mir fremden Spiegelbild und wähle auf dem Handy die Nummer des Taxirufs. Sieben Minuten später klingelt es an der Tür.

»Gab's 'nen Meteoriteneinschlag, der nur Taxifahrer erwischt hat, oder bist du schlicht der einzige in der Stadt?«

Fragend sieht mich Aditi durch das runtergelassene Fahrerfenster an.

»Äh, sorry, kennen wir uns?«, erwidert er mit leicht panischem Blick. Ich winke ab und setze mich in den Fond. »Zur Schlachte. MaBuGo.«

Aditi lässt den Zündschlüssel los, dreht sich um und mustert mich. »Moment mal ...«

»Du hast mich schon zweimal gefahren«, helfe ich ihm auf die Sprünge und senke den Blick auf mein Handy. Das Display ist zwar aus, aber das sieht er ja nicht. Aditi startet den Motor und schaut mich beim Losfahren durch den Rückspiegel an.

»Nach vorne gucken«, folge ich der Regieanweisung meines Déjà-vus.

»Jetzt hab' ich's! Du bist die mit dem abgebissenen Ohr.«

»Reingebissen, nicht abgebissen«, korrigiere ich und hebe zum Beweis meine Haare an.

»Echt, das sah aus wie ab.«

»Echt«, nicke ich.

»War Fake, oder was?« Wieder sieht Aditi in den Rückspiegel.

»Schau nach vorne!«

»Bist du Schauspielerin? Siehst ganz anders aus, als im Fernsehen.«

»Nee, war doch bei Boven un Beneden.«

»Alles real?«

»Isses. Alles real, voll krass«, antworte ich und sehe aus dem Fenster. Aditi schweigt.

Wir lassen das Theater am Goetheplatz hinter uns, die Kunsthalle. Rechts saust der Park vorbei, dann biegen wir links ab Richtung Weser. Hinter den Häuserzeilen verbirgt sich die Altstadt mit Gebäuden, deren Türeingänge so niedrig sind, dass man den Kopf einziehen muss. An diesen Stellen ging mir sonst das Herz auf, weil ich auf dem Weg in meine Lieblingsfirma und zu Piet war, heute sacke ich mit jedem Meter weiter in mich zusammen.

»Warum eigentlich Boven un Beneden«, fragt Aditi.

»Das heißt ›oben und unten‹ und ist plattdeutsch.«

»Ja, das weiß ich, wir haben bei meinen Großeltern früher auch platt geredet.«

Verdutzt sehe ich Aditi an.

»Mütterlicherseits. Aber warum oben und unten? Ich hätte es draußen und drinnen genannt.«

»Das ist gut«, sage ich. »Draußen und drinnen wäre ein hervorragender Name für eine Nachrichtensendung.«

Aditi linst wieder in den Rückspiegel. »Wie heißt du?«

Ich überlege und weiß nicht, was ich antworten soll. Wie heiße ich? Wer bin ich? Welcher Teil von mir macht weiter, welcher muss auf die Ersatzbank?

»Und?«, fragt Aditi.

»Autri-Antonia.«

»Wow, krass ungewöhnlich!«

»Mhm«, mache ich.

»Ist algerisch, oder? Autri?«

»Kennst du den Namen etwa?«

»Ist'n Hobby von mir. Namensforschung.«

»Und was bedeutet Aditi?«

»Das ist indisch und sowohl ein Frauen- als auch Männername. Er bedeutet frei und ungebunden.« Er lächelt.

»Das ist schön«, sage ich. Aditi stoppt das Taxi an der historischen Uferpromenade vor dem sanierten Lagerhaus, das heute MaBuGo, so wie ein veganes Fair-Trade-Restaurant beherbergt. »Neun fuffzig.«

Ich zahle und öffne die Fondtür. »Man sieht sich«, sagt Aditi und dreht den Zündschlüssel.

»Bestimmt«, antworte ich. Das Taxi fährt mit quietschenden Reifen davon. Ich stehe eine Weile herum und starre auf das Gebäude vor mir.

»Hier gehörst du hin«, flüstere ich mir zu – nur dass es sich gar nicht danach anfühlt.

24

»Antonia! Hey, wie geht's?«

»Schon wieder zurück?«

»Wir haben dich echt vermisst!«

»Heute Abend ins *Mikes*? Like in the old days?«

Lauter freundliche Gesichter auf dem Weg an den verschiedenen Workspaces vorbei zu Peters Büro. Dessen Tür steht bei meiner Ankunft weit offen und mir kommt als erstes Jessi daraus entgegen, was mir merkwürdig egal ist.

»Antonia! Willkommen zurück.« Sie lächelt mich offen an. »Ich musste noch tagelang an unseren Ausflug denken.«

»Aha«, sage ich. Sie nickt in Peters Büro. »Du wirst schon erwartet.«

Ich zwinge mir ein Lächeln ab und gehe meinem Chef entgegen, der mich mit Küsschen links und rechts begrüßt. Er deutet zur Tür, damit ich sie schließe. Peter setzt sich an seinen Schreibtisch. »Erzähl, was ist passiert?«

Um Zeit zu gewinnen, aufkeimende Gefühle und Gedanken zurückzudrängen, nehme ich betont langsam ihm gegenüber Platz. »Nichts, was MaBuGo betrifft. Familienangelegenheiten. Von Rikes Seite wird es keine Probleme geben.«

Peter hebt den Weserkurier an und legt ihn vor mir auf den Tisch. »Super Artikel.«

Fahrig greife ich nach der Zeitung, die er auf die richtige Seite gefaltet ist.

»Eine halbe Seite?« Überrascht sehe ich Peter an.

»Du hast gute Arbeit geleistet. Für uns, aber offenbar auch für deine Schwester.«

»Halb«, murmle ich und betrachte das Foto zu dem Artikel: Ich auf der Weide im Schneidersitz, Manni hockt neben mir wie ein Hündchen und blickt geradewegs in die Kamera. Im Hintergrund leicht verschwommen Schafe und Ziegen. Mein ganzes Gesicht ein einziges Strahlen.

Nur mit Mühe unterdrücke ich einen tiefen Seufzer und schiebe Peter den Artikel über den Tisch zurück.

»Willst du ihn nicht lesen?«

»Später.«

Er mustert mich. »Gehe ich richtig in der Annahme, dass du nicht weiter deine Beweggründe erörten möchtest.«

»Ich möchte mich hier einbringen. Hier gehöre ich hin.« Hoffentlich hört sich das überzeugender an, als es sich anfühlt.

Peter lächelt. »Gut. Dann freue ich mich, dich wieder in unserer Family begrüßen zu dürfen.«

Ich lächle tapfer.

»Unsere ganze Aufmerksamkeit gilt nun Personal-Energy AG, ich möchte dich in dem Team dabei haben. Jessi wird dich einweisen.«

»Prima.« Ich stehe auf.

»Antonia?«

»Hm?«

»Ist wirklich alles in Ordnung?«

»Ja, ja, absolut. Zum Glück darf ich wieder arbeiten!« Ich hebe beide Daumen und sehe selber, wie übertrieben das ist.

»Ist auf Dauer nicht so toll mit dem Dreck und den kranken Gestalten, oder?«

»Nee, echt nicht.«

Im Gang lehne ich mich an Peters Bürotür, um den Kloß runterzuschlucken. Dann atme ich durch und gehe zu meinem Schreibtisch, der so ordentlich dasteht, wie ich ihn jeden Abend verlasse und der trotz einer Abwesenheit keinen Staub angesetzt hat. Selbst die Tischpalme sieht gesund aus, obwohl ich die komplett vergessen habe. Prüfend betaste ich die leicht feuchte Erde. Hm, welcher guter Geist hat sich gekümmert? Peter wird's wohl eher nicht gewesen sein.

Ich nehme Platz und fahre den PC hoch. Das bläuliche Licht und das leise Surren erscheinen mir fremd. Der Stuhl unter meinem Hintern, der klinisch reine Tisch, die Palme – alles kommt mir vor wie die Kulisse eines längst abgespielten Theaterstücks. Automatisiert öffne ich das E-Mail-Postfach, in dem eine einzige Nachricht wartet. Stirnrunzelnd sehe ich zu Jessi, die an ihrem Platz vertieft arbeitet, und von der die Mail mit dem Betreff ›Übersicht Personal-Energy-AG‹ stammt. Ein perfekt gegliedertes Dokument öffnet sich:

Zielsetzung
Stand der Dinge
Mail- und Telefonanfragen Kalenderwoche 34
Bisherige Gespräche. Zusammenfassung
Offene Topics
Offene Fragen
Lösungsansätze

Baff starre ich auf das Dokument. Jessi hat sich die Mühe gemacht, mich praktisch minütlich in den laufenden Verhandlungsprozess mit einzubeziehen. Die Frage ist, wann? Wieder sehe ich zu ihr. Sie bemerkt meinen Blick und schaut lächelnd auf. »Danke«, formen meine Lippen stumm und alles, was sie tut, ist nicken, als sei dieser Vorgang der normalste der Welt. Mich befällt der schreckliche Gedanke, dass sie nicht die Person ist, für die ich sie hielt. Was bedeuten würde, dass ich die Zimtzicke hier an Bord bin. Mir wird etwas schummrig bei der Erkenntnis.

Ich patsche mir auf die Wangen, kneife ein paar Mal die Lider zusammen. Konzentrier dich! Scheiß Gin. Scheiß Liebeskummer. Scheißtag.

Den Vormittag verbringe ich damit, auf den aktuellen Stand zu kommen, die automatische E-Mail Weiterleitung zu löschen, was eine halbe Stunde kostete, diverse Witze mit den Inhalten ›Schweineglück‹ und ›Landeier‹ über mich ergehen zu lassen und jeden aufkommenden Gedanken an die letzten vier Woche zu unterdrücken. In regelmäßigen Abständen leuchtete mein Handy mit Anrufen auf – die meisten von Mama, zwei mit unterdrückter Nummer und drei von der Halb.

Mittags trommelt Peter alle für ein Teammeeting zusammen. Ich sitze im Konferenzraum weit von jedem abgerückt und fixiere Peter in der Hoffnung, wieder Piet in ihm zu sehen und das Herzflattern zu spüren, das sonst bei seinem Anblick einsetzte. Schöner, begehrenswerter Piet, wo bist du hin? Mein Chef spürt den Blick auf sich und lächelt in die Runde. Dabei ruhen seine Augen eine Millisekunde länger auf mir als auf den Kollegen, was rein gar nichts auslöst.

Nach der Sitzung fängt Jessi mich in der Teeküche ab, in der es nach Ingwer und Zitrone riecht, weil irgendwer sein Thai-Essen nicht weggepackt hat.

»Antonia, ist alles in Ordnung bei dir?«

Ich starre in den Kühlschrank, indem nichts von mir liegt, wie auch. Dann klappe ich die Tür zu und tue so, als suche ich einen bestimmten Tee. Jessi nickt. »Okay, sorry, wollte dir nicht zu nahetreten.«

»Nein«, sage ich in den Oberschrank hinein. Jessi stockt und ich frage mich, warum ich nicht »Ja, klar«, geantwortet habe.

Meine Kollegin tritt hinter mich, was ich spüren kann. »Ist es etwas, wobei ich helfen kann?«

Ich drehe mich um. »Warst du schon immer so nett zu mir?«

Ihre Augen wandern irritiert zur Seite und wieder zu mir. »Naja, hoffentlich.«

»Und ich. War ich auch nett?«

Diesmal schaut mich Jessi lange und direkt an. »Geht so«, sagt sie schließlich. »Aber ich dachte, dass sei wegen Peter.«

Betroffen blinzle ich. Sie hebt die Hände. »Du bist nicht die erste, die denkt, dass ich seine Affäre bin. Das dachten sogar schon seine Eltern.«

»Wieso die?«

»Weil die ein bisschen verbohrt sind und denken, dass ich Wolfram nur geheiratet habe, weil ich Peter nicht bekommen habe. Was Blödsinn ist, denn in ihn war ich nie verliebt.«

»Wolfram?«

»Peters Bruder.«

Ich klappe den Mund auf. Jessi beißt leichthin in einen Apfel. »Wir erzählen es nicht vielen, weil es dann immer heißt ›Familienbonus‹.«

Ich schüttel den Kopf. »Sowas. Peter und der Wolfram.«

Jessi lacht ihr Glockenspiel-Lachen. »Ich würde mich nicht wundern, wenn sie die beiden deswegen so genannt haben. Wie gesagt, sehr verbohrt.« Sie überlegt. »Und sehr bremisch, sehr steif und altmodisch.«

»Ich habe nicht gedacht, dass du seine Affäre bist, aber auf ihn stehst.«

»Tja, don't believe the hype. Hast du schon den Blogartikel angesehen?«

Verlegen verziehe ich den Mund. »Auch das nicht.«

Mein Blümchenkleid leuchtet in der Sonne. Mit roten Wangen strahle ich neben den Hofhunden, als hätte ich was genommen. Das Bild ist aus der Entfernung gemacht und wirkt ganz natürlich. Gerd mampft friedlich Heu. Tusnelda plustert ihr nicht vorhandenes Federkleid und sieht in dem ausgebreiteten Mantel wie ein Mini-Batman aus. Lamas Auge in Großaufnahme, im Anschnitt die wettergegerbte Bretterwand, die einen schönen Kontrast zu Lamas weißem Fell setzt. Die Fotos sind ästhetisch, anrührend und technisch 1-A umgesetzt.

Jessi stützt sich auf meinen Schreibtisch auf und sieht an mir vorbei zum Monitor. »Gefallen sie dir?«

Ich nicke, weil Reden gerade nicht geht.

»Schön.« Sie zeigt auf Tusnelda. »Ach schau nur, das Arme. So süß mit dem Mantel.«

»Hm«, presse ich hervor.

»Ich würde die ja wahnsinnig vermissen. Ich liebe Tiere!« Versonnen stützt sie ihr Kinn in die linke Hand. Der Verlobungsring mit dem Brillanten funkelt im Deckenlicht. »Was hat dir am besten gefallen?«

Ich räuspere mich. »Ich glaube, dass sie sich jeden Tag so gefreut haben, mich zu sehen. Eigentlich ihr Essen, ist klar, aber es ist leicht, sich vorzustellen, sie würden einen persönlich mögen. Rike sagt ...« Ich beiße mir auf die Lippen. Jessi mustert mich aufmerksam.

»Deine ...«

»Meine Halb, ja«, unterbreche ich sie.

Jessi lacht auf. »Deine Halb?«

»Sie sagt, mit jedem Tier kommt mehr Liebe hinzu. Und sie hat Recht. Da ist ganz schön viel Liebe unterwegs«, erkläre ich schnell. »Hört sich an, als würdest du es vermissen.« Ich strecke den Rücken durch, bis er knackst. Wahnsinn, ein Tag Büro und sofort wieder krumm. »Ist gut wieder hier zu sein. Privatleben, Afterhours, feiern, coole Kollegen!« Mühsam ziehe ich die Mundwinkel hoch. »Yeah!« Jessi hält mir die Hand zum Abklatschen hin. Mein Einschlagen klingt lasch und falsch.

Ein am Platz heruntergeschlungenes Mittagessen aus dem Veganrestaurant und einen sich nervtötend lang hinziehenden Nachmittag später, fahre ich den Computer herunter. Vorwurfsvoll liegt mein Handy mit dem Display nach unten auf dem Schreibtisch. Ich drehe es zögerlich um und aktiviere den Bildschirm. Fünfzehn Anrufe in Abwesenheit. Mit klopfendem Herzen schaue ich auf das Telefon. Wenn Tom angerufen hat, weiß ich nicht, was ich tun soll. Hat er es nicht getan, werde ich mich noch elender fühlen. Es gibt keine gute Lösung, deswegen presse ich den Daumen auf den Homebutton. »Siri, lösche alle entgangenen Anrufe.« Die Handyassistentin informiert mich, dass sie meiner Eingabe folgt, dann macht es Pling und die Anrufe sind weg. So ist es besser. Ich wähle Mamas Nummer, bevor die einen Suchtrupp losschickt.

»Na endlich«

»Sorry, konnte nicht eher anrufen, bin im Büro.«

Ich male kleine Achten auf meinen Notizblock, traurige Smileys, Hunde mit hängenden Ohren.

»Rike hat bei mir angerufen.«

»Ich will nicht drüber reden.«

»Ulla ist eine bie ...«

»NICHT. REDEN!«

Ich höre, wie sie den Mund zuklappt. Mama ist in allen Situationen bigger than life, selbst beim Schweigen.

»Soll ich kommen?«, fragt sie vorsichtig.

»Nein. Ich wollte dir nur Bescheid geben, dass ich nicht vom Balkon springe.«

Sie atmet geräuschvoll ein. Sicher wappnet sie sich für eine Motivationsrede a la Osho ›bleib bei dir, atme weiter, der Schmerz löst sich auf, wenn du ihn zulässt‹, so etwas in die Richtung.

»Tschüss.« Ich lege auf, bevor sie beginnen kann. Netter geht heute nicht. Dann sitze ich da mit heruntergezogenen Schultern und hängendem Kopf, denn es ist anstrengend den oben zu halten. Mama rollte sich bei Liebeskummer immer ein. Auf Sofas, Betten, Matratzen am Boden – je nachdem, in welcher Lebensphase wir uns gerade befanden. Ich war fünf, als mein Vater ging und Mama sich wahlweise im Wohnwagen, auf einem Liegestuhl im Garten oder auf Opas und Omas Couch einrollte. Wochenlang war ihr Gesicht zwischen Armbeuge und Knie verborgen, ihre blonden, langen Haare verteilten sich um ihren Kopf wie dicke Wollfäden. Ich schlich in der Zeit um sie herum, als sieche sie an einer Krankheit dahin, die durch meine Anwesenheit beschleunigt wird. Als ich älter wurde, verließ ich augenblicklich die Wohnung, wenn Mama sich irgendwo zusammengerollt hatte. Jetzt kriege ich Kopf und Schultern nicht nach oben und verstehe, was sie fühlte.

Peter kommt aus seinem Büro, schaut sich in unserem leeren Workspace um. Fragend sehe ich ihn an. Er fixiert mich durch den Raum hinweg. »Hast du heute schon Pläne?«

»Mhm«, verneine ich.

»Prima, ich schicke dir die Infos auf's Handy.« Sagt's und verschwindet wieder in seinem Büro. Drei Sekunden später erscheint seine Nachricht im Messenger.

Bin gespannt auf dein Outfit!

Dazu der Standort des Parkhotels.

25

Ich laufe vom Bahnhof aus zu Fuß, vorbei auf den großen, gepflasterten Platz, der zweimal jährlich den Rummel beherbergt. Dabei versuche ich mich daran zu erfreuen, dass Sommer in ›meiner Stadt‹ ist und ich auf dem Weg zu einem offiziellen Date mit dem Mann bin, der seit einem halben Jahr die Hauptrolle in meinen erotischen Träumen spielt. Leider ist Selbstbelügen auch nicht mehr das, was es mal war. Die Gefühle für Piet sind futsch, genauso wie Piet futsch und stattdessen nur ein Peter übrig ist, der mein Chef ist und einen Bruder mit noch altmodischerem Namen hat. Der Grund dafür, dass ich dennoch zur Verabredung gehe: ein eisernes Restfünkchen Hoffnung, dass ein Candle-Light-Dinner und die blauen oder grünen Augen meines Chefs das Ruder herumreißen und die letzten vier Wochen wie ein wirrer Traum verblassen.

Peter ist bereits an einem eingedeckten Tisch des Hotelrestaurants platziert und erhebt sich mit einem charmanten Lächeln. Das erlischt gleich wieder, als sein Blick an meinem Outfit entlanggleitet.

»Wo sind die Gummistiefel?«

Ich sehe auf meine schönen, hochhackigen Stiefeletten aus Wildleder. »Äh...«

»Versteh mich nicht falsch, du siehst sehr hübsch aus, aber ich dachte, du, ich, Blümchenkleid und Gummistiefel...?« In seinen Augen sehe ich Hoffnung.

»Im Parkhotel?!«

»Hat doch was ländliches«, lächelt Piet.

»Naja«, sage ich und sehe mich im Speisesaal um, der eher an ein Schloss als an Landleben erinnert. »Lädst du mich ein?«, scherze ich.

»Wenn du nur Salat isst.«

»Oh. Ja, äh, klar.«

»War ein Witz«, grinst Peter.

»Ach gut, ha, ha«, bemühe ich mich um Leichtigkeit. Er rückt mir gentlemanlike den schweren dunklen Holzstuhl mit gepolsterter Sitzfläche zurecht. Sehr elegant alles hier, so wie Peter.

»Ich hoffe, du hast Hunger?«

»Sehr«, sage ich, obwohl ich null Appetit habe. Wenn ich gut genug mitspiele, folgen die Gefühle mit etwas Glück. Das machen Schauspieler doch auch so oder? Erstmal so tun als ob und dann zack: Romeo, oh Romeo!

Ein Kellner schleicht heran, überreicht die Karten und tippelt auf Zehenspitzen wieder davon. Um uns leises Gemurmel. Ob es ein Echo gibt, wenn in diesem Raum laut gesprochen wird? Bei guter Laune würde ich es austesten.

»Erzähl, wie erging es dir seit meinem und Jessis Besuch?«

Ich falte meine Serviette auf und zu. Ich habe die Nacht meines Lebens gehabt. Auffalten, zufalten. Mich unsterblich verliebt. Auf, zu. Freiheit gespürt und Zusammengehörigkeit. Meine Hände knüllen die Serviette zusammen.

»Manni ist abgehauen und Gerd beißt nicht mehr.«

»Manni?«

»Der Eber.«

»Ach ja. Und wieder aufgetaucht?«

Ich nicke. »Und dann natürlich noch der Besuch vom Weserkurier.« Peter lächelt zerknirscht. »Oh je, das hört sich nach einem langweiligen Leben an.«

Ich zupfe Tussi das Mäntelchen zurecht. Gewinne beim Quizabend. Meditiere auf dem Rasentraktor. Auf dem Pferdemarkt fliegen mir die Paramount-Sterne entgegen. Nena singt, und Opus und Tom in der Werkstatt. Ich liege im Bett. Nackt. Verwundbar. Unbesiegbar.

»Und bei euch so?«, frage ich zurück.

Auf Peters Gesicht breitet sich ein Strahlen aus, das er versucht, in eine bescheidene Miene zurückzudrängen. Er lehnt sich im Stuhl zurück und hebt die Hände. »Ehrlich gesagt ... seit ich den Deal mit Heralds Inc. eingefädelt habe, können wir uns vor Anfragen kaum retten.«

»Du und ich«, sage ich. »Das waren wir beide.«

Sein Blick wird um einige Grade kühler. »Du hast mitgearbeitet,ja, zu Ende geführt haben es allerdings ich und Jessi.«

»Weil du mich weggeschickt hast.«

»Du erinnerst dich hoffentlich noch daran, warum?« Peter taxiert mich. Sein Mund hat tatsächlich einen harten Zug.

»Oh ja. Ich hatte mit meinem Chef ein Businessmeeting, bei dem wir die Unterlagen durchgesprochen haben, die ich in wochenlanger Vorarbeit zusammengetragen habe.«

»Du meinst den Abend, bevor du meinen Porsche geschrottet hast?«

»Genau der.«

Stöhnend lehnt sich er in seinem Stuhl zurück. Der Kellner nähert sich, Peter kuscht ihn mit der Hand weg, bevor er unseren Tisch erreicht.

»Was willst du hören, Antonia?«

»Nur, dass du meinen Anteil anerkennst.«

»Tu ich.« Er ringt sich ein Lächeln ab und gibt dem Kellner ein Zeichen zurückzukommen. Ungefragt bestellt er für uns beide einen Aperitif. Der Kellner schleicht wieder lautlos von dannen. Ich fühle mich fehl am Platz mit diesen leisen Menschen und schweren Polstermöbeln um mich herum.

Peter sucht meinen Blick. »Lass uns nicht darüber streiten, okay.«

»Okay«, nicke ich.

»Ich bin dir sehr dankbar für deinen Einsatz in Neverland.«

»Neverland?«

»Der verlorene Ort?« Peter lacht etwas.

»Versteh ich nicht.«

»Na ja ist ja eher im Hobbybereich, was da läuft, oder? Ich fand, dass es im Internet einen besseren Eindruck macht. Kam mir live etwas ... runtergekommen aus.«

»Ist es nicht.«

Der Kellner bringt unsere Getränke. Ich probiere und schmecke Anis.

Lakritzschnecken am Badesee. Mama triefend nass im Bikini und mit einem Lächeln von hier bis zur Sonne. Omas Butterkuchen auf der Terrasse. Wir sausen über die kleine Brücke, im Magen kribbelt es. Mit Rike und Ruben auf dem Baum, wir lachen. Die Holperstraße durch Osterlintel. Sonnenlicht bricht hinter lindgrünen Birkenblättern hindurch.

»Erzähl mal von den Anfragen«, bitte ich.

»Top Firmen, viel Geld, eine Menge Prestige. Wir wachsen.«

»Und kann MaBuGo das stemmen?« Nicht zuletzt retten wir viele Firmen deswegen, weil sie zu schnell gewachsen sind und auf dem Weg sämtliche Rücksicht über Bord geworfen haben.

»Wir brauchen mehr Personal, so viel ist klar. Weg vom Nischendenken hin zum Großen.« Peter ist in seinem

Element. Die Augen leuchten und seine Hände formen die Welt von morgen. »Wir bringen wirkliche Veränderungen, Antonia. Vergiss Greta Thunberg, das Potsdam Institut, vergiss Greenpeace! Das, was wir tun, bringt den Change!« Er langt über den Tisch und tätschelt meine Hand, die auf dem blütenweißen Tischtuch liegt. Ohne Chemie sieht die nicht so aus.

»Wow«, sage ich.

»Cheers.« Peter hebt sein Glas. »Auf uns.«

Ich ziehe die Mundwinkel hoch und proste ihm zu.

»Schön, dass du wieder da bist. Und sorry, dass ich dich zwischenzeitlich im Schweinemist parken musste.« Er lacht. Ich nicht. Sein Mund steht weit offen. Was für kleine Zähne er hat, ist mir noch nie aufgefallen.

»Welche Augenfarbe hast du eigentlich?«

Peter lehnt sich über den Tisch und reißt die Augen weit auf. »Grau, wie ein Wolf.«

»Oh ja, jetzt seh ich's.« Ich stürze meinen Pastis runter und stehe auf. »Tut mir leid, Peter, aber ich merke gerade, dass du nicht mehr Piet wirst und ich nicht die Welt retten möchte. Auf jeden Fall nicht so wie du.«

Sein Lachen weicht Verblüffung. »Ähm...«

»Ich gehe jetzt. Die Kündigung kommt per Post, ist ja noch Probezeit.« Ich werfe die fünfmal auf und zu gefaltete Serviette auf den Tisch und drehe mich um, bevor Peter begreift.

26

Die dunkle Landstraße liegt verlassen vor mir. Im fahlen Mondlicht leuchten die weißen Stämme der Birken, die rechts und links die Straße säumen. Als ich in der vierten Klasse diese Allee im Kunstunterricht malte, lachte meine Lehrerin und sagte, das sei ›naive‹ Kunst.

Das Dach des Cabrios ist geschlossen. Die Tage werden langsam kürzer und die lauen Sommernächte von frischeren Abenden abgelöst, die einen Hauch des Herbstes in sich tragen. Ich schleiche dahin, weil dies die Zeit des Rehwechsels ist und ich weder diese noch Hasen oder Füchse umbringen möchte. Der Wagen holpert über den unebenen Asphalt, der über die Jahre von den darunterliegenden Baumwurzeln aufgeworfen wurde. Niemand kümmert sich darum, die Straße zu glätten oder die Wurzeln in ihre Schranken zu weisen, und ich finde das wunderbar. In mir erwacht ein Gefühl – nein, wenn ich ehrlich bin, blinzelt es bereits seit einem Monat schüchtern ins Morgenlicht – das ich sehr lange, sehr tief vergraben habe: Hier komme ich her. Die Landschaft, die Sprache und letztlich die Menschen haben mir einen Stempel aufgedrückt, ob es mir gefällt oder nicht. Das Verleugnen hat mich nicht glücklich gemacht. Es war nur eine andere Box, in die ich reingekrochen bin und über deren Rand ich nicht geschaut habe.

Vor mir eröffnen sich zwei Möglichkeiten, nach Osterlinteln zufahren: Rechts abbiegen und den Kreisel nehmen, oder geradeaus am Friedhof vorbei und dort den Kreisel nehmen. Anfangs haben Mama und ich uns darüber lustig gemacht, dass an jeder winzigen Kreuzung Kreisel entstanden, wo doch höchsten fünfzig Autos am Tag vorbeikommen.
Ich biege nach rechts Richtung ›großen‹ Verkehrskreisel, der sagenhafte vier Ausfahrten aufzuweisen hat. Eine führt zum Sportplatz und Vereinsheim, eine zum Einkaufsparadies, in dem Oma mich je im Frühjahr und Herbst neu einkleidete, und das mit einem Bauchladen begann, wie die Alten gerne erzählen und jeder im Umkreis von dreißig Kilometern weiß.

An der dritten Ausfahrt fahre ich auf die Hauptstraße. Im Dorfkrug brennt Licht. Vor dem Eingang rauchen zwei Jugendliche. Unwillkürlich frage ich mich, ob Tom drinnen ist und gebe etwas Gas. Im Rückspiegel sehe ich, dass die Teenies mir nachschauen. Der Teer wird von den Pflastersteinen abgelöst. Ich rumple auf Rikes Hof zu, dessen Fenster alle dunkel sind und halte mit flatterndem Herzen vor dem Eingang.

Nach dreimaligen Klingeln geht im Haus Licht an. Auf der Treppe sind Schritte zu hören. Ein Vorhang wird zur Seite geschoben, dann öffnet sich die Tür. Rike trägt einen Bademantel, ihre Locken stehen ungezähmt vom Kopf ab, unter ihren Augen hat sie Schatten. Wir starren uns ein paar Sekunden an, dann tritt sie zur Seite. Ich gehe an ihr vorbei in die Diele, sie schließt sanft die Tür und folgt mir in den Wohnraum. Fröstelnd reibt sie sich die Arme. »Möchtest du etwas trinken?«

»Wasser.«

Sie nickt.

Ich höre in der Küche den Hahn laufen. Kurz darauf kehrt Rike mit einer Karaffe und zwei Gläsern zurück. Sie setzt sich an den Esstisch, ich lasse mich auf meiner Lieblingsbank auf dem Schafsfell nieder.

»Antonia, ich ...«, beginnt sie.

»Darum bin ich nicht hier«, fahre ich dazwischen.

»Warum dann?«, fragt sie unsicher.

»Ich habe heute verstanden, dass ich nicht die Welt retten kann.«

Rike runzelt die Stirn.

»Aber das hier schon.«

Sie senkt den Blick, räuspert sich, schaut wieder auf. »Das war eine saudumme Idee von mir.«

»Ich meinte damit nicht, dass ich dir hier wieder den Knecht mache.« Jetzt zieht es doch in der Brust, dabei habe ich mir vorgenommen sie nicht zu verurteilen.

Verlegen fährt sich Rike über die Lippen. »Ich fürchte, fürs Retten ist es zu spät.«

»Du hast verkauft?«, frage ich erschrocken.

»Was? Nein! Allerdings, wenn ich nicht ...«

»Du darfst auf keinen Fall verkaufen!«

»Was soll ich denn hier ohne die Tiere? Und der Gnadenhof ist definitiv nicht mehr haltbar.«

»Wie hast du das bisher finanziert?«

»Mein Erbe. Mütterlicherseits. Ruben und ich haben von Irenes Eltern geerbt.«

»Du hast nur mit Rücklagen gearbeitet?«, frage ich fassungslos. »Hast du nicht durchgerechnet, wie lange das funkzioniert?«

»Ich dachte, irgendwo kommt's schon rein. Besucher oder so.«

Ich atme durch. »Okay. Das ist krass. Wieviel ist noch da?«

Sie hebt die Schultern. »Etwa 5000?«

Ich beschließe, nicht zu fragen, von wie viel, sonst überleg' ich es mir noch anders.

»Ich brauche alle Unterlagen der letzten zehn Jahre. Ausgaben, Futter- und Unterhaltskosten, Schenkungen, Gehaltsabrechnungen für die Hilfsarbeiter – Bankverbindlichkeiten, Kredite ...«

Sie schüttelt den Kopf. »Habe ich nicht. Kredite.«

»Das ist doch schon mal gut.«

Sie nickt. »Ich suche dir morgen alles raus.«

»Jetzt.«

Sie starrt mich an, steht auf und verschwindet. Ich gehe in die Küche und koche mir Kaffee.

Mit einer Kiste Heftordner kehrt Rike zurück. Auf dem Herd zischt die Espressomaschine. »Ich hol schon«, sagt sie und geht. Zehn Minuten später habe die Ordner nach Jahren sortiert vor mir ausgebreitet und Rike bringt ein Tablett mit Schnitten und Kaffee.

»Danke.«

»Kann ich helfen?«

»Mhm, geh ins Bett. Wenn ich Fragen habe, notiere ich sie. Du bekommst im Anschluss Hausaufgaben.«

Sie nickt und steht weiter neben dem Tisch. Ich nehme mir den Hefter mit der Jahreszahl 2011 vor und ignoriere sie.

»Er ist total fertig wegen dir.«

Ich schlage den Hefter auf.

»So was kann der gar nicht spielen.«

Unter dem Tisch ziehe ich meine Tasche hervor und hole den Laptop heraus.

»Ich habe ihn gebeten, sich um dich zu kümmern. Die Gefühle kamen von alleine.«

Ich versuche, die Informationen zu verarbeiten, aber mein waidwundes Herz schlägt sie störrisch zurück, deswegen starre ich auf den Laptopbildschirm.

»Okay. Gute Nacht. Danke.« Rike wendet sich ab. Schritte durchs Wohnzimmer, in der Diele, auf der Treppe. Oben klappt eine Tür auf und zu. Ich betrachte das Titelblatt des 2011er Hefters, der mit floralem Muster liebevoll verziert ist. Dieses Zeichen der

Vorfreude rührt mich. Ich begutachte die anderen Ordner. Mit jedem Jahr werden die Umschläge neutraler und je aktueller, umso verschlissener sehen sie aus. Na, dann mal los.

Um 4:45 Uhr schließe ich den letzten Ordner, strecke die Arme über den Kopf aus und rolle mich dann auf dem Schafsfell zusammen. Im Obergeschoß klappert es. Wasser plätschert. Draußen zwitschern Vögel. Kann sie noch immer nicht auseinanderhalten. Im Stall kräht der Hahn. Langsam döse ich über die Alltagsgeräusche hinweg. Schritte kommen die Treppe herab, nähern sich. Eine Decke beschwert meine Beine. Ich öffne blinzelnd die Augen.

»'Tschuldigung, wollte dich nicht wecken.«

»Schon gut.« Gähnend setze ich mich auf. Rikes Blick gleitet über die geordneten Hefter, zwei Blätter, die Kaffeetasse und meinem Laptop.

»Bist du schon aufnahmebereit?«, frage ich.

»Ich mach' erst Kaffee.«

Nickend und abermals gähnend lege ich mich wieder hin und dämmere weg, bis Rike mit einem dampfenden Becher zurückkehrt. Ernst setzt sie sich mir gegenüber. Ich hebe die zwei Blätter vom Tisch und reiche ihr eins. »Dies ist eine Liste aller in Frage kommenden Stiftungen. Du rufst die durch und vereinbarst Termine.« Ich gebe Rike das zweite Blatt. »Dies sind mögliche Kreditgeber.

Ich schlage vor ein halbes Jahr zwischenfinanzieren zu lassen, bis das neue Konzept greift. Ich helfe dir die Unterlagen zusammenzustellen.«

»Neues Konzept?« Erstaunt hebt Rike den Blick von den Blättern.

»Ich habe drei Vorschläge erarbeitet, die wir heute Abend zusammen durchgehen. Sobald du dich entschieden hast, müssen wir die Änderungen angehen. Zeit ist jetzt alles.«

Baff sieht mich Rike an. »Das ist ...« Sie schüttelt den Kopf. »... unglaublich.«

Ich hebe die Schultern. »Wenn ich eins kann, dann Unternehmen umstrukturieren und sanieren. Ach ja, mein Honorar beträgt fünfzehn Prozent der Einnahmen.«

Rike lacht schnaubend. »Unglaublich!«

Er öffnet mit einer 90-iger-Jahre-Sonnenbrille auf der Nase: blickdichte Gläser, neonorange Bügel. Widerwillens muss ich schmunzeln. »Schick.«

Tom klappt den Mund auf. »Autri!« Er stockt. »Antonia?« Dann weiß er nicht weiter und wir stehen ein paar Sekunden wie eingefroren voreinander.

»Willst du nicht die Sonnenbrille abnehmen?«, frage ich. Tom zögert einen Moment, dann nimmt er sie ab und sieht mich aus geröteten Augen an.

»Oh,«, sage ich. »Du siehst aus, wie ich mich fühle.«

Er lächelt unsicher. »Ich bin froh, dass du gekommen bist.«

»Das war richtig scheiße. Ich war nackt. Und in deinem Bett. Da war Nähe!«

»Es tut mir leid ...«

»Und jetzt weiß ich gar nicht, was ich denken soll«, unterbreche ich ihn, seufze laut und verschränke die Arme. Toms braune Augen ruhen abwartend auf mir.

»War es das, worüber du mit mir sprechen wolltest?«

Er nickt.

»Was hättest du gesagt?«

Tom späht über meine Schulter. »Möchtest du nicht reinkommen?«

»Nein.«

»Darf ich meine Sonnenbrille wieder aufsetzen?«

Ich schüttele den Kopf. Er seufzt, aber nicht verärgert, eher ergeben.

»Ich hätte dir erzählt, dass Rike mich bat dir das Landleben schmackhaft zu machen. Damit du die vollen drei Monate bleibst. Sie wusste, dass du dich nicht wohl fühlst und die erste Gelegenheit ergreifst, nach Bremen zurückzukehren. Sie hatte gehofft Zeit zu gewinnen, noch drei Jobs mehr annehmen, eine Lösung finden ... ich weiß es nicht. Es war von Anfang an eine unsinnige Idee, aber sie war ... ist so verzweifelt.«

Er senkt den Kopf. »Wirklich gesagt, dachte ich mir erstmal nichts dabei. Ich fand dich von Anfang an toll und hatte dich gerne um mich. Und mit Auftrag von Rike, musste ich nicht einmal ein schlechtes Gewissen haben.«

»Warum solltest du?«

Tom zögert. »Seit Rike und ich auseinander sind, ist sie allein. Nicht durchgehend, aber die meiste Zeit. Ich habe das Gefühl, dass es meine Schuld ist. Dass ich etwas grundlegend kaputt gemacht habe.«

»Vielleicht gibst du dir zu viel Credit?«

»Vielleicht. Wahrscheinlich«, nickt er. »Auf jeden Fall wurde dann alles so ... intensiv und mir war klar, dass halb Osterlinteln Bescheid weiß, dass Rike mich beauftragt hat, weil alle immer alles wissen, oder es zumindest glauben ...« Hilflos hebt er die Schultern und seufzt so laut wie ich zuvor. Seine Haare sind zerzaust und erst jetzt bemerke ich, dass er nur eine Pyjamahose anhat, an der er Taschen zu vermuten scheint, denn seine Hände tasten unruhig an seinen Lenden herum. Er bemerkt meinen Blick und lässt die Arme hängen. »Ich leide wie ein Hund.«

Und diesmal erreicht mich die Info und dringt zielsicher in mein Herz ein.

»Und Gerd erst«, fügt er hinzu.

»Das will ich auch hoffen.«

Unsicher sieht Tom mich an. Ich strecke mich auf die Zehenspitzen, ziehe sein Gesicht zu mir herunter und küsse ihn, bis ich keine Luft mehr bekomme.

Was ich mir merken muss:

- Die einzigen, die uns in falsche Leben zwingen, sind wir selbst.

EPILOG

Sechs Monate später.

Rike klopft mir mitfühlend auf die Schulter. »Nimm's nicht persönlich. So sind Männer nun einmal.«

Das ist nicht wirklich ein Trost, wenn man so zurückgewiesen wurde, wie ich gerade. Mühsam löse ich meinen Blick von Manni, der sich zufrieden schnaubend an Helene drückt, eine von Rikes vier Schülerinnen, die zur Zeit ihr Landwirtschaftspraktikum hier absolvieren. Mich hat der Eber komplett vergessen und diesmal liegt es nicht an seiner Demenz.

Von den Schafen und Ziegen, mit denen Manni jetzt zusammen einen Stall und ein Gehege bewohnt, steigen kleine Atemwölkchen aus den Mäulern. Die neue Umgebung bewirkt bei dem Eber wahre Wunder. Kein Wand anstarren mehr, kein Türgestupse, wo keine Tür.

Der Eber ist glücklich und wie es aussieht obendrein noch verliebt.

Das Objekt seiner Begierde kichert. »Der ist soooo süß! Am liebsten würde ich ihn nach dem Praktikum mit nach Hause nehmen.«

Ich sehe Rike bedeutungsvoll an, bis bei ihr der Groschen fällt. Ihr Geschäftssinn lässt immer noch zu wünschen übrig, aber jetzt hat sie ja mich.

Meine Halbschwester räuspert sich. »Ähm ja, nach Hause nehmen geht leider nicht. Aber du könntest mit deiner Familie, falls ihr das möchtet...« Hilfesuchend blickt sie mich an, ich nicke aufmunternd. »...mit einem Monatsbeitrag eine Patentschaft übernehmen.«

»Was iss'n das?«, fragt Helene.

»Von dem Geld der Patenschaft wird dann zum Beispiel sein Futter gekauft, oder seine Therapiestunden finanziert.«

»Dann gehört er mir?«

»Naja, du wärest zumindest seine Patin, dass ist ein bisschen ähnlich, nur das er hier auf dem Hof wohnen bleibt.«

»Aber ich kann ihn dann besuchen?«

»Jederzeit. Du kannst mit ihm spazieren gehen, mithelfen, füttern. Und dein Name kommt hier an die Stalltür zu den Paten der anderen Tiere.« Rike zeigt dem vierzehnjährigen Mädchen die anderen vier Plaketten.

»Cool, ich frag mal meine Eltern.« Sie massiert Manni den Nacken, was er mit halbgeschlossenen Augen genießt. »Dann hätte ich mein eigenes Schwein. Wie Miley Cyrus.«

Rike wiegt den Kopf. »Ja so ungefähr.«

Ich zeige ihr hinter Helenes Rücken den hochgereckten Daumen. Langsam kommen die verschiedenen Säulen des neuen Konzepts zum Tragen und meine Halbschwester sieht wieder aus wie ein Mensch und nicht wie ein Zombi, seit sie das frühmorgendliche Kellnern sein lassen kann.

Rike schiebt zufrieden ihre Hände in die Parka-Taschen und wendet sich um. »Hey!«, ruft sie aus und marschiert im Stechschritt aus dem Stall auf zwei von Helenes Klassenkameraden zu. Die haben entdeckt, wie man Hühner in Schreckstarre versetzt: Schnell nach vorne und unten hechten und die Arme wie eine Schere zusammenklappen. Beim Anblick von Rike verfallen auch die beiden Jungs in Schockfreeze.

»Mann, Mann, Mann, feinfühlig wie Quallen«, motzt sie. Helene und ich grinsen uns an.

»Kann ganz schön streng sein, oder?«, frage ich.

»Ja, aber auch voll lieb.«

Ich nicke zu Manni. »Pass gut auf ihn auf, ja?«

»Mach ich.«

»Und immer das Tor schließen.«

Okay, der war für mich, aber sicher schadet es dem Mädchen nicht.

Vor dem Stall ziehe ich mir die Mütze weiter ins Gesicht und klappe den Mantelkragen gegen den Schneeregen hoch. Ein furchtbares Wetter für einen Geburtstag, aber dafür kann der kleine Karl ja nichts.

»Ich fahr dann«, rufe ich Rike zu. Die hält mit erhobenem Zeigefinger, mit dem sie gerade vor den Gesichtern der Jungs herumgefuchtelt hat, inne. »Grüß Gretchen, Sven und das Baby.«

Ich winke und tippe auf dem Weg zum Auto eine Nachricht in mein Handy.

Bin in fünf Minuten da.

Am Porsche angekommen, muss ich die Mitteilung revidieren.

20 Minuten.

Stöhnend beginne ich die Scheiben frei zu kratzen, die sowohl außen, als auch innen zugefroren sind. Von wegen Luxus. Aber jetzt, wo er mit Gas fährt, mag ich ihn nicht mehr verkaufen.

Schwitzend krabbel ich durchs Auto, entledige mich erst der Mütze, dann dem Schal und zum Schluss des Mantels. Eine Männerhand streckt mir durch die offene Fahrertür eine Thermoskanne hin, dahinter taucht Toms Gesicht auf, der mich amüsiert ansieht. »Oh, lieber ne kalte Cola?«

Ich schnaufe. »Okay, bin soweit. Hast du alles dabei?«

Tom nickt. Aus aus seiner Manteltasche holt er kleine Stricksöckchen und einen geschnitzten Kau-Ring. »Fürs Kind.«

Ich zeige auf Zweites. »Oder für die Mutter, wenn sie mal sauer ist.«

»Da mach ich lieber noch mal einen größeren.«

Er will sich aufrichten, aber ich halte ihn fest und ziehe ihn zu mir ins Auto. »Stopp!«

Tom stutzt, dann lässt es sich auf mich plumpsen. Draußen ist Stimmbruch-Gelächter zu hören. Rike schimpft, das Lachen entfernt sich.

Ich streiche Tom übers Gesicht. »Ich nehm dich jetzt mit und lass dich erst wieder weg, wenn der Frühling kommt.«

Er schmunzelt. »Oder wir machen's wie die Scheidungskinder. Eine Woche hier, eine Woche in Bremen.« Er gibt mir einen Kuss und stützt sich auf. »Jetzt aber, das Baby wartet.«

»Und dann Jessi.«

»Tut sie?«

»Bei Mike's. Sorry, ich hatte es vergessen.«

Er atmet groß ein. »Ah, was für ein Leben! Abenteuer seid ihr wach?«

»Bei Mike's?«, grinse ich.

»Wo immer du bist.«

»Ich geh mit dir, wohin du willst«, singe ich. Tom legt seine Lippen auf meine. »Auch bis ans Ende dieser Welt«, summt er mir in den Mund. Ich schließe die Arme fester um ihn und danke still Osho, der mich lehrte, den Augenblick zu genießen.

Printed in Poland
by Amazon Fulfillment
Poland Sp. z o.o., Wrocław

37498799R00183